이화 李花

이화李花는 대한제국 국장國章과 관복 휘장에 사용한 문양紋樣이다

다음과 같은 문헌을 참고하였습니다

인터넷
—

오늘의 역사/ 위키백과/ 우리 모두의 백과사전/ 나무위키/
한국민족문화대백과사전/ 백거이 시선
—

이완용평전(윤덕환 저, 도서출판 길, 2019)
독립신문/ 동아일보/
조선정탐록(1893년 혼마 규스케 저, 일본)
천자문(2010년 장개충 편저, 나무의 꿈)
고사성어(2011년 이홍식 펴냄, 도서출판 지식서관)
사자소학(2019년 동양고전정보화 편저, 전통문화연구회)
한양선거리(1989년 김종덕 편저, 민산출판) 등.
—

정확한 고증을 위해 그밖의 인터넷 사전이나 도서의 일부내용을 활용하는
과정에서, 또 그 당시의 일들을 여러 문헌과 대조해 결론을 돌출하는 과정에서,
그 출처를 철저하게 밝히는 각주 처리를 하지 못한 곳이 있음을 밝힙니다.
일부 관계자들께 미리 용서를 구합니다.

-저자 유재원

유재원

역사 소설

이화 李花

스타북스

팽창하는 시대
조선의 하늘은 흐렸다
등불 같았던 달마저 기울었다

조선朝鮮은 이미 자생력을 잃었다. 외국인 눈에 비친 조선은 주인 없는 땅, 먼저 점령하는 사람이 임자가 되는 나라였다. 임금도, 조정도, 백성도 누구 한 사람 바깥세상을 내다볼 줄 몰랐다. 대대로 천 년 이어온 중국 속국임을 당연시하였고, 근본에 위협이 닥치면 그럴 때마다 중국에 기대는 처지를 앞 다투어 자랑으로 여겼다.

미약한 조선은 친청과 친러파 친일파로 삼분되어 백성의 의지와 상관없이 식민지 위에 놓여 있었다. 이렇게 위험하고 열악한 시기에 친미親美파였던 이완용李完用은 왜 친일親日파가 되었을까.

이완용이 친청親淸파가 되어 조선이 청나라 식민지가 되었다면, 사람들은 지금처럼 한 입으로 "이완용이 나라를 팔아먹은 매국노다." 이렇게 악독한 말을 던질 수 있었을까.

돌이켜, 조선이 러시아 식민지가 되었다면 조선은 아시아 최초의 소련 위성국가로 백 년을 핍박받고 살다가 근래에 해방되어 현재의 이름 모를 중앙아시아나 북조선北朝鮮처럼 지지리도 못사는 공산주의 독재나라를 이어갔을 것이다.

"이완용이 옥쇄를 임금 대신 찍어 조선이 일본 식민지가 되었다."

많은 사람들이 이렇게 말을 하지만, 조선이 어디 이완용 한 사람의 나라였던가. 이완용은 대한제국 황제가 명한 한일합방조약 전권을 위임받아 행사하였고, 그러던 중에도 한일합방韓日合邦을 언제든지 무효화할 수 있도록 순종황제 옥쇄 대신 이미 황제 자리에서 물러나 실효 없는 고종 옥쇄로 날인했다.

여러 대신들 중에 조선에 불리한 조약을 바꾸거나 첨삭할 수 있는 능력을 가진 사람은 이 년 반 동안 주미 대리공사를 겸임하고 돌아온 이완용이 유일했다. 따라서 고종과 순종 그리고 왕족과 대신들은 나라에 조약이 있을 때마다 이완용을 앞세워 자신들의 방패막이로 삼았다.

이완용은 일본제국이 주는 작위를 75인과 함께 받았고, 이어 한일합방 협상을 잘 했다는 이유로 순종황제는 다시 이들에게 대한제국 훈장을 서훈 했다.

저기 서 있는 인연이 달빛 아래 슬픈데
무수히 지상의 꽃을 하늘에 옮긴다고
밤마다 별이 되어 가슴에 와 닿는 건 아니다

창밖에 내리는 아슴한 눈처럼
하얀 꽃 한 아름 어둠에 뿌린다고
언제나 웃음이 환한 세상이 되는 건 아니다

이제 고향으로 돌아가리라
어머니가 기다리는 전생의 집으로 돌아가
파란 심장이 뛰는 어린 시절 속에 안기리라

이완용은 독립협회 창립위원장, 초대 부회장, 2대 회장을 역임했고 '독립 문獨立門' 현판 글씨를 직접 쓰는 등 독립문 건립에 앞장 선 사람이었다. 또 모화관慕華館을 개조해 독립관을 만들고, 독립관에서 매주 한 번씩 조선 최 초로 민주주의 토론회를 개최한 사람이었다. 의무교육을 처음 도입한 조선 후기의 명필, 이완용의 행보는 개혁改革이었다.
　　사람은 누구나 공과功過가 있다. 유독 이완용의 과만을 파헤친 잘못된 역 사를 배웠다. 이화의 그늘에서 주인공은 사람을 비켜 어지러운 현실에 조 응했던 이완용의 시대다. 폭풍의 중심에서 무작정 현실도피가 애국은 아니 다. 누군가는 남아서 구한말舊韓末 무책임한 시간을 정리해야 했다.

2021년 봄
유재원

차례

탄생誕生

열다섯 살 위의 형은 늘 곁에 없었다.

어둠이 내리면 아버지는 늦둥이 아들을 끼고 잠들었다. 나이 두 살쯤 그러니까 젖을 뗀 다음부터는 아버지 품이 어머니 가슴이었다. 그럴 때마다 희미한 등잔불 그림자 건너 낡은 서까래가 보이는 천장을 바라보고 누워

"하늘 천天, 따지地, 검을 현玄, 누를 황黃. 하늘은 검고 땅은 누르다."

"집 우宇, 집 주宙, 넓은 홍洪, 거칠 황荒. 우주는 넓고 거칠다."

아버지는 천자문千字文을 읊었고 아들은 그대로 따라하다가 잠이 들곤 했다.

고요가 쌓인 창문을 달빛이 비집고 들어오는 밤, 멀리서 소쩍새 울음이 나머지 고요를 헤집는 밤, 바람 불 때마다 창문 밖 울타리 마른 싸리나무가 스산하게 우는 밤, 살아 있는 양심을 먼발치 어둠 속에 묻는 밤.

'늘그막에 얻은 자식이 잘 될 수 있을까. 그러기엔 집안이 너무 기울었어.'

띄엄띄엄 초가집 몇 채 있는 마을, 앞날이 달 없는 밤처럼 캄캄하여 이석준은 좀처럼 잠을 이룰 수가 없었다. 연연이 이어온 몰락한 양반의 가문이 오늘따라 더욱 초라했다. 이 세상에 아예 없는 듯 무심한 가문이 현실과 무관하지 않게 한스러웠다. 인연을 다한 목숨처럼 기력이 빠져나갔다.

날개를 가졌어도 날 수 없는 새, 펼칠 수 없는 날개로 허공에 앉은 새, 몸을 두고 바람소리로 날아가는 새, 오직 마음으로 하늘을 저을 수 있는 솟대의 새.

천자문으로 말 배우기 시작한 이완용은 어느새 자라, 들을 가로지르는 시냇물에 발 적시며 놀았다. 부모가 들 일 하는 근처에서 얕은 물의 송사리처럼 봄볕에 그을린 몸으로 첨벙거렸다.

냇가에 줄지어 서 있는 수양버들은 벌써 그늘을 무성하게 드리웠고, 제비꽃자리에 씀바귀, 엉겅퀴, 애기똥풀이 지천으로 흐드러진 봄과 여름 사이, 하늘을 흐르는 구름도, 나뭇잎을 흔드는 바람도 어린아이에게는 신나는 동무였다. 어제처럼 푸른 세상과 함께 한나절을 보내면

"완용아 밥 먹으러 가자."

아버지는 어린 아들을 앞세우고 가면서.

"완용아 어제 배운 천자문을 외워보아라."

아버지 말이 끝나기가 무섭게 아들은 천자문을 노래하듯 깡총거리는 음률에 맞춰 어제 배운 곳 처음부터 끝까지 글자를 바꾸거나 빠트리지 않고 외웠다.

"외로울 고孤, 더러울 루陋, 적을 과寡, 들을 문聞. 혼자서만 배우면 벗이 없어 외롭고 비루해진다. 유익한 것을 얻어듣지 못해 용렬해진다."

"어리석을 우愚, 어릴 몽蒙, 무리 등等, 꾸짖을 초誚. 학문과 덕행이 없는 자는 한낱 어리석은 사람으로 취급되어 책망責望 받는다."

"그래 잘했다."

다른 아이들보다 총명한 아들이 대견하고 기특했다.

"이제는 소학小學을 가르쳐야겠는걸."

이석준은 겨우 선비 체면을 유지하는 양반이었다. 그나마 입에 풀칠이라도 하려면 뙈기밭이라도 일궈야 했다. 누구와도 충돌하며 사는 것이 싫어 일부러 가문을 내세우지 않았지만, 세월이 가도 지워지지 않고 뼛속에 깊이 새겨지는 고난은 수그러들 줄 몰랐다.

이완용은 1858년 7월 17일(음력 6월 7일 철종9년) 경기도 광주군 낙생면 백현리에서 태어났다. 우봉 이씨인 아버지 이석준(본명 이호석) 어머니 신씨 사이에서 친형 이면용과 열다섯 살 터울 차남으로 태어났다. 어머니는 진통 순간 수백 명의 말 탄 군사가 집을 에워싸고 있는 꿈을 꾸었다고 했다.

몰락한 양반집, 너무 가난하여 1867년 10세 때 먼 일가 아저

씨뻘인 중추부판사 이호준에게 입양되었다. 당시 이호준은 승정원 동부승지로 신정황후(조씨)의 조카 조성하를 사위로 들였고, 자신의 서자 이윤용을 흥선대원군^{興宣大院君} 서녀와 결혼시켜 왕실과 연을 맺기도 하였다. 따라서 이완용을 양자로 내준 이석준은 이호준의 도움으로 뒤늦게 미관말직 선공감감역관(정9품)을 몇 년 하다가 별세하였다.

이완용이 태어나던 해 인도는 1526년부터 지배하던 무굴제국이 1858년 9월 21일 멸망하고 영국 식민지가 되었다.

이완용이 다섯 살 되던 해 1863년 음력 3월 29일(철종13년) 김삿갓(향년56세)이 전라도 화순군 동복면에서 "승피백운^{乘彼白雲} 우화등선^{羽化登仙} 저 하얀 구름 타고, 신선이 되어 하늘로 올라간다."는 말을 남기고 숨을 거두었다.

1807년 4월 22일(순조7년, 음력 3월 13일) 경기도 양주에서 태어난 김병연^{金炳淵}, 자는 성심^{性深}, 호는 난고^{蘭皐} 별칭은 김립^{金笠}이었다.

붕당^{朋黨} 세력 세도정치가 극에 달한 시절이었다.

왕을 끼고 농락하는 패당싸움에 나라 기강은 무너지고, 부정부패도 만연해 장안뿐만 아니라 지방 각처에 도둑이 들끓어 민란^{民亂}으로 번지는 등, 이미 조선은 먹은 음식을 괴롭게 토하는, 고칠 수 없는 말기 반위를 앓고 있었다.

　　나라 밖은 서양세력이 팽창할 대로 팽창해져 영국은 청나라와 아편전쟁을 통해 벌써 홍콩을 탈취하였고, 프랑스는 연합군을 만들어 광동을 점령하였고, 러시아는 동진정책으로 블라디보스토크에 군항을 건설하였다. 이런 가운데 일본은 미국과 화친 조약을 맺고, 이어서 영국과 러시아와도 화친조약을 맺었다. 그리고 이완용이 태어나던 1858년에는 미국, 영국, 프랑스, 네덜란드, 러시아와 통상조약에 조인했다.

　　어둠에 묻힌 조선은 아무것도 몰랐다.
　　먼 시골은 아예 없는 듯이 고요했다.

　　이미 천자문을 깨우친 이완용은 일곱 살 때부터 천자문 다음 단계에 배우는 '동몽선습'과 유가의 13경 중 하나인 '효경'을 떼고, 여덟 살에는 인간교육의 바탕이 되는 '소학'을 마쳤다.
　　유교 사회의 도덕규범 중 기본적이고 필수적인 내용을 가려 뽑은 소학은, 송나라 주자의 지시로 제자인 유자징이 1187년(남송 순희14)에 내편4권, 외편2권, 전6권으로 편찬하였고, 김안국金安國(1478~1543, 현재의 안국동은 김안국이 살았다하여 붙여진 이름)이 경상도관찰사로 재임할 때 소학을 한글로 번역하여 발간한 '소학언해'를 민간에 보급했다.

　　어느 날 밤, 술이 얼큰해져 귀가한 아버지가

"완용아. 일어나거라. 애비가 왔다."

부스스 일어난 어린 아들에게.

"지금 배우는 데가 어디냐."

아버지는 물었고 이에 아들은,

"사자 소학의 첨월簷月입니다."

"첨월청시폐요簷月淸詩肺, 계풍려취안이라溪風濾醉顏. 처마에 걸린 달은 시인의 마음을 맑게 하고, 계곡의 바람은 취한 얼굴을 씻겨 주네."

"고곡지음소요古曲知音少, 부생회면난이요浮生回面難. 옛 곡조는 알아듣는 이 드물며, 떠도는 인생은 다시 만나기가 어렵다네."

기꺼이 졸음을 떨친 이완용은 귀찮은 모습을 조금도 내비치지 않았다. 차라리 자신의 능력을 대견하게 여기는 그런 아버지가 좋았다. 아직은 감정을 다스리기가 부족한 나이지만 이 모든 것이 자신이 헤쳐가야 할 일이라고 어렴풋이 알았다.

"지란종불영이요芝蘭種不榮, 형극전불거라荊棘剪不去. 지초와 난초는 심어도 무성하지 않고, 가시는 베어도 사라지지 않네."

"그래 아주 잘했구나. 그만 잠자거라."

이완용은 잠들 때까지 이 글을 되뇌었다.

父生我身 母鞠吾身 부생아신 모국오신

腹以懷我 乳以哺我 복이회아 유이포아

아버지는 날 낳아 주시고, 어머니는 날 기르셨다.

가슴으로 날 품어 주시고, 젖으로 날 먹이셨다.

이완용이 양자로 떠나기 전날 동무들이 몰려왔다.

"완용아 너 한양 가서 좋겠다. 가기 전에 우리 술래잡기하자. 내가 먼저 술래 할 테니 너희들은 얼른 숨어."

아이들은 저마다 흩어져 숨었고, 술래는 숫자를 다 헤아린 다음 숨은 아이를 찾아 나섰다.

야도夜盜

술래잡기는 담벼락이나 대문 등에 무형의 술래 집을 만들고, 술래가 없는 틈을 타 숨은 아이들이 술래 집에다 손바닥을 대고 '야도'를 외치는 놀이다.

술래는 완용이가 야도할 수 있도록 엉뚱한 곳에서 숨은 아이들을 찾았다. 하지만 술래잡기는 이내 시들해졌다. 아이들이 서로 몇 번이고 야도를 크게 외쳤지만 신이 나지 않았다. 야도 할 때마다 오히려 서운함이 밀물졌다. 더 이상 아쉬운 마음을 숨길 수 없어 동무들은 이완용 앞으로 주욱 모여들었다.

"완용아 한양 가서도 우리를 잊으면 안 돼."

이 무렵 손바닥 크기의 납작 돌을 가지고 노는 아이들의 비석치기놀이가 유행했다. 비석치기는 서로 편을 갈라 땅바닥에 일자

一字로 가로금을 긋고 한 편이 금 위에 돌을 비석처럼 세워놓으면, 조금 떨어진 출발선에서 상대편이 자신의 돌을 던져 비석 돌을 맞춰 쓰러트리는 놀이다. 자신의 신체를 이용한 여러 가지 방법으로 놀이를 이어가다가 상대편 비석 돌을 쓰러트리지 못하면 공수가 바뀐다. 비석치기는 일단계 서서던지기부터 열네 단계로 나누어져 있는데, 마지막 단계인 장님까지 먼저 통과하면 이긴다.

처음에는 양반들과 관원들의 덕을 기리는 송덕비와 충신각에 돌멩이를 던져 맞추는 행위였다. 수탈을 일삼던 양반들과 관원들의 송덕비 앞을 지나가면서 욕을 하거나 침을 뱉거나 발로 차며 분풀이하던 일상이 비석치기놀이로 변모한 것이다. 신분사회 조선에서 양반들과 관원들의 수탈이 얼마나 가혹했으면 이런 놀이가 생겨났을까.

그날 밤 아버지가 아들에게 당부의 말을 남긴다.

"적우침주積羽沈舟라는 말이 있다. 아무리 깃털처럼 가벼운 것이라도 많이 실으면 배가 가라앉는다는 뜻이다. 작은 일도 많이 쌓이면 큰 일이 되고, 또 힘없는 사람들이 많이 모이면 큰 힘이 된다는 뜻도 가졌다. 우공이산愚公移山처럼 꾸준히 정진하면 이루지 못할 것이 없다. 허물이 많이 쌓이면 몸과 마음이 병든다. 부디 몸과 마음을 건강하게 가꾸거라."

소외당한 양반이라고나 할까. 세상에 드러내놓고 떳떳하게 말하지 못하는 양반처지가 서글펐다.

'울분이 혼자만의 권리가 아니다. 헛것에 얽매어 봄이 와도 봄을 모르는 자유는 내 것이 아니다. 일부러 뜻을 쉽게 해도 듣는 이 없으면 내 말이 아니다.'

이석준은 침통한 현실을 또 다시 당부의 말로 남긴다.

"네가 우리 우봉 이씨 가문을 일으킬 기둥이다. 성공할 때까지 절대로 뒤를 돌아다보지 마라. 나는 네가 잘 견디어 줄 것을 믿는다. 이미 너도 알고 있는 말이지만 충忠자는 가운데 중자와 마음 심자가 결합한 글자다. 어디에 있건 있는 그 자리에서 중심을 바로잡고 최선을 다하여라. 앙천이타仰天而唾처럼 하늘을 보고 침 뱉는 일, 후회하는 일이나 후회할 일은 만들지 마라. 모든 일은 몇 번을 생각한 뒤에 행하라. 너만은 지금의 나처럼 구차하게 살지 마라."

어차피 이별은 또 다른 약속
세상에 변하지 않는 건 없다
가슴에 내 시절을 담고 간다

1852년 9월 8일(음력 7월 25일)에 태어난 고종高宗이 철종哲宗에 이어 1864년 1월 16일(음력 1863년 12월 13일) 불과 11세의 나이로 조선국왕으로 즉위하자 곧바로 다음 날부터 조대비(신정황후)를 앞세워 흥선대원군(이하응)이 섭정을 시작했다. 고종은 어차피 흥선대원군의 둘째 아들 개똥이라 불리던 이명복李命福이 아니던가. 즉위 후에는 항렬에 맞춰 재황載晃으로 개명했다가 다시 피휘避諱를 위해 형㷂으로 바꾼 조선의 마지막 왕이자 대한제국 초대 황제가 아니던가.

이 무렵 미국에서는 남북전쟁(내전)이 한창이었다. 1861년 4월 12일부터 1865년 5월 9일(4년 3주 6일)까지, 노예제를 지지하고 미합중국으로부터 분리를 선언한 남부 연합군이 사우스캐롤라이나 주 찰스턴항의 섬터 요새 포격을 시작으로 북군과 4년 동안 벌인 전쟁이지만 남부 연합군이 패전했다. 따라서 미국 전역에서 노예제가 폐지되었고, 수많은 희생으로 미국은 전에 없었던 건실한 국가적 의식을 만들어 냈다.

1865년 5월 27일(고종2년) 프랑스 신부 유앙, 브르트니에르, 볼류도리 등이 충청도 내포에 상륙하자 1866년 초 대원군은 천주교 포교 금지령을 내리고, 천주교 교도들을 대대적으로 색출해 8,000여 명을 처형하였는데, 프랑스 선교사 12명 중 9명이 포함되어 있어 이를 병인박해라고 불렀다. 프랑스는 천주교 학대를 막기 위해 해병대 600명, 전함 1척, 순양함 2척, 포함 2척, 통보함 2척 등 병력 1,000여 명으로 침공하였다. 프랑스 극동함대 사령관 피에르 구스타프 로즈 제독은 1차 원정군 군함 3척을 이끌고 1866년 9월 18일부터 양화진楊花津 서강西江까지 올라와 정찰한 다음 10월 5일 한강 봉쇄를 선언하고 10월 16일 2차 원정군을 이끌고 강화도를 점령했다. 이어서 10월 26일 문수산성文殊山城 전투에서 조

선군을 압도했다. 이때 천총千總 양헌수梁憲洙가 11월 7일 심야에 조
선군 549명을 이끌고 강화해협을 건너 정족산성鼎足山城에 잠입하여
11월 9일 전투에서 프랑스군 전사 3명 부상자 30명, 조선군 전사
1명 부상자 4명을 내는 승리를 거두었다. 이후 간헐적 전투가 있
었지만 정신적, 육체적으로 피로한 프랑스는 12월 17일 함대를 이
끌고 청나라로 자진 철수했다. 그러나 외장각 도서 등 많은 문화
재가 약탈당했고, 이때부터 병인양요丙寅洋擾 배경이었던 양화진 잠
두봉을 절두산으로 이름을 바꿔 불렀다.

1867년 6월 17일(고종4년) 고종은 '육전조례六典條例'를 간행했
다. 육전조례는 조선말기 각 관청에서 맡은 사목事目 및 시행규례
를 수록한 10권 10책의 활자본이다. 이吏 호戶 예禮 병兵 형刑 공工 6
전(법)을 강綱으로 하는 행정 법규집이다.

1867년 4월 20일 이완용(10세)은 한적한 시골동네에서 한양
안국동에 있는 먼 친척 명문가문 이호준(47세)에게 양자로 들어
갔다. 이호준에게 열네 살 난 서자 이윤용이 있었지만 서자는 대
를 잇지 않는다는 그 당시 관례대로 이완용이 대를 잇기 위해 양
자로 들어간 것이다. 이때 이호준은 예방승지로 고종을 측근에서
모시고 있었다.

이호준이 과거에 급제하지 않고 평안도 강서와 임천군수를 지
내다 고종의 등극과 함께 출세 길로 들어서게 된 계기는, 1864년
고종이 등극한 다음 해 44세의 늦은 나이로 증광별시 문과에 급

제하면서 중앙정계로 진출한 까닭이었다.

이완용은 머리가 비상하여 어린 시절에 이미 문리를 깨우쳐 주변 사람들을 놀라게 했지만, 양어머니와 의부형제 눈치 보느라 늘 말이 없었고, 어쩌다 하는 말도 너무 작아 남이 알아들을 수 없었다.

이완용이 양자로 들어간 지 얼마 되지 않은 날, 어느 세도가 잔치에 이완용을 데리고 갔다 돌아온 양어머니 민씨는 이완용을 크게 꾸짖었다.

"오늘 잔치 석상에서 보니 그 집 아이는 어린 티를 벗어나 의젓해서 모두가 훗날 대신감이라고 칭찬하는데, 너에 대해서는 어린 티가 줄줄 흐르는 미천한 인물이라고 손가락질 했다. 이런 말을 듣고 내 어찌 분하지 않을 수가 있느냐."

양어머니는 분을 삭이지 못해 눈물까지 보이며 한숨을 몰아쉬었다. '대를 이을 아이가 이렇게도 천박스러워서야 되겠는가. 그 가벼운 몸으로 많은 사람 앞에서 무슨 일을 제대로 할 수 있겠는가.' 하는 아쉬움이 분노를 부채질했다.

"어머니 용서해주십시오. 다시는 그러지 않겠습니다."

어린 나이지만 조롱과 경멸의 대상이 되었다는 것이 가슴에 대못을 박는 커다란 상처가 되고 말았다. "나는 네가 잘 견디어 줄 것으로 믿는다." 친아버지의 말이 귀속에서 쟁쟁하게 울었다.

고개를 들지 못하고 눈물을 흘리며 사죄하는 이완용의 세상은 그저 아득했다. 시골 출신인 그가 한양 명문대가 자제들보다 얼마나 촌스러웠을까. 세도가들이 드나드는 고래등 같은 기와집에서 마음 놓고 행동할 수 없는 처지는 날마다 주눅 들기 십상이었다.

또 얼마 지나지 않아 양아버지 이호준의 가르침이 있었는데, 목소리는 더없이 다정하고 너그러웠다. 진작부터 전하고 싶은, 세찬 불길이 일고 있는 마음을 다소곳하게 억누르며,

"산은 구부러진 나무가 지킨다는 옛말이 있는데 인간사는 그게 아니다. 너는 어떤 일이건 분명히 알고 있다. 하지만 말수도 적고 목소리도 낮은데다가 마땅히 표현해야할 때 이를 실행에 옮기지 못하고 있다. 이는 남자의 처신에 좋지 않은 영향을 미친다. 앞으로는 동료들이 모인 자리에서 농담이나 객설을 구애받지 말고 해보거라. 몇 번을 생각한 후에 신중하게 말하는 것이 바람직하겠지만 때로는 너무 늦다. 선비의 뜻하는 바가 무언지 스스로 깨달으며 열심히 배웠으면 좋겠다."

섣불리 피었던 꽃이
내 마음이 아니었나
꽃의 눈물을 비켜서
강을 건너가는 나비

양아버지의 말이 어린 가슴을 후벼 팠다. 한 마디 한 마디가 어

누운 가슴에 총총한 별이 되어 눈을 떴다. 별빛은 번거롭지 않게 시골집 장독대에 소복이 쌓이는 흰 눈처럼 내렸다. 바람이 싸늘한 울음을 피해 담장을 넘어 도주했다.

이제는 응석부릴 처지가 아니었다. 각별히 조심하며 지낼 때 양아버지 주선으로 충청북도 전의군 선비 정익호를 독선생으로 초빙해 스승으로 모시고, '논어論語' '맹자孟子' '중용中庸' '대학大學' 4서를 배우기 시작했다. 그러다가 13세가 되던 1870년 3월에 자신보다 한 살 위인 양주 조씨 조병익(홍문관 부수찬 종6품) 딸과 혼인했다.

혼인은 남녀가 예를 갖추어 부부가 되는 제도다. 혼인은 크게 3단계로 의혼議婚, 대례大禮, 후례後禮로 나눈다.

의혼은 중매인을 통하여 사주를 전달하는 납채와, 사주를 받은 신부 집에서 택일단자를 보내는 연길이 있고, 신랑 집에서 신부 집에 예물을 보내는 송복이 있고, 신랑 집에서 신부 집으로 함을 보내는 납폐가 있다.

대례는 의혼이 지나면 신부 집에 가서 치르는 예식인데 남자는 관복을 입고 여자는 활옷을 입는다.

후례는 혼례의 중심인 대례가 끝나면 신랑 집에서 행하는 의례다. 우귀于歸, 현구례見舅禮, 근친覲親이 있다.

신랑이 혼례식을 치르러 신부 집으로 가는 초행이다. 먼저 청사초롱을 든 동자 둘이서 걸어가고, 그 뒤에 나무기러기[木雁]를 든

기러기아비가 따라가고, 그리고 관복을 입은 신랑이 말을 타고 간다. 유모는 신랑 뒤에 따른다.

신부 집 마당에 멍석을 깔아놓는다. 나무기러기와 사철나무를 꽂은 화병과 밤과 대추와 쌀과 청실홍실과 하나의 표주박을 갈라 만든 표주박 잔을 혼례상 위에 올려놓는다. 양옆에 청색, 홍색 촛대가 불 밝힌 혼례상을 가운데 두고 신랑 신부가 마주선다.

교배례交拜禮. 신랑과 신부가 서로 맞절을 한다.

합근례合巹禮. 신랑과 신부가 서로 화합을 의미하는 표주박술잔을 나눈다.

신방新房. 혼례식을 마친 신랑과 신부가 첫날밤을 보내는 방에 든다.

동상례東床禮. 다음날 점심 무렵 신부 집안사람들이 신랑을 거꾸로 매달아 방망이로 발바닥을 두드리며 신랑을 곯려먹는다.

후례에서, 우귀는 대례를 치른 신부가 신랑의 부모에게 인사하러 가는데, 이를 신행이라고 한다. 신부는 가마를 타고 하님과 짐꾼과 동행한다. 현구례는 신부가 신부 집에서 장만해 온 음식을 상 위에 올려놓고 시가 어른들께 절하는 폐백이다. 근친은 시집에서 생활하는 신부가 처음으로 친정에 가서 어버이를 뵙는 일을 지칭한다.

이렇게 이완용이 혼인을 하는 등 새로운 세계를 탐구하는 시간, 일본은 1867년 11월 15일 일본 메이지유신 성공으로 바쿠후 권력이 천황에게 넘어갔다. 그리고 1870년(메이지3년) 16줄 욱일기를 육군기로 지정했다. 욱일기旭日旗는 원 주위에 욱광을 그린 깃발이다. 메이지유신 이후 일본제국에서 사용하는 일본군 기인데, 일본 해군은 욱일기를 1889년 일본 군함기로 사용하기 시작했다.

1871년 4월 25일(고종8년) 섭정하는 흥선대원군이 조선팔도 교통요충지 200여 곳에 척화비斥和碑(통상수교 거부 의지를 알리는 비)를 세웠다. 1882년 8월 15일 종로 보신각 부근에 파묻은 척화비가 1915년 보신각을 옮겨 세울 때 발견되었고, 강화, 동래, 함양, 부산진, 경주 등지에 똑같은 것들이 1925년 경까지 있었다.

1871년 6월 10일(고종8년) 미군이 강화도에 상륙했다. 1866년 미국상선 제너럴 셔먼 호가 평양 관내까지 들어와 무역거래를 요구하다 평양시민과 충돌, 불태워진 사건이 신미양요辛未洋擾다. 미국은 진상 조사 명목으로 아시아 함대사령관 존 로저스가 콜로라도 호 등 전함 5척, 수병 500명, 해병 150명 등 병력 1,230명을 이끌고 들어와, 강화도 초지진에 상륙한 다음 광성진까지 점령하였다. 백병전까지 벌인 치열한 싸움으로 조선은 진무영 중군 어재연, 진무영 천총 김현경 등 전사 243명, 포로 20명, 부상 24명이었고, 미군은 전사 3명, 부상 12명이었다. 1871년 6월 1일부터 6월 11일까지 일어난 전쟁으로 조선의 참패로 끝났지만 미국은 아무

소득 없이 물러갔고, 조선은 쇄국鎖國정책을 더욱 강화하였다.

1875년 9월 20일(고종12년) 통상조약 체결을 위한 일본 군함 운요호雲揚號가 초지진에 접근했다. 경계중인 조선 수군의 포격 저지로 잠시 물러났다가 다음날 9월 21일 다시 접근했다. 함장 이노우에 요시카 소좌는 강화도에 함포를 발사하여 초지진을 파괴하고는, 영종도에 맹포격을 가하고 상륙했다. 운요호사건으로 조선 수군은 전사 35명, 포로 16명과 대포 35문, 화승총 130정 등 무수한 군기를 약탈당했다. 하지만 일본 해군은 경상 2명뿐이었다. 이 사건을 조선에 물어 1876년 2월 27일(음력 2월 3일, 고종13년) 일본은 조선과 강화도 조약을 체결했고 조선은 문호개방을 하게 되었다.

이완용이 16세 되던 해 조선 명필 이용희를 초빙해 몇 몇 친구들과 함께 서예를 익히기 시작했다. 이 때 구양순歐陽詢체에 매료되어 구양순체를 실제크기 대로 필사하는 데 많은 시간을 보냈다. 특히 정자인 해서와 흘림자인 초서의 중간글자, 미적 감각이 뛰어난 글씨체 행서를 즐겨 썼다.

이완용의 글씨가 예사가 아님을 알아챈 양아버지가 격려의 말을 한다.

"도끼를 갈아 바늘을 만든다는 마부작침磨斧作針이라는 성어가 있다. 아무리 어려운 일이라도 끈기 있게 노력하면 이루지 못할 일이 없다. 이백李白이 상의산象宜山에서 공부를 하다 중도에 내려와 귀가하는데, 냇가에서 한 노파가 바위에 도끼를 갈고 있었다. 이백이 그 모습이 이상하여 물었다. 할머니 지금 무엇을 하고 계십니까. 그러자 할머니는 도끼로 바늘을 만들고 있단다 하고 대답했고, 이 말에 이백은 기가 막혀 도끼로 어떻게 바늘을 만듭니까 하고 비웃었는데, 이때 할머니는 얘야 비웃을 일이 아니다. 중도에 그만두지 않는다면 언젠가는 이 도끼가 바늘이 될 수 있단다. 여기서 깨달음을 얻은 이백은 한눈 팔지 않고 글공부를 열심히 하여 대시인이 되었다. 무슨 일이 건 중도에 그만둘 거라면 시작을 심사숙고해라."

이완용이 학문에 한참 매진할 때 이호준은 전라도 감찰사로 부임해 전주 감영에 가있었다. 막연한 청춘의 꿈도 아니고 이제는 당당하게 이호준 대를 이어갈 아들이 되었지만, 물 위에 뜬 기름처럼 양어머니와 의붓형제들이 지켜보고 있었다.

"그래도 내가 기댈 곳은 양아버지뿐이다."

나이 들면서 부쩍 의지할 언덕이 필요해졌다. 누구에게나 도전한다는 것을 보이면 안 된다는 것도 깨달았다. 꽃 피는 봄도, 잎이 무성한 여름도, 낙엽 지는 가을도, 나뭇가지만 앙상한 하나의 겨울 속에 잠기었다가 다시 돌아간다는 것을 배웠다.

이완용은 자주 양아버지 문안을 갔다. 가끔 글 선생 정익호와 이용희가 동반할 때도 있었다. 먼 길을 기꺼이 간다는 건 어지러운 세상에서 살아남기 위한 품위 있는 몸부림이었다. 하찮은 양반에서 명문가문으로 올라설 수 있는 내생의 마지막 기회였다. 몸과 생각이 아무리 고단하고 무거워도 마음을 진정시키는 효도를 등에 지고 다녀야만 했다.

21세 때는 평안도 태천군의 선비 박세익에게 수년 간에 걸쳐 '시경詩經', '서경書經', '역경易經(주역周易)' 3경을 집중적으로 강습 받았다. 자신만의 글씨체 완성과 과거시험에 대비한 늦출 수 없는 수련이었다.

명성황후 明成皇后

민자영閔玆映은 아버지로부터 일찍이 소학, 효경, 여훈 등을 배워 역사, 치란, 국가의 전고에 밝았다. 아버지가 병으로 눕자 지극한 간호로 효의 근본을 몸으로 실천하여 주위 사람들을 놀라게 했다.

1858년 9세 때 아버지 민치록이 죽자 섬락리 사저에서 한양 감고당感古堂(인현왕후 친정집)으로 옮겨와 홀어머니와 함께 지냈다. 감고당은 인현황후 사가로, 영조가 이름을 하사한 민치록(인현왕후 오빠) 소유였다. 민자영이 아버지와 형제를 잃고 어머니와 고난을 겪으며, 가까운 친척들의 도움으로 성장할 때 1866년 민자영은 왕비 간택에 참여했다.

"조선에 있는 12세에서 17세까지의 모든 처자는 혼인을 금한다."

1866년 2월 15일(음력 1월 1일) 대왕대비 조씨(신정왕후)가 금혼령을 내렸다. 그리고 음력 2월 25일 초간택을 행하였고, 김우

근의 딸, 조면호의 딸, 서상조의 딸, 유초환의 딸 등과 함께 재간
택에 들어갔다.

민자영은 3월 6일 삼간택에 뽑혔으며, 3월 21일 고종은 자신보
다 한 살 위인 왕비를 운현궁에서 창덕궁으로 데려오는 친영親迎을
거행하였다. 이로써 아버지 민치록은 왕의 장인에게 추증하는 예
에 따라 '대광보국숭록대부大匡輔國崇祿大夫 의정부영의정議政府領議政'에 추
증되었고, 아버지의 본부인 해주오씨는 '해령부부인'에 추증되었으
며, 생모 감고당 한산이씨는 '한창부부인'에 추증되었다.

민자영이 왕비가 될 수 있었던 것은 왕실(풍양조씨, 안동김씨)
의 외척이라면 치를 떠는 흥선대원군 힘이었다. 흥선대원군은 고
종이 즉위하기 전에 안동김씨 김병학의 딸이나 김병문의 딸 중에
서 둘째 아들 배필로 삼는다는 묵계가 있었다. 하지만 대원군은
이 모든 약속을 한꺼번에 뒤집었다.

14세의 남편 고종은 이미 후궁 이씨를 총애하고 있었다. 가례
를 올린 첫날밤 고종은 왕비 처소에 들지 않고 귀인 이씨 처소에
들었다. 1868년 4월 이씨가 완화군을 낳자 명성황후는 자신의
안전과 권력기반을 다지기 위해 민승호 등 일가친척과 조영하, 김
병기, 이최응, 최익현과 제휴했다.

1871년 11월 3일 명성황후가 아이를 낳았으나 왕자는 항문폐
색으로 인해 5일 만인 8일에 죽었다.

"대원군이 일부러 임신한 명성황후에게 산삼을 많이 건네 원자

가 기형아로 태어났다."

이런 소문이 크게 돌았지만 이는 사실이 아니다.

명성황후는 1851년 11월 17일(음력 9월 25일) 아버지 민치록^{閔致祿}, 어머니
한산이씨 사이에서 태어났다. 본관은 여흥, 출생지는 경기도 여주목 근동면
섬락리(현, 여주시 능현동 250-1)이고 아명은 자영이다. 1895년 10월 8일(44세)
경복궁의 건청궁 곤녕합 옥호루에서 시해되었고, 능묘는 홍릉^{洪陵}이며 자녀는 순종
외 조졸 3남 1녀를 두었고 종교는 무속신앙이다.

민씨 외척의 국정개입으로 조선은 소리 없이 썩어갔다. 국고 10
할을 사치품으로 썼으며 임오군란^{壬午軍亂} 후 청을 통한 개화를 중
요시 해, 청의 내정간섭이 더욱 심해졌다.

명성황후는 1874년 3월 25일(음력 2월 8일) 창덕궁에서 둘째
아들 이척^{李坧}을 낳는데, 자신이 낳은 왕자(순종)를 위해 나랏돈
을 물 쓰듯 낭비했다. 두 살 배기 아들을 세자로 만들기 위해 청
나라 이홍장^{李鴻章}에게 막대한 뇌물을 바치고 결국 세자책봉을 받
아냈다. 세자책봉 후에는 금강산 1만 2천 봉우리마다 돈 1천 냥
과 쌀 한 섬과 베 한 필씩 올리고 세자의 무병장수를 빌었다.

"명성황후는 누구보다 국익을 위해 헌신한 기민하고 유능한 외
교관이었습니다."

명성황후가 제중원 책임자이며 자신의 주치의 릴리어스 언더우
드에게 결혼 축의금으로 10만 냥을 주었을 때 릴리어스가 한 말이
다.

갑신정변 때 칼에 찔려 생명이 위독한 자신의 조카 민영익(민승호 양아들)을 살리려고 의료선교사 알렌에게도 10만 냥을 주었다.

유명한 점쟁이 이유인은 미래의 길흉 점 한 번 잘 봐 주고 즉석에서 상으로 비단 1백 필과 돈 1만 냥을 받았다.

"중앙 요직은 물론 지방의 방백 수령까지도 좋은 자리는 모두 민씨 일가가 차지했습니다."

국가 요직에 270명, 지방 수령 등을 합치면 1천여 명이 민씨 일가라고 상소가 빗발쳤지만 민영익은 국고 480만 냥 중 70만 냥을 가져갔다.

1893년 5월 23일(고종30년) 연등놀이 화약비로 80만 냥을 쓰기도 했다. 이러한 사정에 국고는 항시 메말라 있었다.

"우리 왕비는 세계역사상 가장 나쁜 여자입니다. 그녀는 프랑스 마리 앙투아네트보다 더 나쁩니다."

프랑스외교관의 탄식이었다.

이 무렵 1876년 8월 29일(음력 7월 11일) 백범白凡 김구金九는 황해도 해주군 백운방에서 태어났다. 과거에 낙방하여 승려생활 하다가 기독교에 입문했다. 안악양산학교 교사로 재직 중 안악사건에 연루되어 5년간 수감되었다가 가출옥했다. 1919년 4월 상해임시정부에 참여하여 내무부의원 경무국장을 지냈고, 1940년 10월 9일부터 1947년 3월 3일까지 임정 주석을 역임했다. 1938년 이운한의 총격을 받아 구사일생으로 목숨을 보존했지만 1949년 6월 26일(72세) 안두희의 총격으로 서울 서대문구 평동 경교장에서 사망했다.

안두희安斗熙는 1917년 3월 24일 평북 용천에서 출생했다. 호는 요산이며 1939년 메이지대학 3년 중퇴한 후 귀국하여 상업을 하다가 1947년 공산주의 정권을

피해 월남하였다. 1948년 육군사관학교 특8기로 입학했고 이듬해 졸업하여
포병 소위로 근무하던 중 1949년 6월 26일 정오 김창룡 지시로 경교장을
찾아가 권총으로 김구를 암살하였다. 특무대에 연행되어 종신형을 받고 복역할
때 한국전쟁이 일어나 다시 포병장교로 복귀하였다. 소령으로 예편한 후
안영준이라는 가명으로 숨어살다가 1996년 10월 23일 오전 11시 30분 인천 중구
신흥동 자신의 집에서 부천 소신여객 버스기사 박기서^{朴琦緖}(49세)의 몽둥이에 맞아
향년 80세에 피살되었다.

굿

명성황후 종교는 무교였다.

명성황후는 나라의 안녕과 자신이 아홉 살 되던 해 갑자기 병
사한 아버지 민치록을 위하는 진혼제 굿을 하러 대궐을 빠져나와
용산기슭에 있는 단골 굿당으로 갔다. 변복을 한 다섯 명의 호위
무사와 다섯 명의 궁녀가 에워싸듯 신변을 보호했고, 자신도 백성
들 눈에 거스르지 않는 일반 사대부 아녀자 복장을 하고 가마에
올랐다.

천신당^{天神堂}은 굿당 이름이다. 천신당은 널찍한 일자 기와집으
로 오로지 굿하기 위해 지은 집이었다. 벽 가운데 위엄으로 붙어
있는 옥황상제 탱화를 중심으로 좌로는 관세음보살과 용왕신과
할머니대신의 형상이 붙어 있었고, 우로는 오방신장과 산신도사
와 백마장군의 형상이 붙어 있었다. 모두가 오방색과 금색으로 호
화롭게 채색되어 있었으며 바라보면 저절로 우러러야 하는 신의
모습을 갖추고 있었다.

그 아래 삼단 붙박이 계단식 제단이 설치되어 있는데 하나의 상처럼 새하얀 한지를 깔고 굿상을 차렸다.

굿상 맨 앞 단 좌측에는 대추를 제기가 넘치도록 한가득 담아놓았다. 이어 몇 개인지도 모를 사과를 쟁반 같은 제기에 두 자 정도 탑처럼 쌓아놓았고, 그 옆에 널찍한 제기를 받침 삼아 감도 사과처럼 두 자 정도 높이로 고르게 쌓아놓았다. 이어서 옥춘과 별사탕을 제각각 뭇을 지어, 무늬와 모양을 원형계단같이 돌려 맞춰 두 자 높이로 쌓아놓았다. 중심부에 산자 역시 두 자정도 올려놓았고, 우측으로 다식과 약과를 옥춘과 별사탕처럼 쌓아놓았다. 그리고 노란 빛이 감도는 배를 수북하게 담았는데, 특히 복이 들어오도록 골 지게 쌓아놓았다. 마지막에는 밤을 넓은 제기에 한가득 흐드러지게 담아놓았다. 대추와 밤을 빼고 나머지는 모두 두 자의 높이로 키를 맞춰 일반 제사상의 홍동백서 예를 떠나 사치스러운 위엄을 돋보이게 하였다.

두 번째 단 맨 우측에는 윤이 나는 질그릇에 뽀얀 쌀을 한가득 담아 신장대를 꽂아 두었고, 작은 항아리는 쌀을 채운 뒤 하얀 한지로 곱게 접은 고깔을 씌워놓았다. 그리고 두툼하게 익혀 쌓은 쇠고기산적을 중심으로 각각 버무려낸 삼색 나물과 갓 부쳐낸 전을 큼직큼직하게 담아 놓았고, 그 곁에 잘 익힌 조기 아홉 마리와 함께 닭구이, 닭구이, 생선포, 식혜 등을 쭉 늘어놓았다.

굿상 맨 뒷단은 팥떡을 시루 채 그대로 올렸고, 시루떡 위에는 눈이 선명하게 박혀있고 입을 크게 벌린 북어 아홉 마리를 올려놓

았다. 그 외에 부침개며 송편이며 꿀떡이며 절편이며 인절미며 약
식이며 백설기며 무지개떡까지 호화롭기가 그지없는 굿상을 차려
내놓았다.

소의 통 갈비는 따로 마련한 두레상 위에 놓여져 있었다. 명성
황후가 눈뜨고 죽은, 그리고 배를 쩍 갈라놓은 통돼지는 보기 안
좋다고 해서 대신 소갈비를 특별히 도살장에서 맞춤해 갖다 쓰는
거였다.

조상 상도 따로 꾸며놓았는데, 그 역시 규모만 작을 뿐 굿상과
별반 다를 게 없었고, 다만 메와 갱과 술잔이 뒷줄 가운데에 자리
했다.

굿상이 바라보이는 앞면 벽에는 조상을 떠나보낼 종이배와 용
신을 주렁주렁 걸어놓았다. 또 그 옆 벽에는 굿 하면서 갈아입는
신복을 열두거리 순서대로 걸어놓았다. 대문 밖에다 사자 상과
뒷전 상을 차려놓았는데 일반 집 제사상보다 화려했다.

굿상 양 끝에는 황금빛 청동 촛대 위에, 황용이 새겨진 어른 팔
뚝보다 더 굵은 양초가 빈 심지를 보이고 있었다.

명성황후는 굿상을 보고 잠시 목례를 올린 다음 손수 성냥을
그어 촛불을 밝혔다. 촛불에서 불을 옮긴 향을 향 그릇에 가지런
히 꽂고 조용히 뒤로 물러나 앉았는데, 큰 무당 곁에 처음 보는 여
자 아이가 있었다. 어리지만 윤각이 뚜렷했다. 언뜻 보아도 총명
함이 철철 흘렀다.

명성황후는 아이를 찬찬히 뜯어보며,

"못 보던 얼굴인데 저 아이가 누구냐."

"엊그제 신 내림 받은 아기무녀입니다."

"오, 기막히게 단장했구나."

신 앞에 발을 딛는 처음이 이렇게 아름다운 것인가. 신에게 자유롭게 얽매이는 순간이 이렇게 순진한 것인가. 아무나 갈 수 없는 세상으로 뛰어들어 신의 말을 끄집어내는 고통을 죽을 때까지 감내해야겠지 하고 인형처럼 꾸며놓은 아기무녀에 감복할 때 굿이 시작되었다. 먼저 잡귀를 물리치는 부정거리를 치는데, 큰 만신 지시에 따라 세 명의 피리장이와 함께 굿에 참여한 무당들은 일제히 자신이 갖고 있는 무구, 징 장구 북 바라를 요란하게 두드렸다.

"영정가망에 부정가망이요. 시위들 하소사. 조라도 영정에 전물도 부정이며, 날리도 영정에 들리도 부정이요. 해묵은 영정에 철묵은 부정이며, 산 이슬 영정에 피 묻은 부정이며, 각인각성에 따라들고 묻어둔 부정이며, 고사도 반길 런지 제사도 반길 런지 품 높은 추수가 수많은 인간이며, 조선팔도가 편안하고 아래 위 대궐 경복궁 창덕궁 덕수궁의 위패 받아 지니시니, 종묘사직 동묘사직이며, 범 같은 신령님 나라신령님을 모셔놓고, 내우 재산으로 공수하시니 영정기도대감 시위들 하소사."

큰 만신은 청아하고 울림 있는 목소리로 부정거리를 개운하게 마치고 한양선거리 열두거리 중 불사거리로 들어갔다.

불사거리는 굿하기 전에 주위를 깨끗이 한다. 누린 것은 흰 종이로 덮고, 홍치마를 입는다. 불사장삼을 입는다. 장삼고깔을 쓰고 염주를 목에 건다. 왼손에 방울 들고 오른손에 부채 들고 발을 떤다.

고운 외모와 청빛 목청을 간직한, 타고난 무당기질을 가진 큰 만신이 한 군데도 흠잡을 수 없는 불사만수받이를 놀고, 제석만수받이까지 마쳤을 때 명성황후 얼굴에 흡족한 미소가 흘렀다.

"잘한다."

이어서 다음 무당이 신장과 대감을 놀았고, 또 다른 무당은 성주와 군웅을 놀았다. 장안에서 내로라하는 무당들, 청이 하나같이 비단옷고름처럼 단아했고 푸른 대나무처럼 곧은 힘이 있었다. 나이 든 무당이 조상놀이 할 때, 병들어 드러누운 아버지 잃는 흉내를 내는 서글픈 목소리에 명성황후는 하얀 명주수건을 꺼내 눈물을 훔치기도 했다.

'의관을 바로하지 못하고 저문 길을 쫓기듯 떠난 아버지, 무엇이 급해 끙끙 앓는 신음조차 없이 끌려가듯 떠난 아버지, 어둡고 무거운 뒷모습을 남긴 채 오던 길로 다시 돌아간 아버지.'

불사거리, 제석거리, 칠성거리, 호구거리가 끝나자 큰 만신은 명성황후에게 아기무녀를 선보이고 싶었다. 총명한 아기무녀는 누가 말해 주지 않아도 다음 순서가 대신거리인 것을 잘 알고 있었다.

"너도 한 거리 놀아라."

신어머니인 큰 만신 부름을 받고 아기무녀는 앙증맞은 노란저 고리와 붉은 치마를 입고 대신거리를 시작했다.

"어허, 굿자 붙이는 대신에 신의 대신 여대신은 남대신 아니시랴, 천하에는 천하대신 지하에는 지하대신 아니시랴, 벼락대신 아니시랴, 열두대신 아니시랴, 애동은 제자 말문대신에 글문대신 아니시랴, 어허, 내 대신에서 이번 나들이에 좌우정성 받으시고, 황후마마님 가중에 신바람 재우시고, 산바람 물려 도와 주시옵소사."

아기무녀는 낭랑한 목소리로 당차게 대신거리를 놀고 나서 이번에는 대신타령으로 들어갔다. 방울과 부채를 대신해 오방기를 들고 발 가뿐한 춤을 추며 대신타령을 하는데.

"어떤 대신이 내대신이냐, 불이대신은 신의 대신 여대신은 남대신이요, 천하로다 천하대 지하로다, 지하대신 벼락대신 한양에는 열두 대신, 애동제자 불릴 대신 말문대신 글문대신이야, 이고랑산에 번양대신 번양이로다, 상산으로 도당대신 삼 도당에 부군대신, 열두 대신에 신기를 잡아 애기러가자, 불리러가자, 닫은 문은 열러가자, 가슴에다 대천 문 열고 귀에다가 열쇠 열어, 입에다가 말문 열고 눈에다가 야광주고, 손에다가 육갑을 잡혀 생기 복덕도 가리어내자, 정전 안에 내전대신 내전 안에 정전대신 장안가게만 불려주랴, 사대문 안에 방부치 듯 전복일랑 걸을 새 없이, 징장구는 쉴 새 없이 천단 골 만단 골 생겨주고, 골이 차고 문이 메고, 마음 안에 먹은 데로 도와 주고 생겨 주마."

아기무녀는 대신타령을 마치고, 들고 있던 오방기를 둘둘 말아

쥔 채 손잡이 쪽을 명성황후 앞으로 내밀었다.

"어허, 오늘 이 정성에 조선의 국모이신 황후마마님께 천단 골 만단 골 생겨 주고 정성 덕 입히어 주마."

아기무녀가 공수를 줄 때 명성황후는 위쪽에 있는 대를 잡았다. 대를 뽑아 보니 빨간 깃발이 나왔다. 아기무녀는 명성황후를 기쁘게 해드릴 심산으로 일부러 빨간 깃대를 위쪽에 놓았던 것이다.

"어린 것이 기특하구나. 어서 커서 나라만신이 되렴."

명성황후는 아기무녀에게 따로 천 냥을 하사했다.

"황후마마 은덕이 태산보다 높고 동해바다보다 넓습니다."

아기무녀는 명성황후에게 큰 절을 성심으로 올렸다.

바리공주가 끝나고 커다란 삼지창에 꿰인 소의 통 갈비가 저 홀로 바로 섰을 때 명성황후는 거기에다 정성으로 천 냥을 내놓았다. 큰 만신이 뒷전을 풀어내기 시작하자 명성황후는 다시 궁녀들과 무사들의 호위를 받으며 대궐로 돌아갔다.

임오군란壬午軍亂

순종이 태어난 해 1874년 음력 11월 28일 신원미상 승려가 보낸 선물 봉물 궤짝을 여는 순간 폭탄이 터져 명성황후 오라비 민승호(민치록의 양자)와 그의 아들(10세)과 그 할아버지(민치구)와 생모 감고당 이씨가 그 자리에서 폭사했다. 이 일의 배후가 홍선대원군이라고 지목되자 명성황후는 이를 갈며 보복을 노렸다.

1882년 2월 친척 민태호의 딸 민씨(정후, 순명효황후)를 왕세자
빈으로 간택했을 때, 1882년 7월 19일(음력 6월 9일 고종19년)
임오군란이 일어났다.

1881년 5월 19일(고종18년) 신식 별기군이 설치되고, 별기군
과 구식군의 차별 대우가 심화된 이듬해 구식군인들에게 연체된
13개월 봉급 중 겨우 1달치 봉급(쌀 6말)을 주는데, 불량 쌀(모
래를 섞고 또 물에 불린)로 지급해 일어난 난이다.

민겸호 집을 부수고 운현궁으로 몰려온 구식군인들에게 자초
지종을 들은 대원군은 밀린 봉급 완전지급을 약속하고 일단 물러
나 대기토록하고는 김장손과 유춘만을 불러 심복 허 욱과 긴밀히
협력하도록 했다.

7월 19일 홍선대원군의 명이 떨어졌다. 병졸들은 돈녕부영사
홍인군 이최응과 호군 민창식을 살해하고 중전 민씨를 제거하기
위해 창덕궁으로 난입했다. 이에 놀란 명성황후는 궁녀 옷으로 변
복하고 궐 뒷문으로 빠져나가 무예별감 홍계훈에게 업혀 충주 장
호원 충주목사 민응식 집으로 피신했다.

난병들은 궁으로 몰려가 선혜청당상 겸 병조판사 민겸호閔謙鎬
(을사조약이 체결되자 격분해 자결한 민영환閔泳煥의 아버지)를 끌
어냈다.

"대감 제발 나를 살려 주시오."

재물을 마음대로 쌓던 당당함은 어디 갔을까, 백성들을 개돼지로 여기던 오만함은 어디 갔을까, 신분을 석탑처럼 세우던 열정은 어디 갔을까.

민겸호가 흥선대원군에게 눈물로 애원했지만 흥선대원군은 쓴웃음을 지으며 말한다.

"내 어찌 대감을 살릴 수 있겠소."

그 말이 끝나자마자 난병들은 민겸호를 내동댕이치고 총칼로 난도질했다. 그리고 착복비리 부정축제가 드러난 수하들을 모두 살해하였다.

"중궁은 어디 있느냐."

한동안 처참한 광풍을 이어가는데, 전임 선혜청당상 김보현金輔鉉이 경기감영(경기도 관찰사에서 해임되어 명예직인 지중추부사로 전임)에 있다가 궁에 변고가 생겼다는 소식을 듣고 서둘러 승정원에 들렀다.

"오늘의 사변을 알지 못하고 들어가시렵니까."

승지로 입직하던 조카 김영덕이 강력히 말렸지만 김보현은 소매를 걷어붙이면서.

"내가 재상의 위치를 갖추었고 또 직책까지 맡고 있는데, 국가에 변이 생기면 비록 죽는다고 해서 회피하면 되겠느냐."

김보현은 입궐하자마자 곧바로 중희당 돌계단 아래서 난군에게 붙잡혀 무참히 맞아죽었다.

민겸호와 김보현의 사체는 원한으로 가득 찬 난군들에게 다시

금 난도질당했다. 그리고는 한성부 궁궐 개천에 버려졌다. 지나
가는 백성들은 이들의 탐욕을 조롱하며 비웃었다.

홍선대원군은 민심을 얻기 위해 일본공사관을 포위 습격했다.
일본공사 하나부사 요시모토花房義質 등 공관원 전원은 제물포항으
로 피신했고, 별기군 병영하도감 일본인 교관 호리모토 레이조堀本
禮造 공병 소위를 비롯해 일본인 13명이 살해되었다.

실각한 지 9년 만에 정권을 재창출한 홍선대원군과 척화파들
은 중전과 외척인 민씨 비리 척결, 일본과 서양세력에 대한 배척운
동을 확대시키기 위해 고종에게 자책교지自責敎旨를 반포하게 하여
군란을 정당화했다.

하지만 일부 가담자들이 중전 민씨 처단을 요구하며 해산을 거
부하자 홍선대원군은 중전 실종을 사망으로 단정하고 국모 상을
공포하였다.

일본으로 달아났던 하나부사 요시모토는 군란 발발 20일 만
인 음력 6월 29일 1개 대대 병력을 이끌고 인천에 들어왔고, 이어
청나라 원세개袁世凱는 제독 오장경과 정여창의 막료로 병력 4천 명
과 함께 음력 7월 7일 남양만에 상륙하였다.

매우 위급한 시기에 갑작스럽게 이용익李容翊이 나타났다. 이용
익은 헌신하여 명성황후를 충주로 피신시키는데 앞장섰다. 명성
황후는 편지를 써서 하루에 충주와 한양을 왕복할 수 있는 능력
을 가진 이용익 편으로 민영익閔泳翊에게 전달했다.

"모든 걸 줄이고. 얼른 청나라 군대를 찾아가 내가 죽지 않고 피신해 있다는 사실을 알리고 구원을 요청하시게."

명성황후 구원 요청을 받은 청나라 군대는 즉시 한양으로 입성했다 그리고 제독 오장경이 답장을 보냈다.

"곧 받들어 모시는 희소식이 있을 겁니다."

청나라 군대는 한양으로 진군한 지 사흘 만인 1882년 8월 27일(고종19년, 음력 7월 13일) 홍선대원군을 납치해 천진으로 끌고 갔다. 일개 군 해직자 소요 사건이 척화파 혁명으로 발전되어 홍선대원군이 재집권했지만 청나라 군대의 개입으로 진압되었고, 충주로 피난 갔던 명성황후는 청군의 호위를 받으며 무사히 환궁했다.

3일 후 음력 7월 16일 청나라 군대는 구식군인들이 많이 사는 왕십리와 이태원을 급습하여 군란 가담자 170명을 색출해 응징했다. 그 중 10여 명은 청룡도로 참수해 목을 성벽에 걸어놓는 만행을 저질렀다. 이것으로 집권 한 달 만에 대원군의 척화파들은 완전히 제거되었다.

홍선대원군은 방계傍系(왕위를 이은 임금의 친아버지에게 주는 작위)로서 1821년 1월 24일(음력 1820년 12월 21일) 한성부 안국방 소안동계 소안동 안동궁에서 태어났다. 본관은 전주全州, 이름은 하응昰應, 자는 시백時伯 호는 석파石坡, 종교는 유교다. 조선 왕족이고 정치가이며 1907년 10월 1일 대한제국 추존왕(홍선헌의대원왕興宣獻懿大院王)으로 추봉되었다. 1898년 음력 2월 22일 한성부 용산방 공덕리계 염동 아소당에서 77세의 나이로 사망했다.

이용익은 1854년 함경북도 명천군 상가면 석현리에서 태어났다. 본관은 전주이며 자는 공필公弼 시호는 충숙忠肅이다. 임오군란 때 명성왕후를 구출시킨 공로로 단천부사로 임명되었다. 1902년 탁지부 대신으로 임명되어 친러파로 활약하면서

증강정책 하나인 육군 양성을 위해 러시아 군대 주둔을 주장했다. 1905년 보성전문학교를 설립했고, 이듬해 보성중학교를 설립했다. 그해 을사조약을 반대하다 일제에 의해 투옥되었다가 석방되어 러시아로 망명하였다. 1907년 상트페테르부르크에서 김현토에게 피살되었다.

태극기

"조선이 독립국이면 당연이 조선의 국기를 가져야 한다."

'조선책략朝鮮策略'을 쓴 주일 청나라 공사관 황준헌이 먼저 밝혔다. 그리고 청나라 국기와 유사한 4개의 발톱을 가진 용 그림을 제시했다.

그러자 고종은 갑자기 불편해진 심기를 드러냈다.

"어째서 조선이 삼각형인 청나라 국기를 모방해야 하는가, 그리고 왜 발가락 하나를 줄여서 조선을 낮춘단 말인가."

고종은 곧바로 '조선책략'을 전해 준 김홍집을 불러들였다.

"부르셨나이까."

혼자 분을 삭이던 고종은 부리나케 달려온 김홍집에게 숨 돌림 틈도 주지 않고 다짜고짜 어명부터 내렸다.

"임금과 관원과 백성을 뜻하는 조선의 국기를 경이 만드시오."

이미 주일 청나라공사관 황준헌으로부터 받은 러시아 남하를 저지하는 친중국親中國, 결일본結日本, 연미국聯美國 '조선책략'을 고종에게 바친 터라 복명했다.

"혼신을 다해 명을 받들겠나이다."

여기서 무슨 이유가 필요할까. 이미 고종의 불편한 심기를 헤아린 김홍집은 비릿한 침을 삼키며 하명을 기다렸다.

"붉은 바탕에 푸른색과 흰색을 화합시킨 동그라미를 넣는 것이 좋겠소. 붉은 바탕은 임금을 뜻하는 것이고, 푸른색은 관원을 뜻하는 것이고, 흰색은 백성을 뜻하는 것이오."

고종은 분노 섞인 강한 어조로 재차 명령했다.

청나라와 일본과 러시아에 버금가는 조선의 국기를 만드는 자체가 가슴 뛰는 꿈이었다. 백성들에게 희망을 주는 떳떳한 나라로 가는 출발이라고 여겨졌다. 국기 하나로 성군이었다고 자신의 이름이 역사에 깊이 새겨질 것만 같았다.

어전에서 물러난 김홍집은 즉시 역관 이응준을 불러 고종이 지시한 대로 조선의 국기를 그리게 했다.

"한가운데 원을 그려 태극을 만들고 빙 둘러 괘를 그리게."

이응준은 말없이 김홍집이 시키는 대로 얇은 붓으로 하얀 한지 가운데에 원을 그리고 또 서로 몸을 휘감고 있는 모양의 태극을 그렸다. 그런 다음 간격을 팔각으로 가지런히 나누어 8괘를 그려 넣었다.

"태극 한쪽은 빨간색을, 또 한쪽은 파란색을 칠하고 괘는 윷가락 모양으로 그려 검은색을 칠하게."

김홍집은 이응준이 그려낸 첫 번째 태극기를 들고 자세히 살폈다.

"원을 좀 더 정확하게 균형을 맞추고 괘도 각 지게 그려보게

나."

　이에 이응준은 한지를 정사각형으로 자르고 한가운데에 점을 찍어 원의 길이를 정확하게 측정했다. 괘도 세밀하게 자로 재어 길이와 넓이를 하나처럼 일치 시켰다.

　이응준은 하루 종일 몇 장이고 김홍집 마음에 드는 태극기를 그려냈다.

　며칠 후 김홍집은 고종을 알현하는 자리에서 자신이 만들어 온 조선 국기를 펼쳐놓고 설명했다.

　"흰 바탕이 백성이고 태극모양에서 붉은색은 임금이고 파란색이 관원입니다. 그리고 동그라미 태극을 둘러싸고 있는 8괘는 조선 팔도를 뜻합니다."

　김홍집이 그려 온 정사각형 태극기를 물끄러미 바라보던 고종은 여기에 자신의 생각을 넣었다.

　"괘가 조선 8도를 상징한다고 해도 너무 복잡한 것 같소."

　"네, 전하의 뜻대로 하겠습니다."

　처음 조선의 국기는 8괘를 가진 정사각형이었다.

　조선의 국기가 제작되었다는 소식이 전해지자 제일 먼저 비난한 사람은 주일 청나라 외교관 마건충이었다.

　"태극기는 일본 국기를 닮았다. 바탕을 흰색으로 하고, 붉은 용 그림으로 하되 발톱은 네 개로 해 청국기의 다섯 용 발톱과 구분하면 된다."

청나라 관료 마건충의 무지한 압력이 있었지만 김홍집은 이에 굴하지 않고 바탕과 원의 크기를 황금비율로 나누어 다시 그렸다. 또 각 모서리에만 괘를 넣어 4괘의 새로운 국기를 만들어 고종에게 바쳤다.

"태극기가 조선의 국기다."

국기 제작을 시작한지 4개월 뒤인 1883년 3월 6일(고종20년) 태극기를 정식 조선의 국기로 제정했다.

고종이 대신들이 모인 자리에서 전격 공포했지만 이미 만들어진 정사각형 8괘의 태극기와 다시 수정해 만든 4괘의 태극기가 한동안 혼용해 사용되었다.

수신사 박영효가 일본가는 배안에서 급히 만들었다는 주장은 사실과 거리가 있다. 또 일부 사람들이 알고 있는 '태극기는 태극기일 뿐 대한민국 국기가 아니다.' 이것도 틀린 말이다.

갑신정변甲申政變

갑신정변은 1884년 12월 4일(음력 10월 17일) 7월부터 계획한 김옥균, 박영효, 서재필, 서광범, 홍영식과, 서재창, 윤웅열, 윤치호, 정난교, 신응희, 유혁로, 윤경순 등 개화파가 우정국(우정국 총판 홍영식) 개국현장에서 일으킨, 청나라 수구세력을 몰아내고 개화정당을 수립하려고 한 무력정변이다. 또한 갑신정변으로 인하여 신식 우편제도(최초의 우표, 문위우표 발행)를 실시하지 못하고 있다가 1895년 새로 통신국이 설치되고 우편사업이 재개되어 우표 5종을 발행하였다.

"세상은 박영효, 홍영식, 김옥균, 서광범, 나까지 넣어 계략을 세우면 못할 일이 없소이다."

서재필은 7월부터 정변을 계획하고 참여자를 모았다.

12월 4일 저녁 우정국郵政局 낙성식 때 개화당 병력 100명, 일본군 200명이 정변을 일으켜 고종과 명성황후를 경운궁으로 피신시킨 뒤 민씨 척족들을 축출했다. 이때 민씨 척족들은 청나라 주둔군의 원세개袁世凱에게 구원을 요청하였다. 구원병은 조선군 100명이었고, 여기에 청나라는 주둔군 4천 명 중 1천 5백 명을 보냈다. 12월 6일 개혁파들이 반대했으나 명성황후의 강력한 요구로 고종과 명성황후는 다시 경복궁으로 돌아갔고, 다음날 새벽 개혁파들은 14개 조항의 정강정책을 결정했다. 청나라 간섭 배제, 문벌과 신분타파, 능력에 따른 인재등용, 인민 평등권 확립, 조세제도 개혁 등 14개 조항을 내놓았으나 오후 3시 구원병이 투입되어 12월 7일 3일 만에 진압되었다. 홍영식, 박영교는 청나라 군과 싸우다 전사했고 김옥균, 서재필, 박영효 등은 일본으로 망명하여 3일 천하로 막을 내렸다.

개화파들이 와해되자 일본은 청나라가 조선을 무력 점령한다는 구실을 들어 더욱 많은 병력을 파견했다. 이 변란을 계기로 조선에 진주한 외국 간의 세력다툼이 시작되었고, 조선은 자주권에 치명적인 손상을 입었다.

이렇게 갑신정변 회오리가 지나가자 임오군란 때 천진으로 끌려갔던 흥선대원군이 1885년 8월(66세) 원세개의 보호아래 운현궁으로 돌아왔다. 대원군이 석방된다는 소식에 명성황후는 민영익을 이홍장에게 보내 대원군 석방을 보류해달라는 자신의 뜻을 강력하게 전달했지만 이루어지지 않았다. 청나라는 민씨 일가의 척족 세력이 방대해지자 이를 견제하기 위해 대원군을 데리고 온 것이다.

시아버지 등장에 명성황후는 눈에 불을 켜고 시아버지 수족들을 잘라내기 시작했는데 며칠 사이에 30명이 목숨을 잃었다. 외세의 조롱을 받으며 외세에 기대어 정권 유지하는 한심한 행동을 아랑곳하지 않았다. 청일전쟁이 일어날 수도 있다는 개전설이 돌았지만 이번에는 러시아에 의지하려고 러시아에게 손을 내밀었다.

원세개의 공식 직함은 주차조선총리교섭통상사의駐箚朝鮮總理交涉通商事宜로 조선주재 청국 공사다. 불과 26세의 나이로 이홍장을 대신해 조선 왕실의 보호와 감시를 하는 감국대신이기도 했다. 청나라의 등용문 과거에서 떨어지고 돈을 주고 산 벼슬이지만 고종을 능가하는 권력으로 전각까지 가마를 타고 들어올 수 있었다. 다른 외교관들은 모두 서 있어도 자리에 앉을 수 있는 특권까지 누렸다.

고요한 밤이었다.

"이번엔 누구인가"

"조선왕후 측근의 궁녀입니다."

"그래, 수고했군."

원세개는 멋을 아는 대단한 미남이었다. 언제나 화려한 예복을 갖춰 입고 등장했다. 이미 궁녀들 사이에서 서로 흠모한다는 목소리가 공공연하게 흘러나왔다.

원세개가 방으로 들자 깔끔한 조선 여인이 술상을 앞에다 두고 다소곳하게 앉아 있었다. 원세개는 그 여인을 잠시 살펴보다 술상 앞에 마주앉았다. 그리고 빈 잔에 술을 따라 한 잔은 여인에게 건네고 또 한 잔은 자신이 들고 함께 마셨다. 비록 하룻밤의 짧은 인연이어도 상대의 여인에게 최선을 대해 최고의 사랑을 만들어 주는 것이 원세개의 또 다른 젊은 사상이었다.

"오, 아름답군."

여인이 술잔을 내려놓자.

"조선에서 그대같이 어여쁜 여인은 처음 보오."

"망극하옵니다."

원세개는 침실에서만은 조선 여인들의 왕이었다. 이러한 사실을 아는 일부 대신들은 원세개를 훔쳐보는 궁녀들이 더 얄미워 욕을 던졌다.

"저런 배알도 없는 계집년"

그해 12월 말 조정에서는 예조참판 신상우를 특차전권대사로 일본에 파견하여, 갑신정변 과정에서 일본 측의 개입, 갑신정변 처

리와 보상 등을 문제 삼았다가 오히려 1885년 1월 9일(고종22
년) 조선 측 대표 김홍집과 일본 측 대표 이노우에 가오루 간의 5
개 조의 한성조약漢城條約을 체결했다.

1. 조선은 국서를 일본으로 보내 사죄의 뜻을 알린다.
2. 사거한 일본인 유족과 피해 입은 상인들을 위해 조선이 10
만원 배상금을 지급한다.
3. 조선은 일본군 이소바야시礒林 대위를 살해한 자를 체포 엄벌
한다.
4. 조선은 파손된 일본공사관 건물을 교부하고, 증축으로 2만
원을 일본에게 지급한다.
5. 일본국공관 호위병의 병영은 공관부지에서 선택하도록 한
다. 제물포조약 제5관에 의거하여 시행한다.

이렇게 어처구니없는 조약이 성사되었다. 고종은 갑신정변에
일본이 연루되었음을 알고 일본을 추궁하기 위해 먼저 협상을 시
작했지만, 일본은 이노우에 가오루를 전권대사로 임명하고 2개의
대대병력과 군함 7척을 앞세워 조선을 압박했다.

조선 최초 우표는 1884년 11월 18일(음력 10월 1일) 우정국 개국을 맞이하여
발행한 문위우표文位郵票다. 화폐 단위가 '문'이어서 우표수집가들이 붙인
이름이지만, 당시 우표(우초)이름은 '대조선국우초'였다. 조선 최초 기념우표는
'어국 40년' 1902년 10월 18일 발행되었는데, 고종 즉위 40주년과 50세를 기념한
우표다. 그다음이 1946년 5월 1일에 발행한 해방 1주년 기념우표다.

거문도 사건

1885년 3월 1일(고종22년) 영국이 러시아의 조선 진출을 견제하기 위해, 러시아 동양함대 길목에 위치한 거문도를 불법 점령하였다. 러시아는 태평양 진출 계획으로 1860년 연해주 블라디보스토크를 강제 점령한 후 청나라와 북경조약을 맺어 연해주를 합법적으로 영유했다. 하지만 블라디보스토크는 부동항不凍港이 아니었다. 따라서 러시아는 조선의 남쪽 영흥만을 점령할 계획을 수립했다. 이에 청나라, 일본, 영국, 프랑스는 러시아 남하 위협을 조선에 통보했지만 고종과 내각은 별다른 반응을 내보이지 않았다.

음력 3월 1일 수군 200명을 태운 영국 함대 3척이 거문도로 들어왔다.

"러시아가 조선을 불법 점령하려 한다. 우리가 이 섬에 온 것은 러시아의 조선 불법 점령 예방조치이다."

거문도를 점령한 영국군은 먼저 영국기를 게양하고 섬 전체를 요새화하였다. 포대와 병영을 쌓고 제방을 축조하는 동시에 노역에 참여한 주민들에게는 충분한 보수를 지급했다.

영국 정부는 3월 3일 청나라와 일본에 거문도 점령 사실을 통고했고, 조선에는 4월 6일 통고했다. 조선은 3월에 영국군의 거문도 점령을 알고 있었지만 협상해결 담당자도 선정하지 못했다. 다만 청나라, 러시아, 영국의 교섭에 의존할 뿐이었다.

거문도를 점령한 영국은 곧바로 주둔군을 800명, 함대를 10척으로 늘렸다. 서로가 조선으로 진출하려는 야욕에, 국제분쟁으로 이어질 것을 우려한 영국은 조선과 직접 협상을 시작했다. 그러자 러시아는 영국군이 거문도에서 철수하지 않으면 우리는 제주도를 점령하겠다고 엄포를 놓았다.

영국군은 거문도가 군항으로 적합하지 않다는 결론이 나오자 1886년 3월 다른 나라들이 거문도를 점령하지 않으면 거문도에서 철수하겠다는 의사를 밝혔다.

여기에 맞춰 청나라 이홍장과 주청 러시아 공사 라디젠스키와 8월 28일, 9월 2일 두 차례 회담으로 얻은 3개조의 약속을 보증하고 영국군 철수를 촉구했다.

영국군은 10월 29일 청나라와 러시아에 거문도 철수를 통고하고, 조선정부에는 11월 28일 통고했다. 그리고 1887년 2월 5일 영국군은 거문도에서 완전히 철수했다.

거문도 사건은 러시아 남하를 저지하려는 영국군의 무단 점령이었는데, 조선은 허약한 국제적 지위만 드러냈다.

귀국歸國

1880년 4월 17일(고종17년) 일본은 조선에 일본 공사관을 설치했고, 1881년 11월 17일(음력 9월 26일, 고종18년) 조선은 청나라에 영선사領選使를 파견했다. 청나라의 근대식 병기와 제조, 사용법을 배우기 위해 김윤식이 유학생을 이끌고 갔다가 임오군란 때 귀국하였다. 이어 1882년 5월 22일(고종19년) 서양과 맺은 첫 조약인 조미수호통상조약을 조선의 전권위원 신헌 김홍집과 미국의 전권위원 로버트 윌슨 슈벨트가 제물포에서 조인했다.

이완용은 1882년 10월 24일 고종 부부가 다시 실권을 차지한 것을 축하하는 과거시험 증광문과에 급제했지만 곧 바로 관료가 되는 것이 아니었다. 매직으로 정체된 관료가 너무 많아 4년을 기다려 비로소 관료로 임명될 수 있었다. 썩을 대로 썩은 조선 조정에서 외로운 기다림은 차라리 사치였다. 양아버지의 든든한 뒤가 있는데도 불신은 쌓여만 갔다.

"내가 헛공부 했어."

임명을 기다리는 세월을 헛되이 보낼 수는 없었다. 읽고 쓰는 것은 누구보다도 잘했지만 사상 추구와 문장 창조에 대해서는 뒤지고 있다는 것을 깨달았다. 갑도 을도 아닌 병과에서 18등으로 급제했다는 사실이 늘 가슴을 아프게 짓눌렀다.

'내 글에 결이 희미해, 기 승 전 결에서 결이 좋아야 다 좋은 건데, 글의 완성이 그렇게도 먼 곳에 있는 걸까.'

"내가 이완용이다."

'부강한 국가를 만들어 외세의 침탈을 막고 어진 민초들을 대변하는 게 관료의 숙명 아니던가. 허기진 약자 등에 올라타고 허세를 부리는 것은 관료가 아니다. 캄캄한 밤 등불을 들고 어둠을 밝히는 일, 내생의 끄트머리까지 가지고 가겠다.'

夜雨야우
早蛩啼復歇조공제복헐
殘燈滅又明잔등멸우명
隔窓知夜雨격창지야우
芭蕉先有聲파초선유성

밤비
새벽이 되니 귀뚜라미도 울다 다시 쉬는데
꺼질 듯 말 듯 호롱불이 흐려졌다 또 밝아진다.

창밖에 밤비 내림을 아는 것은
파초가 먼저 소리를 냈기 때문이다

이완용은 백거이^{白居易} 시를 쓰고 또 썼다. 다작^{多作} 시인 백거이 시를 있는 대로 찾아서 몇 번이고 썼다. 특히 장시 비파행^{琵琶行}을 정성으로 쓰면서 문장 사상에 의식 개조를 덧칠했다.

이완용은 1886년 3월 24일 젊은 인재로 출세 가도를 밟는 정7품 규장각 대교로 입신했다. 그리고 관직에 나온 지 두 달 후 정6품 서책을 편찬하는 홍문관 수찬자리로 옮겼다. 이때 고종이 국제 업무를 담당할 신진 관료를 교육하기 위해 육영공원을 세웠는데, 그해 9월 고종의 주선으로 육영공원에 입학했다. 육영공원에서 호머 베절릴 헐버트(한국이름 헐벗)를 만나 영어, 과학, 경제학 등 신문물을 배웠다. 육영공원에서 좌원은 현직 관리, 우원은 고관 친척과 자녀들이었는데, 제1기 졸업생은 좌원 14명 우원 21명이었다. 그의 총명한 머리로 얼마나 열심히 수학했는지 조선인 중에서는 당시 몇 명 되지 않는 영어 실력자가 되었다. 그리고 1887년 5월 9일 세자 시강원^{侍講院} 사서^{司書}(정6품)에 보임 돼 왕세자 순종^{純宗}을 가르치는 겸사서를 하며 순종과 사제의 연을 맺었다.

"조선이 미국에 상주 공사관을 두지 않아 미국은 조선이 청나라 속국이라고 믿고 있다."

고종은 알렌의 이 말을 옳게 여겼다. 1887년 7월 20일, 청나라 이홍장이 주미공사 파견을 극렬하게 반대했어도 고종의 결단으로 이완용은 미국주재 공사관 참찬관에 임명되었다. 1887년 8월 7일 경복궁 건청궁에서 고종을 알현하고 미국으로 출발하려 했지만, 거듭되는 청나라의 강력한 반대에 부딪혀 한 달 이상을 허비하자 미국정부가 반발하고 나섰다.

"제3국의 외교 문제에 간섭하는 것은 월권이다. 조선이 일본에 사절단을 파견할 때는 가만 있다가 왜 조선이 미국에 보낸다니까 문제를 삼느냐. 즉시 주미공사 파견을 허락하라."

조선주재 미국공사 휴 에이 딘스모어가 이홍장에게 항의하자 이홍장은 문제가 발생한 지 48일만인 9월 25일 '영약 3단' 조건을 붙여 승인했다.

우여곡절 끝에 9월 28일 오후 4시 제물포에서 미국군함 오마하 호에 탑승해 부산으로 출항했다. 이때 이완용은 제물포로 가지 않고 대구에 들러 경상도관찰사로 있는 양아버지 이호준에게 부임 인사를 하고 부산으로 향했다. 이틀 후 오마하 호는 부산항에서 이완용을 태우고 10월 5일(양력 11월 19일) 일본 나가사키 항에 도착했다. 일본서 알렌(고종이 주미공사 참찬관으로 임명)과 합류한 조선사절단 이완용은 커다란 여객선으로 갈아타고 서기관 이하영李夏榮, 이상재李商在 번역관 이채연李采淵 수행원 2명 무관 1명 하인 2명과 함께 초대 주미공사 전권공사인 박정양朴定陽(47

세)을 수행해, 요코하마와 하와이를 거쳐 12월 28일 샌프란시스코 항에 도착했다. 팔레스호텔에서 며칠을 머문 뒤 1888년 1월 4일 기차를 타고 미 대륙을 횡단하여 마침내 1월 9일 워싱턴 에비트호텔에 투숙했다.

영국 기선 오셔닉 호를 타고 가던 이완용은 날자 변경선을 통과하며 동양과 서양의 밤과 낮이 다르다는 것을 알았다. 서양인 남녀들이 선상에서 껴안고 춤추는 해괴한 장면도 여기서 처음 보았다.

이때 이들을 안내한 호러스 뉴턴 알렌(한국 이름 안련)의 일기에 적힌 내용이다.

"통역관은 영어를 모르는 바보다. 그들은 대변을 볼 때 변기가 더럽도록 항상 발자국을 남긴다. 연신 담배를 피우고 목욕을 하지 않아 몸에서 똥냄새 담배냄새 음식냄새가 뒤섞여 계속 악취가 풍긴다. 옷에서 기어 다니는 이를 자주 지적해 주어야 했다. 수행원 모두가 더러워 짜증나게 했지만 그래도 이완용, 이하영은 괜찮았다."

주미 청나라공사 관원들은 주미 조선공사 관원들을 자신들이 국무성으로 안내하고 또 백악관까지 같이 가 미국 대통령에게 조선은 예전부터 청나라의 속국이라고 설명하려 했다.

"우리는 고국에서 어떠한 연락도 받지 못했다."

청나라의 집요한 속셈을 힘겹게 뿌리친 이완용은 정말 아무것도 모른다는 듯 알렌을 앞세워 의연하게 대처했다.

1888년 1월 17일 워싱턴은 아침부터 바람 쌀쌀한 눈발이 날리고 있었다. 낯선 서구 세상에서 어떤 일을 서둘러 해야 할지 어느 것 하나 종잡을 수 없었다. 모든 일이 추상적 회오리바람 같았다. 조선을 떠나 온 이상 지금부터는 각자도생이 최선이었다.

세계최강 미국 대통령 클리블랜드를 만난다는 들뜬 마음으로 이완용을 비롯하여 박정양 일행은 오전 11시 에비트호텔을 나서 국무성으로 향했다. 참찬관 이완용이 신임장이 들어 있는 상자를 들고 선두마차에 올랐다. 박정양과 나머지 수행원들은 각자 뒤의 마차를 나눠 타고 떠났다. 이들은 모두 조선의 전통 관복차림이었고 알렌과 뉴욕주재 명예영사 프리이저는 예복을 입고 안내했다.

조선공사관 일행이 국무성에 도착하자 베이어드 장관, 세블론 브라운 차관은 이들과 함께 백악관으로 출발했다. 베이어드 안내로 접견실에 들어간 뒤 잠시 후 대통령이 나타났지만 보통사람들과 똑같은 복장을 한 그가 대통령인 줄은 꿈에도 몰랐다. 미국 대통령은 청나라 황제보다 화려하고 위엄 있는 제복을 입고 나타날 줄 알았다. 뒤늦게 그가 대통령이라는 것을 알고는.

"황공하옵니다."

황급히 바닥에 이마를 대고 조아려 큰 절을 올렸지만 절을 받지 않았다.

"오시느라 수고 많으셨습니다. 미국과 조선, 조선과 미국, 양국 우의 증진을 위해 많은 노력을 부탁드립니다."

"황공하옵니다. 대통령 각하의 말씀 명심하겠습니다."

서로 인사말도 제대로 전하지 못한 채 신임장 제정 의식은 10분 만에 끝났다. 그리고 다음 날 워싱턴 시내의 3층 양옥집을 세내어 옥상에 태극기를 게양하고 정식 공사관을 개설했다.

"미국 반벙어리와 조선 반벙어리가 적당히 절충해서 의사를 소통했다."

월남月南 이상재李商在는 당시의 일을 이렇게 남겼다.

마침 연 초여서 미국정부 고관이나 여러 나라 공사관 주최 연회가 자주 열렸다. 어깨와 목이 드러난 야회복을 입은 여인들을 보고 박정양은 '기생'이라고 불렀다. 그러자 알렌이 그들은 기생이 아니라 사회적 유력한 집안의 부인이라고 말했지만

"그런 집안여인이 어떻게 저런 차림으로 여러 사람 앞에 나설 수 있습니까."

하고 전혀 이해하지 못했다.

낯선 나라에서의 관원 생활은 고단했다. 음식과 풍토가 맞지 않은 탓인지 이완용은 현기증과 두통을 앓았고 그 증세는 점점 심해졌다. 깊이와 논리를 가늠할 수 없이 그저 피곤하고 지루했다. 외로움 바탕에 자신이 좋아하는 글씨를 하염없이 써도 예술의

혼에는 아무런 변화가 생기지 않았다. 세상읽기도 건성건성 돌아갈 뿐이었다.

"일단 고국으로 돌아가자."

박정양이 청나라와 약속한 영약삼단另約三端을 지키지 않아 소환 당했다. 이완용도 이 때 미국으로 떠난 지 7개월 만인 1888년 5월 8일 함께 귀국 했다. 휴식 시간 3개월을 가진 후 다시 조정에 나갔는데, 그러니까 벼슬길에 들어선지 2년 반 만인 8월 14일 정3품 통정대부, 승정원 동부승지, 이조참의, 교섭통상사무 참의를 맡아 일약 당상관 자리에 올랐다. 그리고 그해 10월 다시 주차 미국참찬관으로 부임하라는 고종의 명을 받았다. 이완용은 이하영 부부와 자신의 부인 조씨와 함께 도미했고, 12월에 대리 주미공사로 승진하였다.

주미 조선공사관은 썰렁했다. 영약3단을 지키지 않았다는 청나라의 끈질긴 협박으로 이미 박정양은 소환 당했고, 청나라의 요구에 따라 조정도 더 이상 주미공사를 파견할 수 없게 되었다. 결국 이완용이 주미공사관 모든 일을 떠안고 말았다.

영약3단另約三端

1. 조선공사는 주재국에 도착하면 먼저 청국공사관에 가서 보고하고 청국공사를 경유하여 주재국 외무부에 가야 한다.

2. 공식행사나 연회석상에서 조선공사는 청국공사 다음에 앉아야 한다.

3. 중요 문제가 있을 때 조선공사는 청국공사에게 미리 상의해야 한다.

워싱턴에 공사를 둔 나라는 40여 개국이나 되었는데. 대부분 외교 사절단은 양복을 입었다. 하지만 조선과 청나라 등 몇 나라만은 자신들의 고유의상을 입고 있었다. 이해할 수 없는 모자인 갓과 머리끝이 뾰족한 상투와 이상한 옷차림으로 종종 미국 어린이들 놀림거리가 되곤 했다.

외교활동에도 영약3단을 들고 나오는 청나라의 시비에 이완용은 곤욕을 치렀다. 하는 수 없이 이완용은 펜실베니아 주 하원의원 찰스 오닐 요청을 받아 로버트 에이치 데이비스를 필라델피아 주재 조선 명예영사로 임명했다.

"백인들이 조선아이들을 납치해 눈은 사진기 렌즈로 쓰고 몸은 끓여서 약으로 먹는다."

이런 괴기한 소문이 미국 신문에 보도되어 미국에서는 조선을 미개국으로 인식했다. 이런 중에 이완용의 영어실력은 많이 향상되어 어지간한 의사소통은 영어로 할 수 있게 되었다.

이완용은 그제서야 세계정세에 눈을 떴다. 서구문명 깊은 곳을 관찰하면서 입법, 사법, 행정의 분리된 제도를 목격했다. 국민이 직접 선출하는 선거제도와 의사당, 정부청사, 대법원 그리고 은행, 신문사, 학교 등을 자주 둘러봤다.

"조선의 자주독립을 지켜줄 나라는 미국이다."

새로운 세계와 새로운 질서를 목격한 이완용은 1890년 10월 29일 주미 대리공사 직을 마치고, 미국에서 한복을 곱게 입고 찍은 부인 조씨 사진을 들고 귀국했다.

"재능 있는 서기관은 오직 이완용뿐이다."

근처에 방을 얻어 조선공사관으로 출퇴근 하던 알렌이 일기에 남긴 내용이다.

1890년 10월 29일 이완용은 2년 5개월간의 외교 활동인 주미 대리공사를 마치고 귀국했지만 조선의 현실은 미국으로 떠날 때와 별반 달라진 것이 없었다. 여전히 청국의 원세개가 '감국대신'으로 조선 정계를 지배하고 있었다.

"이대로는 안 되지. 이제 조선도 자주자립을 해야 해. 세계는 문명개화로 눈부시게 발전하고 있는데, 조선은 아직도 밤낮 잠만 자고 있어. 부패한 왕족과 관료들 때문에 모두가 허송세월을 보내고 있어."

이완용은 잠자는 조선에 두려움을 느꼈다.

이완용이 고종의 명을 받고 입궐하였다. 미국에서 돌아와 처음으로 고종을 알현하는 자리다.

"신 이완용 전하를 뵈옵니다."

"수고 많으셨소. 그래 미국은 어떠한 나라요."

고종은 미국이란 나라가 무척 궁금했지만 그곳에 새로운 문화 충격이 있는 줄은 몰랐다. 내면적 변화로 세계 최강 국가로 치닫고 있는 것을 알지 못했다. 평범하고 안일한 궁궐 안의 질서에서 일탈은 꿈에도 없었다.

"미국은 땅이 넓고 기름지고 산업이 눈부시게 발전하는 매우 부강한 나라였습니다. 또한 목초지마다 소들이 가득하여 쇠고기를 삼시세끼 밥 대신 먹는 아주 풍요로운 신천지의 나라였습니다."

"쇠고기를 밥 대신 먹는다고, 대단한 나라임은 틀림없겠구려, 그런데 미국왕은 어떤 사람이오."

조선왕 고종은 눈부시게 변태한 성충의 세상을 몰랐다. 알에서 깨어나 애벌레로 기어 다니다가 지금은 날개를 펼치고 넓은 하늘을 훨훨 나는 성충의 세상을 까마득하게 몰랐다.

이완용은 내친김에 가슴에 담아두었던 미국의 정치제도를 말했다.

"미국은 대통령 부통령이 있고 그 아래 각 부처마다 장관이 있습니다. 또 의회가 있는데 의회는 상원의원 하원의원 둘로 나누어져 있습니다. 그리고 지방을 주로 표시하는데 주지사가 다스리고 있습니다."

이완용은 다시 한 번 숨을 깊게 고르고 말을 이었다.

"특이한 것은 국민이 4년마다 대통령을 뽑고, 또한 의회의원도 주지사도 4년마다 국민이 직접 뽑습니다. 국민이 직접 뽑은 의회의원이 대통령 하는 일을 인민 입장에서 간섭하고 있습니다."

이완용의 말을 묵묵히 귀담고 있던 고종은 떨떠름한 표정을 애써 감추었다. 질문하는 말에 존엄의 질투가 스며들었다. 왠지 쓸데없는 말로 조선과 동양을 낮추고 이완용 자신과 서양을 돋보이게 하려는 수작인 것만 같았다.

"청나라도, 러시아도, 심지어 일본도 종신 왕이 있고, 더구나 미국의 종주국이라는 영국도 왕이 있다는데, 어째서 그 나라만 백성이 4년마다 왕을 뽑는단 말이오. 그러고도 나라가 부강하다니 그것도 괴이한 일 아니겠소. 또한 왕이 하는 일을 간섭하는 의회는 왜 필요한지도 모르겠소."

'아뿔싸.'

고종의 속을 알아 챈 이완용은 더욱 몸을 낮췄다. 대답 형식도 조심스럽게 바꿨다. 이제는 대놓고 정직한 사유를 전할 수가 없었다. 소외당한 자신의 양심을 스스로 조롱하며

"황공하옵니다. 지금은 부강하지만 국민이 대통령을 선택하는 나라가 오래 가겠습니까. 머지않아 청국처럼 일본처럼 종신 왕이 생길 줄 아옵니다."

다시 화제를 바꾸어

"미국이란 나라는 정말 희한한 나라입니다. 증기기관차가 있는데 검은 연기를 내뿜으며 대륙을 가로지른 철길 따라 다닙니다. 한 번 출발해서 그 끝에 닿으려면 5일씩이나 걸린다고 하옵니다. 그리고 커다란 증기선은 하릴없이 긴 강을 왔다갔다만 하고 있습니다."

이완용은 미국의 눈부신 업적. 노예제도와 신분차별 철폐, 헌법과 참정권, 입헌의 민주주의 등 어떤 것들도 더 이상 표명하지 못했다. 신분차별 철폐, 양반 조세, 입헌군주정 도입, 의회정치를 주장했던 급진개혁파들이 지금은 방랑객이 되어 타국을 떠돌고 있지 않은가.

이완용은 고종 알현을 마친 후 곧바로 나왔다. 후들거리는 다리를 진정시키면서 등에 밴 땀을 식혔다.

"이제부터는 왕의 뜻으로 행동해야 살아남겠구나."

귀국해서 몸을 크게 낮춘 덕분일까. 1891년 3월 28일 성균관 대사성, 5월 19일 종2품 가선대부, 시강원 검교사서, 5월 22일 형조참판, 8월 6일 승정원 우승지, 1892년 9월 7일 이조참판, 1893년 6월 15일 한성부 좌윤, 8월 4일 공조참판으로 승승장구했다.

조선 내각의 대미 협상을 도맡아하고, 특히 성균관대사성(정3품) 재임 때는 미국식 근대교육을 주도해 조선 최초로 초등교육 의무화를 제도화했으며, 근대적 교사를 양성하여 지리, 산술, 과학 등 서양 학문을 이수하도록 했다.

주미 외교관으로 근무하며 힘의 논리로 지배하는, 그리고 지배당하는 국제관계의 현실과 근대화된 서구 열강의 모습을 보면서, 그 가운데 자본주의, 민주공화제, 신분 없는 평등사회, 근대적 교육제에 큰 충격을 받았다.

이완용은 친미파 관료로 성장할 무렵, 공조참판으로 임명된 이틀 후인 8월 6일 생모 신씨 상을 당해 일체의 벼슬에서 물러났다.

이완용이 친어머니 상을 당해 물러나 있을 때 '동학란' '청일전쟁' 이렇게 엄청난 사건이 발발했다. 1894년 8월 16일 위급한 조정은 이완용을 일본주재 전권공사에 임명하였으나 이완용은 생모 상중임을 들어 부임을 거부하다가 1895년 6월 2일(음력 5월 10일) 박정양 내각에서 학부대신 겸 중추원의관으로 내각에 참여했다. 관직에 들어간 지 9년 만이고 이 때 나이는 38세였다.

학부대신으로 내각에 참여한 이완용은 1895년 7월 2일 고종의 재가를 받아 성균관 관제 개편을 실시했다. 유교 경전으로 과거시험 위주의 교육에서 조선 역사와 외국 역사, 조선 지리와 외국 지리, 그리고 산술을 교과목에 첨가해, 고급관료를 양성하기 위한 근대적 교육기관으로 바꾸었다.

7월 19일 또다시 고종의 재가를 받아 공립학교를 만들어 의무교육을 실시하는 소학교령을 공포했다. 소학교는 8세부터 15세까지 독서, 작문, 역사, 지리, 산술, 체조를 교과목으로 채택해 가르치는 것을 법적 제도화하였다. 경성에 4개소, 지방에 30개소를 설치 6년제 관립 소학교를 운영하면서, 교육교사를 양성할 목적으로 일본 게이오의숙慶應義塾측과 유학생 파견 계약을 맺었다.

이 무렵 1890년 4월 26일 한성부 중구 을지로2가에서 최남선崔南善이 태어났다. 본관은 동주東州이고 호는 육당六堂이다. 국비 유학생으로 1907년 일본 와세다 대학 재학 중 동맹휴학 사건으로 퇴학처분되어 귀국했다. 1907년 11월 이광수와 함께 잡지 '소년'을 창간했으나 1911년 조선총독부에 의해 폐간되었다. 1912년 이후 '붉은저고리', '아이들보이', '새별' 등 계속 잡지를 창간했지만 다시 조선총독부의 신문지법 명령으로 모두 강제 폐간되었다. 3.1만세운동 때는 기미독립선언서를 작성 낭독하여 투옥되었다가 1921년 석방되었다. 해방 후 1957년 10월 10일 '한국역사대사전'을 편찬하던 중 지병으로 사망했다. 자유시 「해^海에게서 소년에게」를 1908년 11월 1일 조선 최초의 잡지 '소년' 창간호에 권두 시로 발표했다. 1987년 11월 1일을 '시의 날'로 정했다. 당시 조선 3대 천재로 이광수, 최남선, 홍명희를 칭했다.

이광수^{李光洙}는 1892년 3월 6일 평안도 정주군 갈산면 신리 940번지 익성동에서 태어났다. 본관은 전주이며 자는 보경^{寶鏡} 호는 춘원^{春園}이다. 1909년 첫 작품 '사랑인가'를 발표한 후 시와 논설을 발표하다가 1919년 조선인 유학생 2.8독립선언을 주도했으며 3.1운동 때 상하이로 건너가 임시정부에 참여했다. 1921년 귀국하여 허영숙과 재혼(백혜순과 이혼)했다. 1922년 5월 '개벽'지에 '민족개조론'을 발표했고, 1923년 동아일보 편집국장, 1933년 조선일보 부사장을 거치는 등 언론계에서 활약하다가 1937년 수양동우회 사건으로 반 년 간 투옥되었다. 일본의 억압에 못 이겨 이때부터 황민화운동을 지지했다. 해방 후에 '백범일지' '안창호 일대기'를 주관했고, 1950년 6월 한국전쟁 때 납북되어 그해 10월 25일(58세) 자강도 강계군 만포면 고개동에서 병사했다. 대표작으로는 '무정' '흙' '마의 태자' 등이 있다.

1894년 3월 28일(고종31년) 김옥균은 상하이에서 조선 조정이 보낸 자객 홍종우에게 살해되었다. 1851년 2월 23일 충남 공주군 정안면 광정리에서 태어나 1872년 알성문과 장원급제 후 동남제도개척사 겸 관포경사에 임명되어 울릉도와 독도를 개척한 급진개화파다. 갑신정변을 일으켰으나 청나라 개입에 막혀 3일만에 일본으로 망명했다가 중국으로 건너가 암살되었다. 조선으로 송환된 시신은 부관참시한 후 8도에 효수되었으나 암장한 묘소는 충남 아산군 영인면 아산리 143번지다. 후일 개화파가 집권한 뒤 복권되었고 순종에 의해 충달공^{忠達公}의 시호가 추서되었다.

동학 난

바람 지나고 비 지나간 가지에
바람 비 서리 눈이 다시 몰아쳐
바람 비 서리 눈이 다 지난 뒤
한 나무에 꽃 피어 영원히 봄이 오리라.

'인내천' 교리 완성으로 최제우의 동학이 시작되었다.

1893년 동학교도들이 척왜양창의斥倭洋倡義를 내세워 보은집회를
개최하자 왕실은 청나라군사 동원을 결정했다. 이때 호조참판 박
제순이 이홍장과 원세개를 만나 청나라군사 파병 문제를 협의했
고, 1894년 충청도 관찰사에 임명되었다. 재직 중에 동학 난이 일
어나자 일본군과 경군이 공주농민군을 토벌하도록 협조하였다.

동학 난은 1894년 4월 동학지도자, 동학교도, 농민들에 의해
일어난 백성의 무장봉기다. 양반과 관리들의 부패한 탐욕에 불만
이 극도로 쌓여 있던(1892년 고종19년, 전라도 고부군에 부임한
조병갑의 비리와 남형이 도화선) 1954년 5월 11일 전봉준, 손화
중, 김개남 등이 이끄는 동학농민군이 황토현에서 관군과 격돌해
크게 이겼다. (5월 11일을 동학농민혁명일로 지정) 그리고 6월 1일
전주성을 점령했다. 이에 놀란 조선 조정은 또다시 청나라에 진압
을 요청했고, 청나라는 톈진 조약에 따라 청국군 파병을 즉시 일

본에게 알렸다. 갑신정변 후 조선 진출을 엿보던 일본은 청국군보
다 더 많은 군대를 지체 없이 파병했다. 결국 동학 난이 외세를 불
러들였고 한일합방까지 이어지는 단초가 되었다. (훗날 동학 난
을 동학농민운동이라고 격상시켰다.)

  6월 4일과 6일 두 차례에 걸친 경군과의 전투에서 크게 패해 동
학농민군은 전의를 상실하고, 10일 전주성에서 조정과 전주 화
약을 맺고 모두 해산하여 집으로 돌아갔다. 하지만 1894년 10월
전봉준의 남접과 손병희의 북접이 연합하여 2만 농민군이 되었고,
다시 2차 동학 난이 일어났다. 1894년 10월 관군이 지키고 있던
공주 감영을 점령하기도 했으나, 신정희, 허진, 이규태, 이두황, 이
기동, 조병완이 이끄는 3,200명의 관군과 미나미 고시로, 모리오
마사이치가 이끄는 200명의 일본군에게 대패하였다. 이때 일본군
은 없었는데 관군이 소지한 여러 개의 총신을 한데 묶어 손으로 돌
리는 수동기관총(미제 캐틀링 기관총)을 앞세운, 11월 20일(음력
10월 23일)부터 12월 10까지 이어진 공주 우금치 전투에서 남접
농민군 1만여 명, 북접농민군 1만여 명 중 5백여 명만 살아남았
다. 12월 말에 동학지도자들이 모두 체포되어 동학의 슬픈 난은
여기서 막을 내렸다.

전주 화약全州和約
  1 불량한 양반의 죄를 조사하여 벌줄 것

2 노비 문서를 소각할 것

3 천민의 대우를 개선하고 백정이 쓰는 패랭이를 없앨 것

4 불법적으로 거두어들이는 세금을 없앨 것

5 일본인과 내통한 자를 엄중하게 처벌할 것

최제우崔濟愚는 1824년 12월 18일(음력 10월 28일) 경상북도 월성군 현곡면
가정리에서 태어났다. 동학 창시자이다. 아명은 복술, 호는 수운, 본관은 경주다.
어려서부터 한학을 배우다 16세에 아버지를 여의고 20세부터 31세까지 10여 년간
전국을 유랑하며 유, 불, 선, 삼교와 서학, 무속, 비기도참사상 등 다양한 사상을
접하였다. 동시에 서세동점, 삼정문란이라는 이중의 위기에서 고통 받는 민초들의
참담한 생활도 몸으로 체험했다. 1855년 32세 때 우연히 '을묘천서'라는 비서를
얻어 신비 체험을 한 후 경상남도 양산 천성산 자연동굴에 들어가 49일 기도를
마치고 36세에 고향 용담으로 돌아와 정착했다. 1859년 음력 4월 5일 '천사문답'
하늘님과의 문답 끝에 1860년 4월 5일(철종11년) 천주강림(무극대도, 인내천
교리완성) 도를 깨닫고 동학을 창시하였다. 그리고 동학을 설파한 지 3년 만인
1863년 12월(철종14년)에 체포되어 1864년 4월 15일(40세) '삿된 도로 정도를
어지럽혔다'는 죄명으로 대구 경상감영 관덕정 뜰 앞에서 처형당했다. 저서로는
'동경대전''용담유사'가 있다.

최시형은 1827년 경상도 경주에서 태어났으며 조선의 종교인, 시인(한시),
교육자다. 초명은 경상, 호는 해월, 본관은 경주다. 최시형은 일찍이 고아가
되었는데, 종이 만드는 조지소에서 일할 때 1861년(철종12년) 먼 친족인 최제우가
찾아왔다. 같이 철학과 담론을 나누고는 그의 제자가 되어 동학교도가 되었다.
그 후 최제우의 수제자가 되어 동학 제2대 교주로 취임했고, 1875년 이름을
최경상에서 최시형으로 바꿨다. 인제에서 '동경대전'을 간행하고 단양에서
'용담유사'를 간행하였다. 1884년 갑신정변으로 동학에 대한 탄압이 완화되자
육임제를 확립하고 전국에 육임소를 설치해 종교로서 체제를 갖추어 나갔다.
1897년 관에 자수한 뒤 1898년 7월 21일(72세)에 한성부에서 '혹세무민' 죄명으로
처형되어 순교했다.

'도를 닦는 순서는 하늘을 공경하고, 사람을 공경하고, 물건을

공경하는 것이다. 사람이 하늘을 공경할 줄은 알지만 사람을 공경할 줄은 모르고, 사람을 공경할 줄은 알지만 물건을 공경할 줄은 모른다면 어떻게 하늘과 사람을 공경하는 자라고 할 수 있겠는가.'

이 말을 남긴 손병희는 1861년 4월 8일(철종12년) 충청북도 청주시 청원구 북이면 금암리에서 태어났다. 동학지도자, 독립운동가이며 자는 응구, 도호는 의암이다. '모든 사람은 평등하다'는 동학의 도리에 심취되어 최시형의 수제자가 되었다. 1894년 동학 난 때 북접 소속으로 남접 전봉준과 함께 관군에 맞서 싸우다 패하여 원산으로 피신했다. 후에 동학을 재건하여 최시형의 동학 교주를 이어받아 1897년 제3대 교주가 되었다. 그리고 독립협회 인사와 개혁파를 만나 개화사상을 받아들이다가 1901년 일본으로 망명했다. 진보회를 만들어 개화운동을 확산하다 1905년 동학을 천도교로 개칭하고, 1906년 일본에서 귀국했다. 1908년 교령 자리를 박인호에게 승계하고 교육사업(보성전문학교 동덕여학단 인수)를 하다가 1919년 3.1만세운동(이무렵 이완용을 찾아가 함께 할 것을 권유) 때 민족대표 33인 중 한 사람으로서 기미독립선언서를 낭독한 다음 일경에 체포되어 징역 3년 형을 받았다. 형무소에서 중병을 얻어 병보석으로 출감한 후 1922년 5월 19일 가족들이 지켜보는 가운데 상춘원에서 별세했다.

전봉준全琫準은 1855년 1월 10일(음력 1854년 12월 3일) 전북 고창군 죽림리 당촌에서 태어났다. 본관은 천안天安이고, 이름은 영준永準, 호는 해몽海夢이다. 키(152cm)가 작아 녹두장군이라고 불렸다. 지역의 성리학자, 지관, 훈장, 약상에 종사했다. 그 후 동학에 몸담고 고부 지방의 동학접주가 되었다. 1890년부터 1892년까지 운현궁 흥선대원군의 문객 생활을 했다. 동학농민운동 실패 후 1894년 12월 28일(음력 12월 2일) 옛 부하 한신현, 김경천의 밀고로 순창 피노리 농가에서 관군에 체포되어 1895년 4월 24일(음력 3월 30일 향년 41세) 새벽 2시 짧은 유시遺詩를 남기고 한성부에서 교수형으로 사망했다.

농민군의 4대 강령
1 사람을 죽이지 말고 물건을 해치지 말라.

2 충효를 온전히 하여 세상을 구제하고 백성을 편안히 하라.
2 왜양倭洋을 축멸하고 성군의 도를 깨끗이 하라.
4 병을 거느리고 서울로 진격하여 권귀權貴를 멸하라.

때가오니 천하가 모두 힘을 같이 했건만
운이 다하니 영웅도 스스로 할 바를 모를 내라
백성을 사랑하는 정의일 뿐 나에게는 과실이 없나니
나라를 위하는 오직 한마음 그 누가 알리

이렇게 유시를 남겼고, 사형선고를 받고 한 말은
"나는 바른 길을 걷다가 죽는 사람이다. 그런데 반역죄를 적용
한다면 천고에 유감이다. 시류에 따라 마땅한 것을 따를 뿐 달리
길이 없다."
(1960년대 박정희대통령이 동학 난을 동학농민운동으로 격상
하였다.)

성환 월봉산 전투

조선정탐록

당시 조선^{朝鮮}의 모습은 어떠했을까. 1893년 일본공무원 혼마 규스케^{本間九介}가 조선에 파견되어 전국을 돌아다니며 정탐하고 '조선정탐록^{朝鮮偵探錄}'을 간행했는데, 이 무렵 조선의 실정이 손바닥 보듯이 나와 있다.

1 언어^{言語}와 문장^{文章} : 조선은 전국 모두가 같다. 지역에 따라 억양^{抑揚}과 사투리가 있을 뿐 지역 차이는 심하지 않다.

2 한글의 교묘함 : 언문^{諺文}이 곧 조선의 문자인데, 서양 알파벳을 능가한다. 조선인들은 이와 같이 교묘한 문자를 가지고 왜 고생스럽게 일상 서간문에까지 어려운 한문을 사용하는지 의문이다.

3 가야伽倻 국호國號 : 가야는 삼국시대 수로왕이 도읍한 땅으로 국호를 가락이라 불렀다. 금관가야를 중심으로 대가야, 아라가야, 성산가야, 소가야, 고령가야 5가야를 지배했다. 또한 일본에서 가장 가까운 해안에 위치했으며 일본이 외국을 가리켜 가라伽羅라고 부르는데 여기서 기원했을 것이다.

4 독립 : 조선은 4천 년의 오랜 역사를 가진 국가로서 경외敬畏시하지만 지금은 쇠퇴했다. 문물, 제도, 기계, 공예 등 하나같이 시선을 끌 만한 것이 없고 거의 아프리카 오지 탐험을 연상시킨다. 조선 역사를 탐독해 보면 상고시대上古時代부터 지금까지 줄곧 다른 나라에 속박되고 상대하지 않았던 시절이 드물다. 진정 독립한 적이 있었는지 의문이다.

5 대중大中 소화사상小化思想 : 조선 선비는 중국을 항상 중화中華라고 부르며 자신들은 스스로 소화小華라고 말한다. 이들은 박식한 척 하면서도 비루한 것을 모른다.

6 기후 : 조선 강수량은 일본보다 적고 무척 춥다. 겨울에 언 땅이 봄에 풀릴 때 기울어지는 집이 많다.

7 조선인의 기질 : 조선은 무사태평 느려터진 사회다. 일본 목수가 반나절 걸려 하는 일을 조선목수는 3,4일 걸려 한다. 시간에

쫓기는 바쁜 삶이 없기 때문이다.

8 매운 음식 : 조선인들은 매운 것을 좋아한다. 어린 아이들도 생강을 무 먹듯 소리 내어 씹어 먹는데 자못 기이한 일이 아닐 수 없다.

9 싸움 : 조선은 작은 일로 싸움하는데, 설전하다 점점 격앙되어 서로 갓을 벗고 상투를 잡아당기며 육박전을 치르고, 마지막은 찢어진 옷값 물어내라고 다시 설전을 벌인다.

10 담배사랑 : 조선인은 담배 피는 것을 좋아한다. 긴 담뱃대를 걸어갈 때나, 집에 있을 때나, 앉아서도 누워서도, 일을 쉬거나 침묵하는 사이에서도 손에서 놓는 일이 없다. 심지어 목욕탕 안에서도 담배를 핀다.

11 신분제 사회 : 조선은 계급사회 나라이며 언어와 행동에도 계급이 있다. 오라는 말 하나에도 여러 가지 사용법이 있는데, 아랫사람에게는 이리 오너라, 같은 무리에게는 이리 오시오, 높은 사람에게는 이리 오십시오, 라고 한다. 상민常民들은 양반 앞에서 담배를 피울 수도 없고 명을 받지 않으면 앉을 수도 없다. 도로변에서 이름 모를 양반이 걸어가면 담배를 뒤로 감추고 지나갈 때가지 기다린다. 흔히 예의의 나라라고 하지만 실은 계급사회다.

12 노예제도 : 조선에서 가장 놀랄 만한 일은 노예제도다. 조선에서 양반이라면 모두 노비^{奴婢}를 데리고 있다. 이들은 봉급을 받고 노예가 된 것이 아니라 대부분 돈을 빌리고 갚지 못해서 노예가 된 경우다. 그렇게 노비가 되면 자자손손 영구히 주인집 노예가 되고, 평생 가축처럼 시키는 일만 한다. 장가를 가거나 자식을 결혼시켜도 자기의사 대로 할 수 없다. 뿐만 아니라 쉬거나 말할 때에도 자유가 없다. 밥 먹는 것, 옷을 입는 것, 만사를 주인 명령에 따라야 한다.

13 양반 : 양반의 소일^{消日}은 실로 한가해 보인다. 아침부터 아무 일도 하지 않고 다만 담뱃대를 물고 방에 누워 있을 뿐이다. 재산가의 대부분이 양반들인데, 이는 관리가 되어 서민들로부터 강압적으로 거둬들이기 때문이다. 관리가 되면 3대가 앉아먹을 수 있고, 그 중에서 큰 부를 얻을 수 있는 것은 지방관^{地方官} 수령^{首領}이 되는 관료다.

14 양반의 여자 : 양반 여자들의 진찰 시, 여자들은 얼굴 보이는 것이 부끄러워 천이나 장옷으로 얼굴을 가리고 손만 내밀어 겨우 진맥^{診脈}을 본다.

15 관리 : 양반은 과거를 통과하면 어떠한 관리도 할 수 있다. 하지만 관직된 자들은 대부분 어리석고 몽매하다. 한쪽으로 치우

쳐 고루하고 한자도 제대로 모른다. 조선 과거시험은 공공연한
뇌물로 수뢰하고 뇌물을 쓰지 않으면 관직에 임명되지도 못한다.

16 지방관地方官 : 지방관 임기는 3년을 만기로 삼지만 재임을 원
하면 정부에 돈을 내고 관직을 산다. 수령 군수는 3천 냥, 관찰사
도지사는 1만 냥이 필요하다.

17 관리는 모두 도적 : 조선 관리는 모두 도적이다. 백성들 재
화財貨를 뺏는 데 이보다 더할 수가 없다.

18 무관武官 : 무관은 단지 이름만 가지고 있을 뿐 병법서를 읽
지도 못하고 무예가 무언지도 모르는 작자들로 정부에 돈을 내고
임용 받은 것이다. 첨사, 수사, 병사. 병마절도사 등으로 훌륭한
관직명만 있을 뿐 도저히 군인이라고 할 수 없는 무리들이다.

19 병사兵士 : 조선의 병사들은 무뢰한을 모아 봉급 주고 흑색
목면 옷을 입게 한 것이다. 품삯을 목적으로 병사가 된 것이며 본
래 국가를 지키려는 뜻은 전혀 없다. 전쟁이 나면 어떻게 할 것이
냐고 물으면 "전쟁 나면 얼른 총 버리고 군복도 벗고 민간인처럼
하고 있으면 적들도 죽이지 않겠지." 이들은 이렇게 자랑스럽게
말했다. 이랬으니 이들은 도박자금이 모자라면 총을 저당 잡힌
다. 정부에서 병사들에게 봉급을 주지 못할 때면 이 무리로 하여

금 부잣집을 약탈하게 했고 묵인해 주었다. 경성에 겨울철 도적이 많은 것은 정부가 겨울봉급을 주지 않는 게 원인이다.

20 무예武藝 : 현존하는 것은 궁술뿐이다. 칼과 창이 있지만 그걸 연습하려는 사람이 없다.

21 사법제도司法制度 : 죄인은 옥에 들어가서는 비용을 모두 스스로 감당해야 한다. 돈 없는 자는 굶어죽었고 반면 뇌물을 바칠 경우에는 어떠한 큰 죄라도 쉽게 방면된다.

22 형벌 : 조선의 형벌은 하나같이 관리의 뜻에 따라 임의적으로 행해지며 전국에 똑같이 적용되는 일정한 형벌이 없다.

23 대리변제代理辨濟 : 조선에서 빚을 갚지 못할 때에는 부모형제가 대신하여 빚을 갚는 것을 의무로 하고 있다. 만일 부모형제가 못 갚으면 9족 중 한 사람에게 변상시킨다. 그러므로 친척 중에 한사람이라도 도박을 즐기는 자가 있으면 엉뚱한 사람이 피해를 입게 된다.

24 조혼早婚 : 조선에서 가장 기이한 풍속은 조혼이라고 할 수 있는데, 남자들은 12~13세의 나이로 장가를 간다. 부인은 자기보다 나이가 많은 사람을 고르는 것이 보통이다. 12~13세짜리가

20세 전후의 여자와 결혼하는 것이 조선에서는 결코 이상한 일이 아니다. 조선의 인구가 매해 감소하는 원인이 여기에 있는 것 같다. 실제로 1세기 이전보다 인구가 100만 명 정도 줄었다.

25 처妻 : 조선에서는 돈만 주면 남편과 상의하여 처첩妻妾으로 하여금 손님 머리맡에서 시중을 들게 한다.

26 전염병 환자 : 여름에 야외를 걷다 보면 곳곳에 초막을 짓고 수척한 사람이 고통스럽게 누워 있는 것을 볼 수 있다. 전염병에 괴로워하는 사람을 역병疫病 죽을병이라 부르고, 치유된 사람을 요행이라고 한다. 병에 걸린 사람이 있으면 가족전염을 걱정하여 야외 작은 집에 옮겨놓는다. 약 주는 일이 없으니 대개는 버려져서 죽는 일이나 진배없다.

27 천연두 : 아이가 천연두로 죽으면 시신을 땅에 묻지 않고 가마니에 넣어서 새끼로 가로 세로로 묶고 야외 나무에 매달았다. 삼복더위에 시신이 부패하여 썩은 액체가 지상에 떨어지고 악취가 끝없이 사방에 흩어져서 코를 찌른다. 시신이 모두 썩어 백골이 되면 뼈를 추려 매장한다. 이런 풍속은 남쪽의 삼남지방에서 횡행했는데, 마마신이 찬바람을 맞고 떠나가라는 의미이다.

28 의복 문화 : 한복은 정말로 아름답다. 한복의 풍치는 가히 세

계으뜸이라고 할 수 있다. 그러나 소매는 길고 깃은 크고 불편함에 있어서도 세계으뜸이다. 조선사람 거동이 우유부단하여 활발하지 못한 원인이 세계으뜸인 한복을 입는 데서 오는 것 아닌가 싶다. 옷과 대조적으로 그들이 사는 집은 개집과 돼지우리 수준이다.

29 두루주머니 : 조선인은 허리 주위에 반드시 2~3개 주머니를 항상 늘어뜨리고 있다. 담배를 넣는 것, 도박도구를 넣는 것, 거울을 넣는 것 등으로 구분되어있다. 용모를 꾸미는 버릇이 심해서 수시로 거울을 보고 수염을 다듬는다.

30 모자를 쓰지 않으면 벌금형 : 조선에서 모자는 필수품이다. 계급과 직책에 따라 그 종류도 다양하다. 만약 이를 어기면 벌금 50전을 내야 한다. 그러나 길에서 노상방뇨를 해도 벌금 같은 건 없다.

31 우산 : 조선에는 원래 우산이 없었다. 일본을 통해 보급되었다. 그러나 우산을 가진 자는 10명 중 한두 사람 정도다. 비가 내릴 때는 갓 위에 기름종이로 만든 덮개를 붙였고 옷은 그냥 젖은 채로 걸어 다닌다.

32 부녀자의 기호記號 : 양반 부녀자는 다른 사람에게 얼굴 보이는 것을 부끄럽게 생각하는 풍습 때문에 의복 장식품 등을 조달하는 것에도 항상 하인을 시킨다. 물건을 사는 일체를 남자에게

맡기니 남자의 생각 안에서 기호를 만족시킬 수밖에 없다.

33 모자 만드는 기술 : 조선의 미술품 중에 감복할 만한 것이 없지만 삿갓이나 관 등을 말꼬리로 짜는 것을 보면 그 섬세함에 놀라지 않을 수 없다. 이것은 마치 거미가 거미집을 짓는 것같이 섬세하다.

34 빨래 : 개울가에 나가면 옷을 빨래하는 여인네들이 많은데, 물에 담군 옷을 평평한 돌 위에 놓고 방망이로 두들겨서 때를 없앤다. 옷감이 상하기 십상이지만 때는 완전히 없앨 수 있다.

35 식생활 : 기근飢饉이나 흉년에 대처하는 것을 배우려면 조선으로 와야 한다. 이들의 식탁에는 야외의 풀잎 대부분이 반찬으로 올라온다.

36 남은 음식 : 내가 저녁밥을 들었을 때 어떤 남자가 다가왔다. 주모는 퉁명스럽게 말했다. "여기 왜 왔어. 썩 돌아가. 네가 남은 음식 때문에 왔다는 것 모를 줄 알고.." 나중에 알고 보니 진짜로 남은 음식을 먹으려고 온 것이었다.

37 구더기 낀 상어고기 : 상어지느러미는 중국인의 기호품으로 그 가치가 귀하다. 고기는 바다에 버리는 것이 보통인데, 어느 날

일본 상인이 버려지는 몸통을 조선에다 팔아 보려고 소금에 절였
다. 4~5일 후 구더기가 들끓었지만 여기까지 가져 온 게 아까워
버리지 못하고 낙동강 하구를 거슬러 민가에 도착해 팔았다. 조
선인들은 냄새나 구더기에 신경 안 쓰고 크다 작다만 평했다.

38 개 : 조선인들은 개고기를 즐겨 먹는다. 집집마다 기르는 개
들은 전적으로 고기를 먹기 위해서다. 가격이 만만치 않아 귀한
손님이나 좋은 일이 있지 않으면 함부로 잡지 않았다. 개들은 주
로 인분을 먹고 연명한다.

39 조선의 상업 : 공방전 엽전葉錢 외에 통화가 없는 이 나라 사
람의 생각은 황당하다. 지폐를 보면 이렇게 말했다. "이게 돈이라
고, 면직물에 붙인 인쇄물이 전부인데."

40 통화通貨 : 현재 조선에서 통용되는 화폐는 상평전上平錢과 당
오전當五錢 두 종류다. 모두 공방전 엽전이다. 상평전 5개의 가치를
지녔던 당오전이 지금은 그냥 다 똑같은 엽전으로 취급된다.

41 인삼 : 인삼은 조선 특유의 명산물이다. 산지는 경기도의 개
성과 용인, 충청도의 괴산, 전라도의 금산이다. 그 중에서도 가장
유명한 것은 개성 송도 인삼이다. 조선에서 인삼밭을 가진 자는
부자였다. 인삼밭은 사방을 울타리치고 사람 출입을 금했다. 또

원두막을 지어 파수꾼을 두고 지켰다.

42 시장 : 경성, 공주, 평양, 개성 등의 시장은 나름대로 괜찮았지만 기타 소도시 시장은 4개 기둥을 세우고 짚으로 지붕을 엮어 얹은 조잡한 가옥들이 2~30개씩 줄지어 선 상태가 전부다. 5일에 한 번 장이 서고 장날이면 상인들이 모여 멍석을 깔고 그 위에 물건을 진열한다. 매매는 대부분 물건을 교환하는데, 마치 상고 시대를 연상케 한다. 장날 외에는 바늘 한 개도 파는 곳이 없어 이날 사두지 않으면 불편을 느끼게 된다.

43 싸구려 물건 판매 : 서양 상인은 일본이 싸구려 물건 파는 나라라고 일본 수준에 맞는 조악한 제품을 가지고 오곤 했는데, 일본인들도 조선 수준에 맞는 조악한 제품을 가지고 왔다.

44 중국인 : 조선 팔도 가는 곳마다 시장에서 중국인을 보지 않는 지역이 없다. 중국인이 파는 물품은 대략 바늘, 못. 댕기, 부싯돌, 성냥, 담뱃대 등이다. 중국인은 조선인과 섞여서 점포를 폈다.

45 자본 : 조선에서는 자본이 필요하지 않다. 조선은 빈약한 나라라 자본을 써서 사업을 영위할 만한 나라가 아니다. 큰돈을 가지고 와 봤자 그걸 쓸 방도가 없다. 중국인들은 자본도 없이 와서 거액을 모아 귀국한다.

46 우물 안 개구리 : 영국 영사관의 고용인 최씨가 말했다. "영국인들은 하루 50냥씩의 담배를 피우더라. 50냥이면 일가 식구들이 먹을 수 있는 밑천인데 그 교만과 사치를 생각하면 영국이라는 나라는 곧 망하게 될 것 같다." 가난한 나라에 태어나서 거친 식사도 배불리 먹을 수 없는 형편의 조선인이 누구를 걱정하는가.

47 조선여행 : 방안에는 빈대, 모기, 이, 벼룩이 많아서 도저히 실내에서 잠을 잘 수가 없다. 여름에는 객사 주인도 실내로 인도하지 않고 정원 혹은 길 위에 돗자리를 깔고 목침을 가지고 와 그 위에서 자게 한다. 마른 풀을 태워서 모기를 쫓아내지만 연기를 마시는 통에 잠을 잘 수가 없다.

48 선착장 : 조선 강에는 대개 교량橋梁이 없다. 배로 건너가거나 배가 없을 때는 그냥 옷을 벗고 헤엄쳐간다.

49 요리점과 여관 : 조선의 요리점과 여관은 이름뿐이고 차라리 없다고 해도 틀린 말이 아니다. 요리점을 주막이라고 부르는데, 여기에 따로 손님방이 없다. 대충 마부, 가마꾼, 여행객들이 앉아 술 마시고 음식을 먹는 곳이다. 주막은 음식 값만 받고 숙박료를 요구하지 않는다. 메주를 천장에 매달아두는 집도 있어서 그 냄새가 코를 찌른다. 또 담배를 좋아해서 실내는 담배연기가 자욱하다. 참을 수 없는 지경이어도 문을 열어 환기를 시키지 않

는다. 한 방에 수 명이 여기저기 흩어져 누워 있어 야외노숙이 낫다는 생각이 든다.

50 길옆의 부뚜막 : 여행하는 사람은 반드시 길 옆에 돌을 쌓고 불을 때서 그을린 흔적이 나는 작은 부뚜막을 보게 된다. 여행객이 스스로 밥을 지어서 식사를 한 흔적이다. 조선의 여행객들은 되도록 여관에서 식사하지 않는다. 이 모두가 가난 때문이다.

51 불결 : 불결함은 조선 명물이다. 경성은 말할 것도 없고 팔도 가는 곳마다 도시다운 도시가 없다. 거리에는 가축 배설물과 인분이 가득 차 있다. 시장 중앙에 공동변소가 있지만 그것은 짚으로 지붕을 엮고 거적을 두른 조잡한 것인데, 똥을 받아먹는 개와 돼지가 있다. 음식물 불결함도 이 나라 특색인데, 썩은 생선과 야채를 사용하는 것은 물론, 음식물을 조리하는 과정에서 자신의 입속에 들어간 숟가락으로 계속 간을 본다. 콧물을 닦은 손으로 김치 항아리를 젓는 등 도저히 상상할 수 없는 일이 벌어진다. 좁은 방 안 벽은 누런색으로 닿으면 의복이 더러워지고, 방안 손님들이 만일 가래침을 뱉을 때면 멍석을 들고 그 아래에 뱉고, 콧물이 나오면 손으로 비비고 바로 벽에다 바른다. 객사에 목욕탕이 없어 여행객들이 고통스럽다.

52 좁은 도로 : 내가 찾아가는 구포는 경성에서 큰 길과 접한

곳이다. 그런데 목적지 근처에서 아무리 둘러보아도 큰 길이 보이지 않았다. 잘못 들어왔나 싶어 샅샅이 뒤져보아도 결국 큰 길은 아무데도 없었다. 조선의 도로가 형편없다는 사실에 놀랐다. 이런 논두렁 같은 도로를 어떻게 우차牛車가 통행할 수 있을까. 부산에서 경성까지의 도로는 모두 이와 비슷하다. 군대는 일렬로 가지 않으면 통행하기도 어렵다. 오직 경성에서 의주 가는 도로만 다소 정돈되고 조금 넓어 군대의 2열 행군이 가능할 정도였는데, 이는 중국과의 역사 결과로, 중국 사신 왕래길이라 다른 길보다 좋게 만들었을 뿐이다.

53 민둥산 : 산은 대부분 민둥산으로 수목이 없어 조금만 가물어도 수원水源이 바로 마른다. 이럴 때면 논밭이 갈라지고 벼 모시 대종이 붉은 색을 드러내어 백성들이 고생하고 근심한다. 조선에는 수차가 없어 겨우 물통으로 물을 퍼올리기에 실로 불편함은 말할 수 없다. 가뭄이 계속되어 수확이 없는 때, 아녀자를 부잣집이나 중국인에게 팔아서 겨우 쌀과 보리를 구했다. 뺨에 뼈가 튀어나올 정도로 마른 사람들이 비틀거리며 지팡이에 의지해 걷는 모습은 차마 쳐다볼 수 없을 만큼 참담하다. 당신 나라에 왜 수목을 심지 않는가 하고 물어 보면 "호랑이 피해가 두려워 산에 나무를 심지 않는다."고 애써 꾸며대곤 한다.

54 제방堤坊 : 조선 팔도의 하천은 평소에는 물이 적거나 완전히

말라 버린 상태지만 조금이라도 비가 오면 물이 바로 불어난다. 비가 여러 날 내리면 홍수가 범람하는데, 이때 홍수로 밭이 잠기는 것을 염려해 사람들은 될수록 물가를 피해서 경작하는 것이 보통이다. 제방 사업이 발달하지 않았기 때문이다. 그래서 좋은 경작지가 있어도 종자를 뿌리고 묘를 심는 것이 불가능하다. 낙동강 삼각주三角洲가 있는데, 매우 비옥한 땅이지만 호미 한 번 쓸 수가 없다.

55 공동체 정신의 부재 : 제방 사업에 한정되지 않더라도 무슨 사업에서든 사람들이 공동으로 일을 성사시키는 것은 조선에서는 바랄 수가 없다. 도로가 수리되어 있지 않고, 위생적이지도 못한 것도 공동체 정신이 부족한 것이다. 아무리 좋은 사업이라도 개개인의 소자본을 가지고 일시적으로 도모하는 습성이 있기 때문에 안동포安東布, 화문석花文席, 부채 등의 우수한 산물이 있음에도 늘 공급은 수요를 따라가지 못한다. 해외 판로를 열려는 의지가 없으며 상공업은 여전히 발달하지 못하고 있다.

청일전쟁

1882년 10월 24일 이완용이 25세의 나이로 왕실에 축하할 일이 있을 때만 치러지는 증광문과별시 병과 18위로 급제해 입신을 기다리던 중, 28세가 되던 해 1885년 4월 18일(고종22년) 청나라와 일본은 조선주둔 양국군 철수 합의 텐진 조약을 맺었다. 청나라 대표는 직례 총독 이홍장^{李鴻章}이었고 일본대표는 이토 히로부미^{伊藤博文}였다. 이로써 일본은 청나라와 동등하게 조선 파병권을 얻었다.

텐진조약^{天津條約}

1. 청나라와 일본은 조선반도에서 즉시 철수를 시작해 4개월 안에 철수를 완료한다.

2. 청나라와 일본 양국은 조선에 대해 군사고문을 파견하지 않는다. 조선은 청일양국이 아닌 제 3국에서 1명 이상 수명의 군인을 초지한다.

3. 장래 조선에 출병할 경우 상호 통지한다. 파병이 불가피할 경우에도 속히 철수시켜 주둔하지 않는다.

청일전쟁은 청나라와 일본이 조선 지배권을 놓고 1894년 7월 25일부터 1895년 4월까지 벌인 전쟁이다.

이보다 석 달 전, 1894년 4월에 동학 난이 일어났다. 이에 크게 놀란 조선의 무지한 황실은 법과 제도를 어기고 청나라에 동학 난 진압을 요청했다. 청나라는 텐진 조약에 따라 청국군 파병을 즉시 일본에게 알렸다. 갑신정변 후 조선 진출을 엿보던 일본이 이 기회를 놓칠 리 없었다. 일본은 즉시 청국군보다 더 많은 군대를 파병했다. 결국 동학 난이 외세를 불러들이고 말았다. 따라서 청일전쟁은 조선이 불을 지핀 전쟁이었다.

1894년 6월 6일 청나라 조정은 텐진 조약에 따라 일본정부에 파병을 알리는 동시에 엽지초 휘하 병력 2,460명을 당일에 보냈고 6월 9일 아산에 상륙했다. 이로써 아산의 청군 수는 3,800명에 달했다.

일본은 원정군 오시마 요시마사大島義昌 휘하 병력 7천 명을 보냈고, 일본군은 1894년 6월 9일 인천에 상륙한 다음 7월 23일 경복궁을 기습 점령하였다. 이때 일본공사 오오토리 게이스케大島圭介와 함께 입궁한 제2대대장 야마구치 케이조山口圭三 소좌는 칼을 빼들고 고종을 위협해 청나라로부터 독립선언을 요구했다. 그 결과 김홍집金弘集 친일내각이 구성되었다.

1894년 7월 25일 풍도 해전. 당시 일본군의 목표는 아산에 주둔한 청나라 군대를 봉쇄하고 육군으로 포위하는 것이었다. 아산 근해를 순찰하던 순양함 요시노, 나니와, 아카쓰시마로 구성된 일본 제1유격부대가 청나라 순양함 제원호와 군함 광을호와 마주쳤다. 일본 군함은 아산으로 물자를 나르는 또 다른 군함 조강호를 만나기 위해 순회하던 중이었다. 한 시간 전투 끝에 광을호는 화약고가 폭발하여 좌초되었고 제원호는 탈출해 무사히 본국으로 돌아갔다.

그러자 청국군 1천 명은 사령관 엽지초葉志超 총독 지휘 아래 아산만 본거지에서 공주로 떠났고, 남은 2,800명은 사령관 섭사성聶^{士成} 총병의 지휘로 아산만에서 둔포와 왕지봉을 거쳐 우신리를 지나 성환成歡 천변에 주둔했는데 야포 6문이었다.

친일내각으로부터 청나라 군대를 몰아낼 권한을 부여받은 일본군 혼성 제9여단장 소장 오시마 요시마사는 1894년 7월 25일 전투 병력을 용산으로 집결시킨 다음, 7월 26일 아침 13개 보병 중대 3천명, 기병 1개 대대 47기, 포병 1개 대대 산포 8문, 공병 1개 중대, 병참부대 등 4천 명의 전투 병력을 이끌고 용산에서 평택까지 이동하여 7월 28일 정오 소사장(안성천 주변의 넓은 평야)에 도착했다. 그리고 아산만으로 진격하는 계획을 바꿔, 성환 월봉산 중심으로 진을 친 청나라 군대와 정면으로 대치했다. 그런데 뒤처져 따라오던 포병대대는 이상하게 보이지 않았다.

일본군이 용산을 떠나 평택으로 진격 중이라는 첩보를 받고 위기를 감지한 청국군 사령관 섭사성은 그 즉시 예하부대 지휘관들을 불러 작전회의를 열었다.

"지금 사태가 매우 위중하다. 이 싸움에서 패한다면 조국과 황제에 대한 불충이다. 싸워 이길 방도를 세워라."

총사령관의 군은 결의의 말이 끝나자 작전참모가 일어나 벽에 붙어 있는 지도를 가리키며 설명했다.

"지금 우리는 성환 천변에 있는데, 여기서 5리만 가면 월봉산이다. 월봉산은 이 지역에서는 가장 중요한 감제瞰制 고지다. 적의 움직임을 세심히 관찰할 수도 있지만 토성 같은 조건을 갖추고 있어 방어하기에도 무척 용이하다. 따라서 소사장과 이어져있는 월봉산을 아군의 성으로 이용할 것이다.”

이어지는 명령하달은 배수진이었다.

“제1진은 월봉산을 감싸듯 산 아래 주변 논밭에다 일렬횡대로 개인 참호 및 분대 참호를 구축하고 전투에 만전을 기하라.”

“제2진은 제1진과 같이 월봉산 하단 기슭에 참호를 구축하고 전투에 임하라.”

“제3진은 월봉산 능선 따라 참호를 구축하고 있다가 위급한 곳이 생기면 즉시 지원하라.”

“제4진 특별부대는 월봉산으로 진격할 수 있는 길을 가운데 두고 양옆에 일본군 기습을 대비하는 척후병 진지를 설치해 운영하라. 첫 번째 척후병 진지는 안궁리에 설치하고 두 번째 척후병 진지는 어룡리에 설치하고 세 번째 척후병 진지는 우신리에 설치한다. 그리고 병참부대는 성산 자락 매곡리에 주둔하라.”

“포병은 각 포를 1진과 2진 사이, 사격하기 용이한 평지를 택하라.”

작전참모의 전투계획 설명이 끝나자.

“각 부대는 즉각 실시하라.”

섭사성의 추상같은 명령으로 청국군은 그 즉시 성환리를 지나 중리와 송곡에 걸쳐있는 월봉산으로 들어갔다. 월봉산은 수풀과 잡목이 무성한 장방형의 산이었다. 청국군은 이글거리는 태양을 등에 지고 이중, 삼중으로 각자가 은폐할 수 있는, 아니면 서너 명씩 들어가 엄폐할 수 있는 참호를 구축했다. 파낸 흙과 곁에 있는 돌을 모아 최대한으로 몸을 보호할 수 있는 개인호와 분대 참호를 구축했다. 지휘소는 산등성이 큰 바위 쪽에 설치하였고, 특별부대는 각기 안궁리, 어룡리, 우신리에다 참호를 파고 주둔했다.

월봉산 정상의 청국군 지휘소에서 바라보면, 전면이 일본군이 주둔하고 있는 북향이고, 뒤편이 흑성산이 보이는 남향이고, 서편이 송덕리, 염작을 지나 둔포로 가는 길이었다. 그리고 동편이 초가집 몇 채 띄엄띄엄 보이는 학정리였다. 동쪽 학정리를 지나면 입장이 나오고 조금 더 가면 거기가 안성이었다.

"첫 번째 명령을 하달한다. 안궁리 특별부대는 즉시 성환과 평택을 잇는 안성천 다리를 파괴하라."

시시각각 긴장감이 조여 왔다. 밤은 칠흑같이 어두웠다.

1894년 7월 29일 03시 20분 일본군이 야간기습을 감행했다. 일본군 야간기습 부대는 두 편으로 나누어 한 편은 안궁리 진지를 공격하고, 또 한 편은 어룡리 진지를 치고, 이어서 우신리 진지를 궤멸하는 것이었다.

하지만 여간해서 앞을 볼 수 없는 야간기습은 결코 쉽지 않았다. 장마 끝이라 안성천물은 많이 불어나 있었고 개활지는 곳곳이 수렁으로 변해 있었다. 일본 기습부대는 강이나 다름없는 안성천을 겨우 건넜는데 이번에는 정강이까지 푹푹 빠지는 늪이 나타났다.

원정군은 단지 재물을 노리는 화적패가 아니었다. 죽음이 두려워 후퇴하는 시위군중이 아니었다. 부강한 나라를 그리며 어둠을 뚫는 전사들이었다.

진흙투성이가 된 일본군이 적의 진지 근처에 도달할 무렵이었다.

"사격개시!"

외침과 동시에 진지에서 숨 죽이고 있던 소총이 일제히 불을 뿜었다. 일본군 기습에 대비하고 있던 청국군이 사격을 개시한 것이다. 그러자 일본군은 그 자리에 엎드려 낮은 포복으로 기었다. 논바닥 진흙에 복부를 밀착시키고 개펄 위 배처럼 기어갔다.

어느 정도 적의 식별이 가능해지자 일본군의 대대적인 반격이 시작되었다. 총알 소나기가 쏟아지고 청국군은 진지 밖으로 얼굴조차 내밀 수 없었다. 적의 기습을 예상하고 대비했지만 일본군이 이렇게까지 강렬할 줄은 몰랐다.

견딜수록 밀려오는 몰살의 두려움, 참호에 박혀 슬그머니 죽은 척할 수도 없었다. 죽음으로 국가에 충성하기엔 너무 빠른 시간이었다. 충돌이 이성을 진화시켰다. 충성과 죽음을 논리적 우선순위로 따져 청국군은 이내 월봉산으로 후퇴하고 말았다.

어룡리 진지를 기습한 일본군도 고난은 마찬가지였다. 깊은 하천을 건너다 쓸려가는 병사까지 나왔다. 그러나 일본 기습군은 많은 악조건 속에서도 매복한 청국군 특별부대를 몰아내는 데 성공하였다.

　성환 월봉산 전투에서의 첫 번째 전사자는 안궁리 전투에서 총 맞은 육군대위 마쓰자키 나오오미였다.

　동 틀 무렵 나머지 일본 주력부대는 앞으로 진격하기 전에 안성 천을 따라 병력을 좌우로 길게 펼쳐 섰다. 학익진이었다. 예비군 단 2개를 더 만들어 이중으로 포위하는, 화력의 우위를 차지하는, 기동성을 요하는 진법이었다.

　"대일본제국과 천황폐하를 위하여 전진!"

　"대일본제국 만세. 천황폐하 만세!"

　드디어 오시마 요시마사의 명령으로 일본군대가 일제히 진격을 개시했다. 요란한 진격나팔 소리가 울리고 검은 제복을 갖춰 입은 병사들은 하나의 흐트러짐도 없이 앞으로 진격했다. 세상이 열리 는 여명을 가슴에 안고 진격하는 장엄한 행진에 어떠한 제약도 없 었다. 죽음의 원죄 오직 적의 목숨을 탈취하려는 진격일 뿐이었다.

　검은 군대가 너른 무논을 가로지를 때 한 무리 흰빛 해오라기 가 날아올랐다.

　새벽을 깨트린 진격의 소리에 놀란 듯 한쪽으로 기울어져 날았 다. 그러나 이른 아침 순백한 풍경을 사람들은 거들떠보지도 않 았다.

　각각 진을 치고 일본군을 저지하던 청나라 특별부대가 월봉산 으로 후퇴했을 때 일본 주력부대는 일반 길과 농로를 따라 안궁리에 도착했다. 양쪽 끝 날개 부분에 해당하는 부대는 파란 벼가 물씬 자란 논길과 옥수숫대가 쭉 늘어서 있는 밭둑과 빈 원두막이 초라한 참외밭을 건너 이미 전투를 벌일 수 있는 지점에까지 도착했다.

조선 백성들은 어디에 숨어 이 기막힌 광경을 숨죽인 채 바라보고 있을까. 이미 뼈 속까지 썩어버린 조선, 더 이상 나라를 지탱할 수 없는 조선, 주인은 어디 가고 남의 나라 군대가 남의 땅에 와서 자기들끼리 처절하게 전투를 벌이는데, 아무 힘 없이 쫓겨 다니는 백성들은 이 광경을 어떤 역사로 기억할까. 백성들은 성환 월봉산 전투의 시작으로 조선이 망국으로 가고 있다는 것을 얼핏 짐작은 하고 있었지만 승리한 국가의 식민지가 된다는 사실은 미처 생각하지 못했다.

일본군 본진은 대홍리 대홍사 터를 지나 대정리에 멈췄다. 대정리 입구에는 마을 사람들이 길어다 먹는 커다란 우물 두 개가 있었다. 그리고 그 곁에는 수백 년 묵은 아름드리 소나무, 용트림하는 몇 그루 소나무가 어우러져 구름 같은 솔가지로 운치를 길게 드리우고 있었다.

새벽 풍광을 살필 새 없이.

"포병 앞으로!"

일본군 정보부대는 조선인으로 가장해 미리 주변지형과 청국군 진영을 염탐했다. 치밀한 정보에 의해 안성천 다리가 끊어져 있고, 물이 불어나 대포가 건널 수 없다는 것을 알았다. 일본군 포병대대는 정보를 분석한 뒤 비밀리에 물이 얕은 상류 쪽을 선택해, 안성군 미양면에 다다라 안성천을 건너서는 입장면 도하리를 지나 어둠을 틈타 성환면 수향리 뒷산으로 들어가 숨었다.

동틀 무렵 전군 진격이 시작되자 포병대대는 대홍리를 거쳐 다시 대정리에 나타났다.

말이 끌고 온 대포 8문이 일렬횡대로 늘어섰다. 포병들은 일사분란하게 사수, 조수, 탄약병, 관측병이 저마다 한 조가 되어 방향각과 곡사각도를 정한다음 포탄을 장전했다.

"사격!"

명령이 끝나자마자 포탄은 굉음과 함께 월봉산 중턱에서 터졌다. 사정 거리와 방향을 정확히 계산한 탓인지 청국군 주력부대 한가운데에서 터졌다. 이에 크게 놀란 청국군도 대포 몇 발을 응사했지만 방향은 비틀어졌고 사정 거리도 못 미쳐 일본군 앞에서 폭발했다. 그러나 일본군이 쏘아대는 포탄은 월봉산에서 격렬하게 터졌다.

"모두 참호에 깊이 숨어라."

"다음 명령이 있을 때까지 기다려라."

청나라 사령관 섭사성이 당황해 명령했지만 일본군은 대포를 쉬지 않고 쏘아댔다. 새벽은 고요한데 오직 대포소리만이 허공을 갈랐다. 발사하는 소리, 땅에 부딪혀 폭발하는 소리, 또 메아리까지 뒤섞여 온통 소리 지옥을 불러왔다.

어느새 여름 땀이 줄줄 흘러내려 포병의 군복에 눌어붙었다. 연신 산등성이에서 번쩍거리는 불꽃, 반 시각 이상을 쏘아대던 포격이 멈추었을 때, 이미 청국군에는 많은 사상자가 발생했다. 하지만 일본군은 숨 돌릴 틈 없이.

"돌격 앞으로!"

"딱콩 딱콩!"

갑자기 각 방향에서 쏘아대는 소총 소리가 들리고 전투는 시작되었다. 한 발씩 장전해 쏘는 소총이 발사될 때마다 딱콩 소리 난다고 딱콩총이라고 불리기도 했다.

"딱콩 딱콩"

새벽을 짊어지고 전진하는 병사들의 목에 갈증이 밀물졌다. 마른 가슴에 부딪혀 깨지는 갈증이 병사들의 숙명일까. 돌멩이 같은 갈증 덩어리 하나 하나가 저마다 가슴에 박혀 상처로 아물면 그게 황군의 커다란 진주가 될까. 죽음이 두렵지 않은 육신이 곧 영웅이었다.

"돌격 앞으로!"

"돌격 앞으로!"

일본병사들은 '돌격 앞으로'를 복창하며 앞으로 앞으로만 전진했다. 성환천이 흐르는 송덕리부터 안성환, 개방리, 중리의 동쪽 끄트머리까지 이어져 마치 개미떼처럼 새까맣게 월봉산을 에워싸며 몰려갔다.

전투의 안마당에서는 더욱 심한 총격전이 벌어졌다. 훈련과 정신무장이 절도되어 있는 일본군은 스스로 은폐와 엄폐를 하고 한

발 한 발 정확히 사격하면서 진격했다. 한 발 쏘고 다시 장전하는 딱콩총. 이에 비해 청나라군은 긴급하게 출전한 터라 제대로 훈련이 되어 있지 않았다. 사격술도 서툴렀고 군인정신마저 해이한 상태였다.

하지만 아무리 훈련이 잘되어 있다고 해도 산 위에서 쏟아지는 총알을 모두 하나같이 피해갈 수는 없었다. 전투는 잔혹하게 치열해지고 일본군도 쓰러지기 시작했다. 땀과 흙먼지가 뒤범벅된 몸의 총상에서 뜨거운 피가 울컥울컥 솟아났다.

그럴수록 전투의 시간은 혀가 뒤로 말리는 목마름을 불러왔고, 숨 막히는 땀의 단내는 코를 깊게 찔렀다. 하지만 일본군은 참외밭을 기어가면서도 참외가 무언지 몰랐다. 개구리참외로 불리는 성환참외는 더더욱 몰랐다.

다시 기어가며 곁에 있는 삘기 풀을 뽑아 씹었다. 이내 선홍빛 비린내가 목안으로 넘어갔다. 눈을 감으니 내가 고향 길에 서 있다. 불어오는 바람이 어린 마음을 건드렸다. 멀쩡했던 아랫도리가 흠뻑 젖었다.

남의 나라에 와서 하나뿐인 목숨을 던져야 할 슬픈 이유는 무엇인가. 전장을 놀이터로 생각하는 지도자에게 분노해야 한다. 마음의 채찍을 휘두르며 한없이 분노해야 한다. 끈적끈적 붉은 피 흐르는 분노를 아프게 토해내야 한다.

사랑하는 조국이여 더 이상 나를 기다리지 마라. 나는 고향과 부모와 형제와 친구를 생각하며 죽는다. 슬픈 눈물을 닦지 않고 이국에서 그대로 죽는다. 외로운 생이 얼마나 남았는지 생각하지 않고 죽는다.

새장 속의 새는
언제 언제 나올까
새벽의 밤에
학과 거북이와 미끄러졌다
뒤의 얼굴은 누구

일본병사들은 '카고메 카고메'를 부르며 죽어갔다. 어린 시절 친구들과 어울리기 시작하던 때, 술래를 가운데 앉히고 나머지 친구들이 원을 이루어 빙빙 돌아가며 부르던 노래, '뒤의 얼굴은 누구' 노래가 끝나면 마지막 등 뒤에 있는 친구를 맞추는 놀이의 노래를 부르며 죽어갔다.

이제 월봉산은 아비규환의 지옥이었다. 내가 너를 죽이지 않으면 내가 죽는다. 내가 너를 죽여야 내가 산다. 지금은 영광스러운 미래를 위한 전투의 악마로 변하여 진격할 뿐이었다.

"돌격하라!"

"후퇴하지 마라!"

앞장서서 전투를 독려하던 나팔수가 갑자기 쓰러졌다. 자신의 몸을 돌보지 않고 오직 진격나팔을 불던 나팔수의 꼿꼿한 몸이 한순간에 꺾어졌다. 전장에서 숨이 멎을 때까지 쉬지 않고 나팔을

붉었던 시라카미 켄지로우 이등병이 죽었다.

일본군은 밭둑과 밭이랑을 방패삼아 낮은 포복으로 기어갔다. 몸을 땅바닥에 최대한으로 붙여 소총 한 발 쏘고 다시 총알을 장전하고, 연신 반복하며 전진했다. 전우가 외마디소리 지르며 죽어가도 살아 있는 병사들은 죽음을 아랑곳하지 않고 앞으로 앞으로만 기어갔다.

한 시간이고 두 시간이고 소총 소리는 끊이질 않았다. 땀과 흙에 범벅된 얼굴은 거친 수풀에 따갑게 스치고, 무릎이 깨지고 팔뒤꿈치가 벗겨져 핏물이 배어나도 아파할 여유가 없었다. 일진이 기어간 길을 또 다른 이진이 기어가고, 삼진이 그 뒤를 이어서 기어갔다.

"징그럽군."

이 광경을 월봉산 꼭대기 지휘소에서 선명하게 바라보던 사령관 섭사성은 너무 기가 막혀 피맺힌 신음을 뱉어냈다.

"저 아래, 일진 탄약은 얼마나 남았는가."

섭사성은 근심스럽게 물었다.

"지금쯤 바닥을 보였을 겁니다."

참모는 낙담으로 대답했다.

"일진 탄약이 떨어지면 이진 뒤로 후퇴시키고 이진과 함께 총력전을 펼쳐라. 그리고 양 옆에 배치된 특별부대를 최대한 활용하라. 병참부대를 즉시 천안으로 옮겨라."

다시 사령관 섭사성이 비장한 명령을 하달했지만 더 이상 견딜 힘을 잃어버린 일진이 산기슭 중간에 구축해놓은 3진 참호로 후퇴하기 시작했다. 중상자는 그대로 참호에 놔두고 경상자만 부축해 도주했다.

"참호를 점령하라!"

이 틈을 놓치지 않고 일본군은 재빨리 적의 참호로 뛰어들었다. 아직 목숨이 붙어있는 적의 중상자 뛰는 심장을 총검으로 무자비하게 찌르고 시체를 참호 밖으로 집어던졌다. 참호 안에 있는 시체도 내던지고 적의 참호를 공격 진로로 삼았다.

그 사이 의무병들은 부당당한 아군을 현장에서 치료하기 시작했다. 몸에 박힌 총알은 생살을 찢어 뽑아낸 다음 바느질하듯 꿰맸고 이어 하얀 붕대로 피의 상처를 칭칭 동여맸다.

총알 박힌 가슴이 상처의 꽃이었다.

뜨거운 핏물은 거리낌 없이 흘렀다.

피의 향기가 푸른 들판에 흩어졌다.

성환 들녘에서 전투를 지휘하는 오시마 요시마사는 초초한 심경을 드러냈다. 현재 평양에 8천 명의 청나라 군사가 집결했고 계속 증원 중이라는 첩보를 입수했기 때문이다.

"무슨 일이 있어도 오전 중으로 전투를 끝내라."

탄약을 보급 받은 일본군은 다시 월봉산을 향해 기어갔다. 낮은 포복으로 기어갔다. 앞의 병사가 참호에 들어갔다가 나오면 뒤따르던 병사가 다시 들어가기를 몇 번이나 했던가.

목숨 바쳐 기어오르는 일본군은 전쟁의 귀신이었다. 어쩌면 그렇게 영원히 죽지 않는 악마구리로 기어올까. 한 발 쏘고 다시 납작 엎드려 총알을 장전하고. 때로는 아군의 시체를 방패삼아 전투를 이어갔다.

"너무 잔인하군."

섭사성은 자신의 눈앞에서 무수히 죽어가는 적군과 아군을 보면서 탄식했지만 일본병사들은 하나같이 전쟁을 즐기는 악마였다. 지옥에서 뿜어진 유황불처럼 시들지 않는 인간병기였다.

전쟁의 슬픔에도 질서가 있는 걸까. 어느덧 태양이 솟아오르기 시작했다. 오늘따라 아침노을은 더욱 붉어, 건드리면 핏물이 빗방울처럼 떨어질 것만 같았다. 전장에서 죽음 말고는 또 무엇이 있을까.

섭사성은 산꼭대기 지휘소에서 완벽하게 훈련된 일본군의 전투와 어설프게 대항하는 아군을 보았다. 그리고 숙달되지 않은 사격술에 아군이 쏜 소총 유탄에 아군이 다치는 장면도 보았다.

"죽음이 도사린 전쟁의 사상은 승리다. 후퇴하는 용기는 용기가 아니다. 세상에서 등에 짊어진 죽음을 벗어놓고 싸우는 전쟁은 어디에도 없다. 이번 전투에서 패한다는 건 죽어서도 수치다."

사령관 섭사성은 괴로웠다.

"마지막 결사 항전해라."

섭사성의 명령에 따라 2진이고 3진이고 예비부대 할 것 없이 어우러져 무조건 적을 향해 소총을 쏘아댔다. 하지만 찰거머리 작전 때문인지 일본군과 청국군의 거리는 점점 좁혀지고 있었다.

명령으로 움직이는 목숨은 한갓 꿈이려오. 변함없는 충정을 일부러 알리려 하지 마오. 검게 그을린 가슴에 울음은 채우지 마오.

힘없는 젊음이 끌려와 군인이 되었다. 타국에서 이름 없는 주검이 되었다. 불타는 사랑이라는 이름을 가진 패랭이꽃 곁에서 죽었다. 멀리 고국에 두고 온 그리움 대신 낯선 땅 수풀을 움켜쥐고 죽었다. 피의 향기를 좇아 여름나비처럼 날았다.

병사들이 하염없이 죽어나가는 전쟁의 아침은 너무 길었다. 너무 지겨웠다. 총알에 제대로 맞으면 죽고 설맞으면 부상자가 되었다. 부상자는 신음과 함께 쓰러져 죽음의 시간을 보냈다. 만사가 뜬구름이었다.

나 없는 세상이 무슨 소용인가.

전쟁에서 진실을 겁낼 것 없다.

증오에 더 이상 얽매이지 말자.

"후퇴하라!"

오전 8시. 더 이상 버틸 힘을 잃은 섭사성은 결국 후퇴를 감행했다. 송곡으로 물러나 다시 매주리와 율금리에서 잠시 대치하다 곧 바로 직산을 지나 천안 방향으로 길을 잡았다.

혼비백산이다. 얼마나 놀랐으면 혼이 달아났을까. 청군은 대포 6문을 그대로 두고 서로가 개인화기만 챙겨 도주했다. 전투를 독려하던 징도, 꽹과리도 내팽겨 버리고 도주했다.

피비린내 진동하는 대지에 햇살이 눈부시게 쏟아졌다. 거세게 항전하던 청나라 군대가 물러가자 일본군은 비로소 전열을 추슬렀다. 먼저 부상병들을 보급부대가 있는 대정리로 옮기고 지친 병사들에게 아침 식사를 제공했다. 이 상태로는 청국군을 쫓을 수도 없었다. 전투에 허기진 속을 달래야만 했다.

패전한 사령관 섭사성은 걱정이 태산이었다.

'귀국하면 무슨 면목으로 황제를 알현할 것인가. 조국을 위해 바치는 이 한 목숨은 아깝지 않으나 전사한 병사들은 어떡할 것인가.'

섭사성은 천안 차령고개를 넘어가면서 북받쳐 오르는 슬픔을 못 이겨 굵은 눈물을 뚝뚝 떨어트렸다.

고향을 떠나 멀리 삼파까지 와서
누각에 올라서니 만 리 저쪽까지 봄 경치로다
그러나 강가의 이 나그네는 마음이 괴롭다
여기 고장 사람이 아니기 때문에

섭사성은 비척비척 천 년이 지난 노선의 남루망을 읊조리며 슬픔을 가슴에 담았다. 언제 태어나 언제 죽었는지 생몰연도를 알 수 없는 옛 시인의 시를 자신의 처지에다 덧붙였다. 사시사철 그리운 고향집과 아내와 자식을 생각하며, 그리고 친구와 어울려 뛰놀던 시절을 그리며, 다시는 만날 수 없을 것 같은 상심을 어금니가 아프도록 씹었다. 갑자기 세상이 하얗게 변했다.

차령고개 넘어 정안을 지나니 눈앞에 커다란 강이 나타났다. 금강 변에 자리한 임시 주둔지는 커다란 슬픔덩어리였다. 총상에서 새어나온 아픔도, 죽음에서 솟아나는 눈물도 한곳에 모여 금강으로 흘러들어갔다. 소리 없는 외로움, 일본군이 기습한다는 두려운 경계에 편안히 휴식을 보낼 수도 없었다.

'죽음의 굴레에서 벗어날 수 없는 전쟁, 스스로 자신의 마지막 영혼을 더듬어보는 시간, 인간이 동조하는 진실은 무엇인가, 고귀한 목숨을 쓸모없는 잡풀처럼 내던져도 되는 건가,'

섭사성은 병사들의 시체를 묻지 못하고 월봉산 기슭에 버리고 온 안타까움에 연신 뜨거운 눈물을 훔쳤다. 훈련이 부족한 병사들을 탓한들 무슨 소용이랴. 작전 실패를 되새김한들 무슨 소용이랴. 자신의 한계를 통감했다.

일본군 추격이 더 이상 없다는 보고를 받은 섭사성은 잠시 휴식 시간을 허용하고 아침식사를 제공했다.

강 공기는 한결 시원했다. 금강 물에 들어가 전투에 찌든 몸을 씻을 때 하늘에 흰 구름이 정처 없이 흘러갔다. 그래도 창자가 몇 토막 끊어진 듯 섭사성의 애통함은 줄어들지 않았다.

이제 고향에는 누가 있어

씨를 뿌리고 김을 맬 것인가

이제 고향에는 누가 있어
추수하고 지붕을 이을 것인가

더 이상 말할 수 없는 그리움
여기서 마지막 노래를 부른다.

이 모두가 내 잘못이다. 장졸들은 명령에 따라 죽음의 골짜기까
지 끌려와 기꺼이 젊은 목숨을 던졌다. 누가 그들의 목숨을 마음대
로 가져갔는가, 죽은 병사들을 생각하니 더욱 목이 메었다. 도대체
냉수를 마시는 건지 눈물을 마시는 건지 분간할 수가 없었다.

"내가 무슨 염치로 고개 들고 다닐까."

섭사성이 또 한 사발의 슬픔을 비웠을 때 곁에서 시중을 드는
부관이 참다 못해 한마디 위로의 말을 고했다.

"사령관 각하, 고정하시옵소서, 오늘 전투에 모두가 최선을 다
했습니다. 한 번 실수는 병가지상사라 했습니다. 삼국지를 보면
조조는 적벽대전에서 완패하고 도주 중에 관우에게 붙잡혀 죽은
목숨을 비굴하게 구걸해 다시 살아났습니다. 결국 삼국을 통일
을 이룬 게 조조였습니다. 오늘 우리는 비굴하지 않았습니다. 우
리가 후퇴는 했지만 비등하게 싸웠습니다. 조금 더 전력을 기르고
조금 더 전쟁 경험을 쌓는다면 다음 전투부터는 기필코 승리할 것

입니다."

부관의 위로에도 섭사성은 애통함을 씻어내지 못했다.

"아니야 병사들이 죽었어, 한 번 죽은 병사들은 다시는 살아서 돌아올 수 없어, 내가 어떻게 그 많은 죄를 용서받을 수가 있어."

전쟁에서 슬픈 평화가 무슨 소용인가. 죽음에서 투명하지 않는 진실이 무슨 소용인가. 슬픔을 쉽사리 떨쳐내지 못한 섭사성은 빠른 휴식을 마치고 다시 지친 병사들을 이끌고 엽지초 부대로 들어갔다.

"필시 아산만으로 갔을 거야."

오시마 요시마사는 퇴각한 청국군 뒤를 쫓았다. 청국군 궤멸을 위해 부리나케 아산으로 갔지만 거기에 청국군이 없었다. 이미 배편이 끊긴 곳에 머무를 리가 만무했다. 아산까지 쫓아온 일본군은 오후 3시쯤 영인면 백석포리에 승전비를 세우고 일청전쟁 승리를 자축했다.

임의 시대는 천 년 만 년
작은 조약돌이 큰 바위가 되어서
이끼가 낄 때까지

오거라 오거라 자아, 오거라
모두 함께 황국을 지켜라
몰려오는 적의 수가 많을지라도

두려워하지 마라 두려워마라
황국을 위해서이자 임을 위해

임의 대는 수많은 밑바닥
작은 조약돌과
물가에서 가마우지가 나타날 때까지.

"대일본제국 만세"
"천황폐하 만세"
"황군 만세"
기미가요 행진곡 합창이 끝나고, 이번 전투에서 전사한 장병들
에 대한 묵념이 끝나고, 이어서 만세 삼창을 크게 외치고는 다시
부상병과 병참부대가 머무는 성환으로 군가를 부르며 기세등등
하게 돌아왔다.

사령관 오시마 요시마사는 청국군이 공주로 도주해 엽지초 총
사령과 합류한 것을 이미 알고 있었다. 일본군이 청나라 군대의
주둔지였던 아산으로 종군기자들과 함께 몰려간 것은 일본의 힘
을 대외적으로 과시하고, 아산으로 통하는 청국군의 병력과 물자
보급을 원천 봉쇄하기 위함이었다. 양국이 정식으로 선전포고한
전쟁도 아닌데 대낮에 서로 백병전을 벌인다면 전력손실이 너무
크다는 것을 간파했기 때문 있었다.

일본군은 월봉산에 경계병 일부를 남기고 대정리와 대홍리, 안궁리에 걸쳐 진을 치고 휴식에 들어갔다. 부상당한 병사는 치료해 주고 온종일 굶은 병사들에게는 마음껏 먹을 수 있는 특식을 제공해 주었다.

"대일본제국 황군에게 패배는 없다. 오직 승리만 있을 뿐이다. 대일본제국 만세. 천황폐하를 위하여 건배."

일본군대의 잔치였다. 승리가 불러온 오만으로 기쁨이 물결쳤다.

다음 날 동이 트자 성환 월봉산 전투에서 승리한 오시마 요시마사는 이른 아침 대정리 우물로 정결한 목욕재배하고 월봉산 봉우리 큰 바위 앞에 제단을 마련했다. 대일본제국 천황폐하 은덕과 이번 전투에서 전사한 병사들 넋을 기리기 위한 제였다.

아침 아홉 시를 기다려 사령관 오시마 요시마사는 제단 앞에 무릎을 꿇고 제문을 읊기 시작했다.

"1894년 7월 30일 아침 이렇게 눈부신 날, 대일본제국 천황폐하의 명을 수행하는 오시마 요시마사가 엎드려 비나이다. 높고 넓은 하늘이시여 우리의 정성을 받아 주소서."

"인간의 귀함을 일찍이 알고 있었습니다. 인간의 평등도 일찍이 알고 있었습니다. 따라서 우리는 인간의 귀함과 인간의 평등함을 지키기 위해 거친 바다 건너 조선으로 진출해 기꺼이 젊은 목숨을 던졌습니다. 이 세상에서 살아 있는 목숨을 던질 때 슬프지 않은

까닭이 없습니다. 낯선 땅에 묻히는 주검을 보며 외롭지 않은 까
닭이 없습니다. 하오나 눈물을 거두고 흩어진 넋을 하나하나 그
러모아 조선의 땅 월봉산봉우리에서 바칩니다. 만고의 충절을 잊
지 않는 약속으로 아깝고 안타까운 정을 떼어 바치니, 천지신명
이시여 부디 어린 영혼을 굽어 살펴 주시옵소서."

제를 마친 오시마 요시마사는 승리에 취한 호기를 내보였다.

물 같은 세월이 부식되기 전에
황군의 죽음이 헛되이 잊어지기 전에
청을 평정해 천황폐하께 바치겠노라.

오시마 요시마사는 大島義昌는 1850년(가에이3년) 9월 20일(음력 8월 15일) 태어난
일본제국 군인이다. 관동도독, 군사참의관(육군대장) 제3사단장 등을 역임했다.
성환 전투, 평양 육전, 압록강 공방전, 요동 우장 전투에서 승리해 1895년 남작에
봉해졌고, 이어 1907년 자작에 올랐다. 1926년(다이쇼15년) 4월 10일(75세)
사망했다. 전 일본수상 아베신조 安倍晉三의 외증조부다.

1894년 7월 29일 성환 월봉산 전투에서 청국군의 사상자는 5
백여 명에 달하였고 일본군 측은 사망 34명 부상54명에 불과했
다. 성환 월봉산 전투에서 승리한 일본군은 경성으로 이동하여
1894년 8월 5일 용산 만리창(효창동)에서 개선식을 성대하게 거
행하였다. 노획한 전리품 대포를 소 멍에에 연결하여 끌고 다닐
때, 또 다른 전리품 청군의 징과 꽹과리를 신명나게 두드렸다. 조
선의 백성들과 또 외국인에게 일본의 힘을 마음껏 과시한 다음 각

자 소속 부대로 복귀하였다.

청국군 총사령관 엽지초와 규합한 섭사성은 이홍장 명령에 따라 공주에서 청주, 진천을 지나 원주, 춘천, 금화, 상원을 거쳐 8월 28일 평양 주력부대와 합류했다. 이로써 평양에 거주하는 청국군 병력은 1만 5천명으로 불어났다. 하지만 청국군은 퇴각하는 과정에서 약탈, 방화, 강간, 징발 등 조선인에게 막대한 피해를 입혀 청나라 군대가 이르는 곳마다 피난 가는 백성이 부지기수였다.

'아산이 깨지나 평택이 무너지나.'

청일전쟁 성환 전투 후에 이 말이 생겨났다. 즉 어느 나라가 이겨도 우리에게는 상관없다는 뜻도 있고. 너 죽고 나 죽고 끝까지 해 보자는 사생결단의 뜻도 가지고 있다. 그리고 일본군이 주둔했던 평택과 안궁리 들판을 청망평清亡坪이라고 불렀고, 또 안성천에 복구된 성환과 평택을 잇는 다리를 '망근다리亡軍橋'라고 불렀다.

청일전쟁 성환 전투의 중심무대였던 중리, 안성환, 송곡에서는 최근까지 돌팔매 싸움 풍속이 이어져 왔다. 월봉산에 올라 "송골놈들 덤벼라." 외치면 그쪽에서도 기죽지 않고 돌을 던지며 마치 청나라군과 일본군의 싸움처럼 서로 월봉산 탈환을 전개하는 것이다.

청일전쟁이 끝나고 일본은 당시의 성환 면사무소 앞에, 또 안궁리 어귀에 마쓰자키 나오오미 대위와 시라카미 켄지로우 이등병 무공 비와 함께 33용사를 기리는 충혼비를 세우고 전쟁 영웅으로 칭송했다.

경부선이 개통된 후에는 성환역장은 다른 역장보다 한 직급이 높은 역장을 임명했다. 그리고 성환역에서 빤히 보이는 야산에 1928년 성환 신사(현 성환 감리교회 자리)를 건립하고 많은 일본인들을 이주시켰다. 성환에서 안성으로 가는, 성환에서 장항으로 가는 철로를 계획했으나 실행으로 이어지지는 못했다. 성환역 부근 철도부지 성환리 449번지가 이를 잘 대변하고 있다.

1894년 7월 31일 성환 전투에서 패한 청나라는 일본과의 청일 수호조약을 무효화하고 국교 단절을 선언했다. 반면 성환 전투에서 승리한 일본은 1894년 8월 1일 공식적으로 청국과 일본 간의 전쟁을 선포하였다. 그리고 9월 15일 일본군은 평양성을 야간기습해 청국군의 항복을 받아냈다. 청국군 잔존 병력은 평양성을 빠져나와 의주로 후퇴했지만, 사망자 2천명에 부상자는 4천명에 달했다. 일본군은 5백 명의 사상자를 냈다.

그밖에, 풍도 해전에서 영국 상선 가오승 호(청국이 군대를 조선으로 수송하기 위해 대여한 선박, 1,200명 군사와 보급품과 장비를 싣고 있었음)를 납치 침몰시킨 일본군함 함장이 도고 헤이하치로東鄕平八郞(1848~1934)였다. 후일 러일전쟁 때 일본해군 제독으로 참여해 승리한 일본의 전쟁 영웅이다.

황해 해전을 압록강 전투라고도 부르는데, 1894년 9월 17일 청국군의 북양함대와 일본군 함대가 압록강 하구에서 맞서 싸운 청일전쟁에서 규모가 가장 큰 전투였다. 화력이 강했는데도 해전에서 패한 북양함대는 여순으로 피신했다. 청나라군의 피해는 10척의 군함 중 5척이 침몰, 3척이 파손, 사망자 850명, 부상자 500이었고, 일본군은 군함 4척 파손, 사망자 90명, 부상자 200명이었다. 또 단동전투에서도 일본군이 승리해 만주로 진격할 수 있는 발판을 만들었다.

1894년 11월 21일부터 12월 10일까지 일본군은 여순항을 점령하였다. 이때 야마지 모토하루가 이끄는 제2군 1사단에 의한 청나라군 패잔병 소탕 작전에서 여순에 거주하고 있던 군인과 민간인 2만 명이 학살되었다. 이것이 유명한 여순 대학살이다. 이어서 일본군은 1895년 3월 26일 타이완 부근 평후 제도를 점령하였고, 3월 29일에는 대만을 점령하였다. 이로써 동중국해는 사실상 일본의 영역이 되고 말았다.

청일전쟁에서 승리한 일본은 1895년 6월 17일 대만총독부를 설치하였다.

청일전쟁 양국의 전력과 손실 비교
청나라 병력 35만 명, 전함 37척, 전사자 3만 명.
일본 병력 24만 명, 전함 52척, 전사자 1만3천 명.

청일전쟁에서 승리한 일본은 1895년 3월 20일부터 야마구치현 시모노세키에서 청나라와 일청강화조약을 의논했고, 4월 17일 일본 측 이토 히로부미와 청나라 측 이홍장이 조약을 체결했다.

일청 강화조약

1 청은 조선이 완전한 자주독립국가임을 승인하다.

2 청은 요동반도, 타이완 펑후 제도를 일본에게 할양한다.

3 청은 일본에 전쟁배상금 2억 냥(3억 6천만 엔)을 지불한다.

4 청은 모든 항을 개방하여 일본인 무역자유를 승인한다.

일본이 받는 전쟁배상금 2억 냥은 당시 청나라 예산 3배, 일본 예산 4배였다. 4월 23일 일본은 청일전쟁에서 얻은 랴오둥반도(요동)와 타이완을 강화조약으로 차지했으나 러시아, 독일, 프랑스의 외교적 개입으로 1895년 11월 8일 청나라대표 이홍장과 일본대표 하야시 다다스林薰가 랴오둥반도 반환조약을 맺었다. 이때도 일본은 3천만 원을 받고 청나라에 되돌려주었다.

이로써 중국 중심의 세계 질서가 종지부를 찍고 조선은 청나라 종주권에서 벗어났으나 일본 제국주의 침략대상이 되고 말았다.

성환 월봉산 전투로 개시된 청일전쟁에서 일본 승리로 끝나자 조선은 중국의 천 년 속국에서 벗어났다. 그래서 헐벗은 조선 백성의 피를 무자비하게 뽑아가던 조공朝貢이 사라졌다.

조선인 중 절반이 넘는 노비와 2할의 상민들은 무장한 일본군이 주변을 활보하고 다녀도 그다지 신경 쓰지 않았다. 일본군보다 조선정부가 더 큰 피해를 주기 때문이었다. 고을 수령, 탐관오리와 타락한 양반들이 무지한 상민과 노비의 작은 실수를 커다란 잘못으로 만들어 마지막 푼돈과 마지막 쌀 한 톨까지 빼앗아 가는, 뿐만 아니라 그들의 아랫도리 새하얀 계집까지 빼앗아가는 현실에, 일을 시키면 노임을 꼬박꼬박 챙겨주는 일본군은 차라리 고마운 존재였다.

조공은 제후가 종주국에 바치는 예물이다. 조공의 반대 개념이 책봉이다. 고려에 이어 조선이 개국되자 조선은 명나라에 조선朝鮮과 화녕和寧 두 개의 국호를 올려 조선국왕朝鮮國王을 새긴 옥쇄를 요청했고, 명나라는 조선왕을 봉하여 주었다. 이에 조선은 명나라 황제에게 공물을 바치는 비루한 전통, 책봉조공冊封朝貢의 관계를 맺었다.

고려 때, 원나라는 선박과 군량미와 소와 말, 그리고 우마용 사료, 인삼, 진주, 매, 은 등을 끊임없이 수탈했는데, 특히 농우農牛는 고려 땅 전체에서 절반이나 빼앗아갔다. 또 조선에 매빙사媒聘使를 파견하고 결혼도감을 별도 기구로 설치하여 원나라 장수들과 병사들을 위문할 공녀貢女를 강제 진상 받았다. 공녀로 바친 처녀의 수는, 처음은 140명이었으나 어느 때는 500명, 그리고 매년 50여 명씩 50번 이상을 공출해갔다. 이런 사정으로 처녀가 드물어지자 고려왕은 교지를 내렸다.

"양가의 처녀는 먼저 관청에 신고하고 혼인하라. 위반하면 엄하게 처벌한다."

조선 때는 공물의 품목과 수량은 명나라 황제 의향에 따라 좌지우지 되었다. 사리, 금, 은, 말, 군량미, 매와 함께 조선처녀와 해산물, 두부요리사, 가무를 배운 소녀 등을 꾸준히 요구했다. 이 때도 조선왕은 직접 금혼령을 내리고 공녀를 보내는 동시에 12세에서 18세 사이의 남자들까지 환관으로 양성해 200여 명을 바쳤다.

명나라가 붕괴되고 청나라가 들어섰어도 조선은 청나라에게 쌀 10만석과 배 100척과 7천여 명의 인원을 보냈다. 이렇게 공녀와 함께 조공을 바치다가 국제정세를 의식해 나중에는 조공이 무역 행태로 바뀌었다. 조공 무역으로 조선은 매년 40만냥 이상의 국가 손실을 입어 나라 경제는 날로 쇠퇴해갔다.

중국이 원나라, 명나라, 청나라로 바뀌어도 조공 책봉 관계는 지속되었다. 그래도 조선은 중국의 속국 관계를 강력하게 구축했다. 중국 사신은 압록강 의주부터 초호화 영접을 받았다. 정승급 관리가 안내하고 이동로마다 환영행사를 펼치다가 영은문에 도착하면 왕이 나와 손수 영접하고 모화관으로 모셔 성대한 연회를 베풀었다. 중국의 사신이 예전에 조선에서 보낸 환관이었어도 조선왕은 사신을 궁으로 불러드려 사신과 맞절하고 중국 황제의 칙서를 수령했다. 조공을 운반하는 행렬은 십리에 달했으며, 인부는 적을 때는 800명, 많을 때는 1,200명이나 되었다. 공녀들이 떠날 때는 길목마다 백성들의 울음이 끊이질 않았다.

중국으로 끌려간 조선인 노비가 어쩌다 중국을 탈출해 고국으

로 돌아오면 중국의 요구에 의해 다시는 중국을 탈출하지 못하도
록 조선조정은 무지막지하게 노비 발뒤꿈치를 자르고 다시 보냈
다. 조선에서 끌려간 공녀들이 종이 되었거나 군인들의 성노예로
살다가, 나이가 차서 여성의 할 일이 끝나면 중국은 다시 조선으로
돌려보냈는데, 조선남자들은 자신의 여자, 자신의 딸을 지켜 주지
못한 무능을 탓하기보다는 '저 더러운 화냥년'이라고 냉대했다.

기막힌 삶을 살다 돌아온 환향녀還鄕女를 뙤놈들이 갖고 놀다 버
린 지저분한 계집이라고, 서방질하고 돌아온 음탕한 계집이라고,
순결을 지키지 못해 조상에게 죄를 지은 계집이라고 치부했다. 졸
지에 화냥년이 된 여인들은 자신을 낳아 준 부모에게도 버림받아
타향을 떠돌다 목을 매거나 높은 절벽에서 투신하며 죽어갔다.
회절강回節江(홍제천이 있는 한강과 금강, 소양강, 예성강, 대동강,
청천강, 낙동강, 섬진강, 환향녀가 정조를 회복하기 위해 국가가
지정한 몸과 마음을 닦는 강)에서 천 번이고 만 번이고 목욕을
했어도 아무 소용없었다. 중국으로 끌려간 여인이 얼마나 많았으
면 왕이 교지를 내려 각 도마다 회절강을 지정해 주었을까. 조선
에는 과거의 슬픈 찌꺼기가 너무 많이 쌓여 있었다.

1637년 1월 30일(인조15년) 인조는 세자와 함께 삼전도에서
청태종 숭덕제崇德帝 아이신교로 홍타이지에게 한 번 절할 때마다
세 번을 땅에 머리 찧는, 세 번 절하고 아홉 번 땅에 머리 찧는 항
복의식, 삼배구고두례三拜九叩頭禮를 치렀다. 59일간의 전쟁으로 지
옥 같은 고통을 주는 11가지 조문(영원한 속국)에 합의했는데, 이

조문은 1895년 청일전쟁에서 청나라가 일본에 패할 때까지 계속되었다.

병자호란 때 끌려간 조선 백성은 남자 40만 명, 여자 20만 명이었다. 이들 대부분은 노예시장에서 30냥 내지 150냥에 팔려나갔고, 때로는 250냥에 거래되는 경우도 있었다. 청나라 군인들의 무차별 강간으로 태어난 아이들을 이때부터 '호로자식'이라고 불렀다.

임진왜란은 1592년 5월 23일(음력 4월 13일 선조25년) 일어났다. 전쟁 중에 일본으로 끌려간 도공, 철공, 목공, 활자공 등 기술공이 2만 명이나 되었다.

왜란이 끝나자 조선은 이들의 생환을 위해 통신사를 보냈다. 하지만 기술공 대부분은 조선으로 돌아오지 않고 현지에 잔류했다. 조선으로 돌아가면 또 다시 노비나 상민이 되어 짐승처럼 살아야 했기 때문이었다. 반대로 일본에서는 제조공으로 대접받으며 자신의 능력을 마음껏 발휘할 수 있었다. 이들이 생산한 도자기는 일본 각처에 공급되었고 또 유럽으로 수출하여 많은 이익을 가져왔다.

"조선은 중국의 속박에서 벗어나는 것을 달가워하지 않았고, 조선왕은 매년 중국 황제에게 조공 바치는 사절을 파견하였으며, 새로 등극하는 왕마다 중국 황제 임명이 있어야 왕좌의 권리를 가졌다."

을미사변

갑오경장^{甲午更張}은 1894년 7월 27일(음력 6월 25일)부터 1895년 7월 6일(음력 윤5월 14일)까지 일본이 조선정부에서 전개한 동학 농민군과 맺었던 전주 화약(개혁을 위한 교정청 설치)을 간섭한 제도로, 10년 전 갑신정변 실패로 망명했던 개화파들이 일본의 위세를 등에 업고 돌아와 추진한 일본식 개혁이다. 주요 내용은 신분제 폐지, 은분위제, 조세 금납통일, 인신매매 금지, 조혼 금지, 과부의 재가 허용, 고문과 연좌제법 폐지 등이다.

내각의 변화에 따라 제1차 개오개혁, 제2차 갑오개혁, 제3차 갑오개혁(을미개혁)으로 이어졌다. 일본은 교정청을 해체하고 군국기무처를 설치하여 일본 중심의 개혁을 추진했다.

일본 세력을 중심으로 근대적 제도 개혁에서 중요한 진전을 이루었으나 개화파들 간의 파벌싸움 한계 때문에 폭넓은 지지를 얻지 못했다. 또 러시아, 독일, 프랑스의 삼국 간섭으로 위세와 추진력을 상실했다. 그리고 조선정부는 러시아와 협력하는 것이 일본을 조선에서 몰아내는 방법이라고 여기고 친러 정권을 수립했다. 이에 위기를 느낀 일본이 주도권을 다시 찾기 위해 을미사변을 일으켰고, 고종은 신변이 불안해지자 아관파천俄館播遷을 결행했다.

1895년 5월 2일(고종32년) 덕수궁에 조선최초로 전기를 가설했다. 이때 친어머니 시묘 살이 중인 이완용은 청일전쟁에서 청나라가 일본에 패배하자 근대화운동에 눈을 돌렸다. 1895년 6월 2일(음력 5월 10일) 고종의 부름을 받고 학부대신 겸 중추원의관으로 다시 내각에 참여했다.

1895년 10월 8일(음력 8월 20일) 일본이 대외침략 정책, 조선과 만주를 통해 동아시아로 진출하는 데 가장 큰 걸림돌이 되는 명성황후를 살해한 사건을 을미사변이라고 한다.

이때 명성황후는 청일전쟁에서 청나라가 패하자 러시아가 일본보다 훨씬 강하다는 착각에 빠져 러시아 공사 카를 베베르와 손잡고 조선내각에 친러파를 중용하여 일본을 배척하는 중이었다. 이에 일본은 조선이 러시아 식민지가 된다는 위기의식을 갖게 되었다.

미우라가 부임하자 한양 성내에서는 명성황후 제거설이 나돌았다. 신변 불안을 느낀 명성황후는 그날 밤부터 건청궁을 대낮처럼 불 밝히고 지내다가 새벽녘에서야 잠들곤 했다.

조선정부가 훈련대 해산을 명령할 때는 1895년 10월 7일 새벽

2시였다. 이 사실을 아침까지 기다린 군부대신 안경수가 다급하게 미우라에게 통보했고 뒤이어 우범선도 달려와 보고했다.

다음 날 이른 새벽 일본공사 미우라 고로가 지휘하는 작전명 '여우사냥'을 일본군 한성수비대 미야모토 다케타로가 실행에 옮겼다. 사전 치밀한 계획 아래 낭인으로 위장한 칼을 잘 다루는 초급장교들과 영사관 경찰들이 조선인의 길 안내를 받아 기습적으로 경복궁에 난입하였다.

"저 영악한 여우가 분명히 궁녀로 변복했을 것이다."

예리한 칼을 높이 든 낭인들이 침입하자 궁녀들은 서로 몇 명씩 부둥켜안고 두려움에 사시나무처럼 떨었다. 나라의 왕후가 죽음 앞에 놓여 있어도 왕후를 지켜줄 경호대는 어디에도 없었다.

감정을 다스릴 새 없는 현실은 위급하고 허망했다. 대궐 안 왕후 거처만은 안전하다고 믿었던 믿음이 한순간에 뿌리 채 뽑혀나갔다. 왕후와 궁녀를 식별할 수 없는 낭인들은 이미 창백해진 칼을 사정없이 휘둘렀다. 왕후를 닮은 궁녀들은 오직 도망치다가 모조리 살육 당했다.

"내가 조선의 국모다."

이렇게 말한 여인은 한 명도 없었다.

낭인들은 궁녀복장으로 위장한 채 처참하게 살해된 명성황후를 마침내 찾아냈다. 그리고 미우라 지시로 시신을 녹원으로 옮겨 장작더미 위에 올려놓고 석유를 부어 소각했고 아침 여덟 시경 타고남은 인골을 추려 연못에 던졌다.

우범선, 이두황, 이진호, 이주희, 유길준, 구연수 등 다양한 계층의 조선인들이 정치적 목적으로 일본과 내통하여 피바다를 이루었을 때 명성황후와 함께 밤을 지새웠던 왕세자빈(순종 비, 순명효황후)이 칼에 옆구리를 찔리는 커다란 부상을 입었다. 1882년 11살 나이로 세자빈에 책봉된 지 3년 만의 불행이었다.

을미사변은 1895년 10월 8일 경복궁에서 명성황후(44세)가 조선주재 일본공사 미우라 고루의 지휘 아래 일본군수비대 미아모토 다케타로 등에게 암살된 사건이다. 명성황후는 조선의 26대 임금이자 대한제국 초대 황제인 고종의 황비이자 대한제국 2대황제이자 마지막 황제(순종)의 어머니다. (명성황후 사당은 용산구 청파동에 있다.)

이주희는 공덕리 홍선대원군 별장에서 연회를 베풀었다. 연회를 마친 새벽에 대원군을 궁으로 안내하였다. 명성황후 시해사건 배후로 만들려는 술책이었다. 그런 줄도 모르고 홍선군은 10월 8일(음력8월 20일) 새벽 아들 이재면과 가마를 타고 경복궁으로 향했다. 뒤이어 훈련을 명목으로 시위대도 홍선대원군을 따라 광화문으로 들어갔다.

미우라 고로는 육군중장 예비역 장성 출신의 주한 일본공사였으며 부인한 지 37일 만에 을미사변을 직접 계획 지휘한 사건 현장에서는 일본의 최고위층이다. 미우라는 애초부터 명성황후를 제거할 목적을 가지고 조선으로 왔다. 따라서 여우사냥 계획 속에는 홍선대원군과 명성황후 갈등 구조를 조합해 놓았고, 행동대원들을 낭인으로 위장시켜 일본의 책임을 모면하는 방법도 만들어 놓았다. 또 '한성신보' 등 일본인 기자들을 동원해 낭인들의 우발적 사건이라는 것도 계획해 놓았다. 그 후 일본 정부는 시해 가담자 48명을 히로시마로 압송하여 형식적인 재판을 거쳐 '증거불충분'이라는 이유를 들어 이들을 모두 무죄 방면하였다. 그 후

이들 대부분은 영웅으로 일본군에 복귀하여 출세가도를 달렸다.

우범선은 1857년 5월 24일 당양군에서 태어났다. 조선별기군 제3대대장으로 있을 때 명성황후 시해에 가담한 후 일본으로 망명, 1903년 11월 24일(47세) 히로시마현 구레 객저에서 개화파 정치인 종2품 경상좌도절도사를 역임한 제국익문사(대한제국 첩보기관) 고영근에게 암살되었다. (일본인 처에서 태어난 외아들이 바로 씨 없는 수박으로 유명한 우장춘 박사다. 우장춘은 1898년 4월 8일 광무2년 일본에서 태어났다.)

이두황은 1858년 1월 11일(철종9년) 서울 서대문구 사직동 평민 집안에서 태어났다. 자는 공칠, 호는 설악이다. 대한제국 무인이자 화가, 서예가, 작가다. 을미사변 당시 도성훈련대 제2대대장으로 있을 때 명성황후 시해에 조력했다. 1916년 3월 9일 사망했다.

이진호㮱㮦㮦는 1867년 8월 7일 경성에서 태어났다. 아호는 성제㮦㮦, 본관은 전의이고 개혁파 무관이며 평안남도 관찰사를 역임했다. 미국 교관에게 영어를 배운 친미파였는데, 춘생문 사건에 참여했다가 변심하여 어윤중에게 밀고했다. 고종의 참살 명령에 일본으로 망명했다가 1907년 대한제국 군대가 해산한 뒤에 귀국하였다. 1919년 3.1운동 때는 전남 자성회를 조직하여 만세 시위와 독립운동 확산을 막았다. 1946년 9월 3일 사망했다.

유길준은 1856년 11월 21일(음력 10월 24일) 태어났다. 본관은 기계이고 자는 성무, 호는 구당이다. 조선 최초의 국비 미국유학생이었으며, 종교는 유교, 조선 후기 문신, 개혁파, 계몽 운동가였고 수많은 저작물을 발표한 작가다. 명성황후가 시해되자 그는 조선인 고위 협력자로 홍선대원군을 지목했다. 그러나 친구이자 후배였던 윤치호에 의해 그 자신도 명성황후 시해의 주요공모자라고 지목되었다. 1914년 9월 30일 57세 나이로 서울에서 신장염 등 합병증으로 사망했다.

구연수는 1866년 10월 8일 태어났다. 본관은 창원. 1884년 4월 도교 센슈보통중학교에 입학하여 1886년 4월 졸업 후, 그해 7월 도교제국대학 공예학부 채광급야금학과에 입학하여 1892년 8월 졸업했다. 1892년 10월에 귀국해 11월 광무국 주사로 임명되었다. 을미사변 당시 훈련대 2대대 소속이었고, 제2대대장 우범선의 부하로 일본 낭인들 침입에 협조하였다. 명성황후 시신을 불태우는 데 작업감독을 했으며, 체포령이 내리자 우범선, 이두황과 함께 일본으로 피신했다가 일본 정부의 비호 아래 1896년 4월 농상공부 광산국 기사가 되었다. 그리고

1910년 10월 경무총감부의 유일한 조선인 경무관으로 임명되었다. 1925년 5월 6일 사망했다.

옛 노인들이 며느리를 흉 볼 때 쓰던 욕이 '이런 민후閔后(민비) 같은 년'이었다. 시아버지를 내치고 사치와 방탕을 일삼았으며 급기야 나라까지 말아먹은 사악한 여자로 '외세에 의해 비참한 최후를 맞은 국모'로 기록되었다.

1895년 11월 17일(고종32년) 고종은 음력을 폐지하고 양력을 사용했다. 1896년(건양 원년) 1월 1일로 정하고, 개국 504년 11월 17일을 505년 1월 1일로 고쳤다. 일본이 친일파 내각을 앞세워 명성황후 시해 사건을 덮고 사회체제를 일본과 동일하게 만들려는 개혁이었다.

1896년 12월 30일(음력 11월 15일) 김홍집 내각이 고종의 칙령에 따라 단발령을 공포하였다.

"성인 남자들은 상투를 자르고 서양식 머리를 하라."

당일 고종과 황태자 순종이 솔선수범하여 머리를 자르고 전국으로 확대시켰다.

아관파천俄館播遷

아관파천은 1896년 2월 11일부터 1897년 2월 20일까지 1년간 고종과 세자가 을미사변으로 신변 위협을 받자, 경복궁을 떠나 어가를 러시아 공사관으로 옮겨서 거처한 사건이다. 러시아를 아라사俄羅斯로 표기할 때라 러시아 공사관을 아관俄館이라고 불렀다. (아관파천이란 러시아 공사관으로 망명한 것을 말한다.)

1895년 8월 양아버지 이호준은 국제 경험이 많은 이완용을 러시아에 접근시켰고, 이완용이 정동파貞洞派(일본에 반감을 가진 정치인과 외교관들의 사교모임)에 가담하여 러시아 세력과 접촉하기 시작했는데, 민씨 정권에 반발한 개화파 소속 훈련대 병력이 일본과 결탁하여 건청궁에서 명성황후를 시해하는 을미사변을 일으켰다.

을미사변으로 이완용 부자도 목숨이 매우 위태로워졌다. 이에 이완용 부자는 급히 주한 미국서기관 호러스 뉴턴 알렌(한국이름 안련安連)을 찾아가 도움을 요청했고 미국공사관으로 피신했다.

이 사이에 일본은 친일내각을 복구시켰지만 러시아의 적극 개입으로 입지가 좁아졌다. 1895년 11월 28일 김홍집 내각 반대파 이재순, 임최수, 김재풍, 안경수 등이 친일정권 타파를 모의하였고, 여기에 정동파 이범진, 이윤용, 이완용, 이하영, 윤치호 등이 호응하였다. 경복궁 삼청동 쪽 춘생문春生門을 통해 입궐하여 고종황제를 궁궐 밖 알렌의 미국공사관으로 대피시키려 했지만, 친위대대장 이진호가 배신해 서리군부 대신 어윤중魚允中에게 밀고하여 춘생문 사건은 실패로 끝났다.

그러나 고종의 수구내각, 일본과 개화파를 조선에서 축출하기 위해, 1896년(건양1년) 춘생문 사건으로 상해에 피신해 있던 친러파 이범진이 비밀리에 귀국해 이윤용, 이완용과 러시아공사 카를 이바노비치 베베르와 함께 고종황제 아관파천을 모의했다.

먼저 이범진은 이완용과 비밀회동하여 면밀히 작전을 세웠다.

"지난 번 춘생문 사건은 드러내놓고 실행하여 실패했습니다."

"그렇지요. 아라사 공사, 미국 공사. 조선 각료와 장졸들, 그야말로 다국적 사람들이 요란하게 일을 벌였으니 저들이 가만히 있었겠습니까."

"지난 번 실패를 교훈삼아 이번에는 극비리 실행해야 합니다."

이완용은 신중에 또 신중을 기해야 한다고 말했다.

"제가 엄상궁으로 하여금 전하를 새벽에 궐 밖으로 내모시도록 미리 일러두겠습니다."

엄상궁과 친분이 있다는 이범진 말에

"저는 구실을 만들어 친위대를 궐 밖으로 끌어내겠습니다. 대감께서는 러시아 무장군인을 비밀리 배치해 놓으시오. 이 일은 믿을 수 있는 몇몇 사람에게만 알려 지극히 비밀을 지켜야합니다."

"알았습니다. 일단 전하께서 궐 밖으로만 나온다면 안전하게 아라사 공사관으로 모시겠습니다."

이완용과 이범진은 세심한 부분까지 논의하였고, 이범진은 곧바로 이 계획을 베베르에게 전하고 도움을 청했다.

1896년 2월 10일(음력) 베베르는 러시아공사관 보호명목으로 인천에 정박 중이던 태평양 방호순양함 어드미럴 코르닐로프 호의 수병 120명을 무장시켜 대사관 주위에 주둔시켰다. 다음 날 이완용은 지방소요를 진압하러 간다고 친위대와 함께 궐을 빠져나왔다. 명성황후 시해 사건 후 조선 곳곳에서 소요가 일어나 일본군과 관군 대부분은 지방에 내려가 있었다.

"대원군과 친일파들이 황제 폐위를 공모하고 있으니 왕실의 안전을 위해 잠시 아라사 공관으로 파천하시는 것이 좋을 듯합니다."

총애하는 엄 상궁(후일 엄비) 말에 공포에 휩싸여 있던 고종은 흔쾌히 동의하였다.

1896년 2월 11일 새벽에 고종은 극비리 왕세자와 각각 두 채의 궁녀 교자를 타고 덕수궁 영추문迎秋門을 통한 아관파천을 단행했다. 늦게 잠자리에 들고 정오쯤 기침하는 고종의 습관을 모두는 잘 알기에 새벽에 궁궐을 나서는 궁녀 교자는 누구도 의심하지 않았다. 이날부터 음식을 손탁호텔에서 제공했는데, 식사와 함께 커피가 음용 차로 나왔다.

아관파천 이후 고종이 커피를 처음 마셨다고 말하지만, 커피는 1861년(철종12년) 프랑스 신부에 의해 조선으로 유입되었고, 몇 년 후 궁궐 및 사대부 집안에서도 마시기 시작했다.

거처를 옮긴 당일 고종은 내각총리 대신 김홍집을 비롯, 김윤식, 유길준, 어윤중 조희연, 장박, 정병하, 김종한, 허진, 이범래, 이진호를 면직하고, 체포하도록 어명을 내렸다. 이어서 내각총리 김병시, 법무대신 겸 경무사 이범진, 외부대신 이완용을 비롯하여 이윤용, 박정양, 안경수, 윤치호, 이상재, 고영희 등 친러파와 친미파의 내각을 구성하였다. 이날 김홍집과 정병하는 순검에 잡혀 끌려가던 중 성난 백성들에게 맞아죽었고 어윤중은 달아나다 용인에서 살해되었다. 그리고 유길준 조희연 등 10여명은 일본으로 피신했다.

고종이 러시아 공관에서 왕세자와 1년을 보낼 때 자연히 친일개화파들은 조정에서 모습을 감추었다. 이완용은 외부대신 겸 농상공부대신으로 조선과 러시아의 협상을 전담하였지만 모든 인사와 정책은 러시아 공사 베베르와 친러파에 의해 좌우되었다. 그리고 6월 9일 일본과 러시아는 극비리 향후 필요할 경우 조선을 공동 점거할 수 있다는 데 합의하였다. 청나라가 물러난 빈자리에 자연히 러시아가 들어앉았다.

최익현의 상소와 독립협회의 환궁 청원으로 1897년 2월 20일 고종은 경운궁으로 환궁했다. 하지만 조정은 여전히 러시아의 절대적인 영향을 받고 있었다. 강원도와 경상도 광산 채굴권, 월미도 저탄소貯炭所 설치권, 압록강, 두만강 유역과 울릉도 삼림 채벌권을 20년 동안 러시아에게 넘겨준다는 협상에 이완용이 목숨을 걸고 강력하게 반대했지만 친러파들에 의해 경제적 이권은 러시아에 탈취당하고 말았다. 러시아의 무지한 핍박에 러시아에 대한 환상이 깨진 조정은 한편으로는 일본과 조선의 자주권 행사를 논의하고 있었다. 이때 돌연 러시아는 러시아 군사교관 2백 명을 받아들이라고 강요하였다.

조선군대를 장악하려는 러시아 술책에 친미파 이완용은 완강한 사직 상소문을 올렸다.

"현재의 상황을 살펴볼 때 러시아와 일본의 충돌은 불가피합니다. 뒷날 커다란 문제가 발생될 것은 불보듯 뻔한 일입니다. 신이 외부대신 직에서 물러나는 한이 있더라도 러시아 군사 교관 파견은 도저히 받아들일 수 없습니다."

이 일로 인해 이완용과 러시아공사 베베르는 완전히 적이 되었다. 독립협회 해체를 요구하는 등 러시아의 내정간섭이 더욱 거세지자 이완용은 재차 사직 상소문을 올렸다.

"나라의 중대한 문제를 해결하는 데 신은 재주가 부족하고 또한 두통이 심하여 맡은 책무를 다할 수 없습니다. 부디 사직을 허락해 주시옵소서."

그러나 러시아는 재정 고문과 군사 교관 10명을 7월 28일 파견했고, 고종은 7월 30일 이완용을 학부대신으로, 학부대신 민종묵閔種黙을 외부대신으로 임명하였다.

이 무렵 이완용은 장남 승구, 차남 항구에 이어 39세의 늦은 나이로 막내딸을 보았다. 자신이 형과 15세 터울로 태어난 것처럼 차남과 15세 터울로 딸이 태어난 것이다. 이 딸이 영친왕 배필로 정해졌다는 소문이 돌았지만 잘못된 소문이었다. 영친왕에게는 약혼녀 민갑완이 있었다. 영친왕은 훗날 이방자와 강제 정략 결혼했다.

독립문

  1896년 7월 2일(고종33년) 민족의식을 일깨우고 자주독립 사상을 불러일으키고자 독립협회를 결성하였다. 이완용이 외부대신으로 있는 외부 청사에서 이완용을 비롯해 안경수, 이윤용, 김가진, 김종한, 권재형, 고영희, 민상호, 이재연, 이상재, 현흥택, 김가현, 이근호, 남궁억 이렇게 14인이 독립협회 발기인으로 참여했다.

  당시 독립협회 창립을 주도한 인물은 이완용과 과거급제 동기이며 '독립신문'을 창간한 서재필(미국이름 필립 제이슨)이었지만 서재필은 미국 국적을 가지고 있어 발기인 모임에는 참가하지 않았다.

  "조선은 아관파천으로 인해 외국에 대한 국격이 말이 아닙니다. 우리가 언제까지 외세의 간섭을 받으며 숨죽인 채 살아야 합니까. 조선이 청나라 속국에서 벗어나 지금은 세계 여러 나라와 동동한 자유로운 조선이 되었으니 자주독립 국가라는 것을 대내외적으로 선언해야 합니다. 해서 조선이 자주독립 국가라는 상징물을 치욕스러운 영은문을 헐고 그 자리에 세우려고 합니다."

이완용은 작년 12월에 귀국해 중추원 고문이 된 서재필과 상의한 취지를 설명했고, 자리를 함께 한 사람들은 이를 만장일치로 찬동하였다.

이날 총회에서 창립위원장에 이완용이 선출되었다. 며칠 후 독립협회는 제1대 회장 안경수, 부회장 이완용, 위원에 김가진, 김종한, 민상호, 이채연, 권재형, 현홍택, 이상재, 이근호 전 현직 대신 및 협판급 8명으로 구성되었다.

이제 조선이 자주국가가 되었으니 이것을 세계만방에 알린다.

조선독립은 정부만의 경사가 아니라 조선인민의 경사이다. 이에 자주독립 기념물을 건립한다.

1896년 4월 6일 개최된 제1회 그리스 아테나 근대올림픽이 열린 해인 1896년 7월 4일 미국독립일에 맞춰 서재필이 창간한 독립신문은 최초의 민간신문이자 한글, 영문판 신문이었다. 4면 중 3면은 순국문, 1면은 영문으로 유길준, 윤치호, 이상재, 주시경 등이 참여해 4월 7일 처음으로 발간했다. 이날 독립신문 지면을 빌려 독립문 건립을 선언했다. (독립관은 1897년 5월 23일 고종34년 모화관을 개조해 사용하기 시작했다.)

청국으로부터의 독립을 기념하여 청국 사신을 환영하던 영은문을 헐고 독립문을 세우면서 이완용은 자신이 직접 현금을 움직인다는 것이 자연스럽지 않다고 여겼다. 더구나 한 나라의 대신으로 혼자 거액을 기부한다는 것도 좋지 않을 것 같아 자기보다 4살 위인 의붓형 이윤용에게 자신의 생각을 전달했다.

"제가 200원을 내면 모양이 좋지 않습니다. 제가 100원 낼 터이니 형님 이름으로도 100원을 내는 것이 좋을 듯합니다."

그날 독립문 건립기부금 명단에는 이완용 100원, 이윤용 100원, 안경수 40원, 그 외 발기인들은 10원에서 30원 이렇게 올라갔다.

독립문 건립은 독립신문 지원을 받아 순조롭게 진행되었다. 학생과 시장 상인, 기생들까지도 참여했다. 누구라도 단 1전만 내도 독립신문 지면에 이름이 실렸다.

마침내 독립협회 창립 4개월 만에 정초식을 갖게 되었다. 정초식에는 정부대신, 각국 외교사절, 시민, 학생 등 4천여 명이 참석한 가운데 성대하게 열렸다. 식장에는 태극기와 독립협회기가 휘날렸다. 그리고 흰 바탕에 붉은 글씨로 '독립문'이라고 쓴 현수막도 내걸렸다.

식이 시작되자 초대회장 안경수의 인사말에 이어 이채연이 독립문 건립에 대한 그동안의 경과보고를 했다. 배재학당 학생들이 부르는 독립가가 울려 퍼지고, 독립문 건립을 주도했던 부회장 이완용이 단상에 올라섰다.

"조선이 독립을 하면 미국과 같이 부강한 나라가 될 것이며 만

일 조선인민이 단결하지 못하고 서로 싸우거나 해치려 하면 구라
파의 폴란드라는 나라처럼 남의 종이 될 것이다. 미국처럼 세계 제
일의 부강한 나라가 되는 것이나, 폴란드처럼 망하는 것은 모두
사람들 하기에 달려 있다. 조선 사람은 미국같이 되기를 바란다."

1896년 11월 20일 독립문 정초식에서 독립협회 창립위원장이
며 부회장인 이완용이 행한 이 연설은 1896년 11월 24일자 독립
신문 1면에 실렸다.

행사가 끝나자 독립협회 사람들과 외교 사절들이 모화관慕華館
으로 자리를 옮겨 간단한 다과회를 가졌는데, 그곳 한편에 몇 장
의 고급 한지와 먹물과 커다란 붓이 준비되어 있었다.

"현판은 조선의 명필이신 대감께서 쓰셔야 합니다."

이완용 필체를 이곳 사람들은 익히 알고 있었다. 설익은 글씨
를 가지고 섣불리 대드는 성품이 아니라는 것도 잘 알고 있었다.
중앙 무대에서 글씨를 가지고 칭송받는 일당一堂이 아니던가.

이완용은 잠시 글 스승 김용희를 떠올렸다. '이런 날을 위해 나
에게 글씨를 가르쳐 주셨구나.' 구양순歐陽詢, 왕희지王羲之, 한호韓濩의
글씨체를 생각하다가 '석판에 새기는 글씨는 모양보다 무거운 편
이 좋겠지.'

이완용은 짐짓 이런 것은 아무것도 아니라는 듯 두 말 없이 붓
을 집어 들었다. 그리고는 먹물을 한 번 찍어 한 장의 종이에 글자
하나를 쓰고, 또 한 번 먹물을 찍어 또 한 장의 종이에 글자 하나
를 썼다. 먼저 한문으로 '獨立門' 석자를 석장의 한지 위에 쓰고,

이어서 한글로 '독립문'을 같은 방법으로 썼다. 마지막 '문'자를 쓰는데 여기서 이완용은 자신만이 간직한 특유의 서체를 힘주어 각인했다. '문'자의 중심 'ㅜ'의 글 세로를 길게 내려 써서 받침 'ㄴ'에 닿게 했다.

"역시 조선 제일의 명필이십니다."

"종이 한 장에 커다란 글자를 하나씩 쓰는데 어떻게 글씨 크기와 글씨 굵기가 저렇게 고를 수 있을까."

"정말 흔들림 없이 그렇게 군건하게도 쓰실까."

일필휘지가 이런 건가. 숨 한번 길게 골랐을 뿐인데 그 곳에 함께 있던 사람들은 이구동성으로 칭찬을 아끼지 않았다.

독립문은 1896년 11월 21일 공사를 시작하여 다음해 1897년 11월 20일 각 계층의 성금으로 준공되었다. 독립문 건립은 프랑스 개선문을 본 뜬 모습을 서재필이 기획했고, 소련 해군 출신 아파나시 세레딘사파틴(한국이름 사파진土巴津)이 설계했으며, 심의석이 시공 감독했다. 건립 예산은 3천 원이었는데 황태자가 1천원을 하사했고, 이완용이 다시 400원을 보태 이완용의 성금은 500원이 되었다.

독립문 준공이 눈에 닿을 무렵 민비 시해 책임을 모면하기 위한 일본공사 미우라의 조언과 '우리나라 군주는 다른 나라 군주와 동동해야 한다'는 독립협회 권유로 1897년 10월 12일 고종이 황제 즉위식을 거행했다. 이로써 국호는 대한大韓 연호는 광무光武로 하는 대한제국大韓帝國이 탄생하였다.

"민 중전을 명성태황후明成太皇后로 추존한다. 지금까지 미러온 장례를 황후의 예를 갖추어 국장으로 시행토록 하라."

대한제국 황제의 첫 명령이었다.

독립협회 창립 당시에는 고급 관료들이 주축을 이루었지만 참가하는 사회계층이 확대되어 회원이 2천여 명으로 늘어났다. 이에 독립협회는 매주 일요일 주제를 하나씩 정해 모화관을 개조한 독립관에서 일반회원들과 토론회를 열었다.

제1회 민주주의 토론회는 1897년 8월 29일 오후 3시 '조선의 급선무는 인민의 교육'이라는 주제를 갖고 학부대신으로 자리를 옮긴 이완용이 주관했다. 이날 법부대신 한규설, 농상공부대신 이윤용이 참석해 자신들의 의견을 내놓았다.

토론회는 좌우 양편으로 나누어 대표 토론자의 찬성 의견과 반대 의견을 말하게 했고, 이어 방청석에 앉아 있는 일반회원들은 토론자의 견해에 자신의 찬반 의견을 밝히는 방식으로 진행하였다.

처음으로 인민이 참여하는 민주주의 토론을 시작으로 독립협회는 인민이 참여하는 정치단체로 그 성향이 변하기 시작했다. 그러자 러시아 공사 카를 이바노비치 베베르(1841년 6월 17일 출생, 1910년 1월 8일 사망)가 가만히 있지 않았다.

"친미파 이완용이 내각에 남아 정치적 영향을 행사하는 것은 도저히 용납할 수 없다."

러시아 공사 베베르의 집요한 공작에 이완용은 민주주의 토론회 이틀 후인 9월 1일 평안남도 관찰사로 쫓겨 갔다.

'학부대신 이완용 씨는 애국 애민하는 마음만 가지고 나라를 아무쪼록 붙잡고 백성을 구원하며 나라 권리를 외국에 뺏기지 않도록 하려고 애쓰다가 미워하는 사람을 많이 장만하여 필경 주야로 사랑하던 자기 대군주 폐하를 떠나 평안남도 관찰사가 되어 떠나니, 이완용이 이 정부에서 나가는 것을 조선을 사랑하고 조선 대군주 폐하께 충성하는 사람들은 다 섭섭히 여기더라.'(1897년 9월 4일 '독립신문' 잡보)

이완용이 평안남도 관찰사로 발령 난 다음날 9월 2일 러시아는 조선을 노골적으로 지배하기 위해 러시아 공사를 알렉시스 드 스페예르로 전격 교체했다. 그는 부임하자 미국 공사 알렌을 만난 자리에서 이렇게 큰 소리쳤다.

"이완용은 나쁜 사람이다. 내가 이곳에 있는 동안은 어떤 벼슬도 얻지 못할 것이다. 그는 언제나 독립, 독립을 외치는 친미파의 우두머리다. 내가 그를 없애 버릴 것이니 두고 보라."

이완용은 평안남도 관찰사 임명을 받은 지 20일 만인 9월 21일 사직 상소를 올렸다. 그러자 고종은 9월 27일 중추원 1등 의관으로 임명했다.

스페예르의 극심한 방해에도 불구하고 이완용은 그해 12월 6일 중추원 의관에서 비서원경(황제 비서실장)으로 임명되었고, 독립협회는 민주토론회가 거듭되면서 외세 침략에 저항하는 인민주도의 정치단체로 변해갔다. 특히 정부의 무능과 러시아의 횡포에

독립협회 회원들은 더욱 분노했다.

1898년 2월 27일 이완용은 안경수에 이어 독립협회 제2대 회장으로 선출되었다. 부회장 윤치호, 서기 남궁 억 회계 이상재, 윤호정이었다. 그리고 독립협회는 회장 이완용과 고문 서재필의 결단으로 1898년 3월 10일(고종35년) 오후 2시 종로 종각 부근에서 일반회원과 시민 1만여 명이 참석한 가운데 러시아 군사 교관과 재정고문 해고 및 한러은행 철폐를 요구하는 한편, 절영도 조차(부산 영도, 러시아가 석탄기지 설치를 위해 빌려달라고 강요)를 규탄하는 만민공동회萬民共同會를 개최하였다.

"그럴 듯한 말인데, 황제를 덕수궁에서 경복궁으로 환궁시키고, 친러파 통역관 김홍륙金鴻陸을 끌어내자고 호소하면 인민들은 흥분하여 즉시 폭도로 변할 것이며, 당국은 이들을 범법자로 처벌할 것이고, 이에 러시아군은 황제를 위협하고 시위를 분쇄하는 구실을 얻을 것 같습니다."

조선관료 대표와 독립협회 회장 자격으로 참석한 이완용이 자신의 고민을 서재필에게 전하니

"조선인민들은 당국에 저항할 만한 용기가 없습니다."

서재필이 웃으면서 대답했지만, 이번 사건으로 인해 훗날 조선독립군이 양성되는 계기가 되었다. 이날 독립협회는 이승만李承晩 등 3명을 총대위원으로 뽑아 만민공동회 요구사항을 적은 서신을 외부대신 민종묵에게 전달했다.

이완용은 독립협회 창립위원장을 비롯하여 초대 부회장과 2대 회장을 지냈으며 독립협회 존속 기간의 3분의 2 이상을 이끌었다. 독립협회는 러시아 간섭으로부터 조선을 독립시키기 위해 왕의 지위를 청나라와 러시아와 일본과 동일한 황제로 추대하는 데 앞장섰고, 또 무지막지한 러시아의 지배욕과 대륙으로 진출하려는 일본의 간섭에서 벗어나는 데도 앞장섰다. 이런 일이 있을 때마다 독립신문은 매번 이완용을 칭송하는 기사를 실었다.

하지만 고종이 끌어들인 러시아 제국에 대한 수구파들은 여전히 친러 성향을 보여 독립협회 수장 이완용의 입지는 나날이 좁아졌다. 또 입헌군주정을 지향하는 독립협회와 전제군주정을 지향하는 수구 친러파와 갈등의 골도 깊어졌다.

서구문화에 친숙했던 이완용은 러시아 공사 스페예르의 강력한 요구와 친러의 근왕파 대신들에게 밀려 만민공동회 개최 다음날인 1898년 3월 11일 전북 관찰사로 임명받고 좌천되었다.

이완용은 생각에 잠겼다. 내가 조선을 배반한 것도 아니데, 내가 황제에게 불충한 것도 아닌데, 현실을 바로 직시한 죄가 이런 건가. 이렇게 변형된 세상을 걷는 구부러진 길이 내 운명인가. 갑자기 전라도 관찰사로 부임해 전주 감영에 머물던 양아버지 초상이 또렷하게 그려졌다.

"이 길은 내가 어릴 적에 양아버지를 뵈러 다니던 길인데, 정익호, 이용희 두 분 스승님을 모시고 다니던 길인데, 절개 있는 충정이 다 무어란 말이냐. 한길로 달려온 불세출 꿈이 다 무어란 말이

냐. 천 년 만 년 갈 것 같은 넉넉함이 구름이었나. 그저 스치고 사
라지는 바람이었나. 뚜렷한 거부가 마음을 다한 믿음이었나."
양아버지 문안드리러 다니던 시절이 아련히 밀려왔다.

이완용이 전라도 관찰사로 부임하자마자 부안군 줄포면에 큰
해일이 밀어닥쳐 수많은 이재민이 발생하였다. 이때 이완용은 직
접 부안으로 가 참상을 시찰하고 제방을 중수토록 많은 도움을
주었다. 관리들은 모두가 하나같이 백성들을 착취하는 도적이었
는데, 이완용의 도움에 감읍한 그곳 백성들은 이를 기려 이완용 공
덕비를 세웠다.
그러나 이완용은 친러 근왕파의 끈질긴 모략으로 관찰사에 부
임한 지 닷새 만에 근무태만으로 감봉을 받은 다음 곧바로 공금
횡령죄로 파직되었다.
"전, 전라도 관찰사 이가 완용을 파직한다. 본가에 가서 근신
토록 하라."
어명이 내려졌고, 이 일로 7월 11일 독립협회에서도 제명되었
다. 이로써 독립협회 제3대 회장은 윤치호, 부회장은 이상재가 맡
았다.

한 번 출발하면 멈출 수 없는
충정이 조금 늦게 도착했을 뿐인데
사람들은 배신이라고 말했다

다급하게 조이던 기억이
끝내 기러기 하늘로 줄지어 날아갔다
지금은 화살을 받고 스러진 육신
무엇을 잃었는지 알 수 없는 영혼
하얀 마음이 그저 꽃잎 같은 낮달이었다

관민공동회는 1898년 10월 28일부터 11월 3일까지 독립협회 주
관으로, 열강의 침탈로부터 국권을 수호하고, 지배층의 압제로부터
민권을 수호하기 위한 자강체제自彊體制 실현하자는 운동을 벌였다.
10월 13일부터 의회 설립 철야 시위가 10월 27일까지 이어져 다음
날 관민운동회(3차 만민운동회)로 종로 네 거리에서 개최되었다.
이날 회장으로 선출된 윤치호의 취지 설명과 의정부 참정 박정양
의 인사말이 끝나고 개막 연설은 가장 천대받는 백정 출신 박성춘
朴成春이 하였다.

"노비가 노비의 삶에 너무 익숙해지면 노비의 자리를 자랑한
다. 어느 노비가 주인에게 충성을 다하는가를, 그리고 노비 아닌
자유인을 비웃는다."

"이제 관민이 마음을 합쳐 국가를 이롭게 하고 백성을 편안하
게 할 방도를 찾아야 한다."

통치 대상인 민중이 정부대신들과 국정을 논의한 것은 조선 역
사상 처음 있는 일이었다. 그리고 관민공동회는 6개항의 강령을
채택했다.

헌의 6조^{獻議六條}

  1. 외국인에게 의지하지 말고 관민이 한마음으로 힘을 합하여 전제 황권을 견고하게 할 것

  2. 외국인과의 이권에 관한 계약, 조약은 각 대신과 중추원^{中樞院}(민의를 대변하는 초기 입법기관) 의장이 합동서명하고 시행할 것

  3. 국가재정은 탁지부에서 전관하고, 예산과 결산을 국민에게 공표할 것

  4. 중대범죄를 공판하되, 피고의 인권을 존중할 것

  5. 칙임관을 임명할 때에는 정부에 그 뜻을 물어서 중의에 따를 것

  6. 정해진 규정을 실천할 것

이완용이 실각했음에도 관민공동회집회가 성공 리에 끝나자 독립협회의 민중 집회에 위기감을 느낀 황국협회 수구 친러파들은 '독립협회가 고종을 폐위하고 박정양을 대통령, 윤치호를 부통령으로 한 공화국을 수립하려 한다.'는 전단을 뿌려 방해공작을 펼쳤다. 이에 크게 놀란 고종은 경무청과 친위대를 동원하여 독립협회 간부들을 체포하고 독립협회와 산하단체인 만민공동회를 강제 해산시켰다.

1898년 5월 14일 서재필은 독자들에게 마지막 인사말을 남기고 미국으로 돌아갔다. 이어 윤치호가 맡아 독립신문을 발간하다가 1899년 물러가고, 선교사 아펜젤러가 운영하다가, 6월 1일부터 영국인 엠벌리가 운영했으나, 정부가 독립신문을 매수하여

1899년 12월 4일자로 폐간하였다.

'소박한 자주독립이 이대로 영영 사라지고 말 건가. 정붙여 왔던 독립관의 인민토론이 한때의 춘몽인가. 그래, 모든 것을 미련 없이 버리자.'

이미 친아버지 친어머니가 잠든 고향으로 낙향한 이완용은 친러파가 몰고 온 먹구름이 잔뜩 낀 조선 하늘을 바라보며 말했다.

"의관지도衣冠之盜, 관복을 입고 도둑질 하는 관리를 말하지. 높은 뜻을 품고 사는 진정한 관료인 줄 알았는데 의관을 갖춘 도둑이란 말이지. 세상이 나를 도둑으로 몰아 부치지만, 나는 임금에게 하사받은 가옥과 전답을 가졌을 뿐이다. 앞으로도 관료들에게 시달리는 인민을 핍박해 땅을 구입할 생각은 조금도 없다. 도적을 물리치기는 쉬워도 관복 입은 도적은 제거하기 어려운 거다."

1898년 3월 16일 파직된 이완용은 아무런 관직 없이 1904년 11월 9일까지 낙향하여 살았다. 1901년 2월 17일 고종이 궁내부 특진관으로 임명하여 복귀를 권유 했지만, 두 달 후 1901년 4월 14일 중병을 앓던 양아버지 의정부참정(정1품) 이호준(81세)이 노환으로 사망하자 3년 시묘살이 핑계로 고종의 부름을 거부했다. 독립협회에서 제명되는 바람에 겨우 투옥을 면한 이완용은 아직도 친러파가 득세한 조정은 매우 위험하다고 판단한 것이었다.

이때 독립협회 산하 단체 '협성회協誠會'를 이끌던 이승만은 체포되어 사형선고를 받고 5년 7개월 동안 참혹한 옥살이를 했다. 1902년 콜레라가 창궐하여 눈앞에서 같이 복역하는 죄수 60여 명이 죽어나갈 때, 이승만은 시신을 염하면서 몇 날을 같이 지내기도 했다.

친러파의 모함으로 함께 투옥된 개화파들은 이상재, 박용만, 이원긍, 이동녕, 이종인, 이준, 정승만, 등 40여 명이었다. 1904년 러일전쟁이 발발하자 러시아 공관은 자연히 문이 닫히고, 러시아 관원들은 진주하는 일본군을 피해 일시에 도주하였다. 따라서 조정을 마음대로 주물렀던 친러파들도 쇠퇴해갔다. 개화파들에게 힘이 실리자 투옥되었던 인사들은 모두 풀려났고, 이완용도 복권되어 다시 조정으로 진출했다.

향기 없는 꽃이라고
인연을 함부로 꺾지 마라
새들이 먼 하늘 날아도
꽃은 길가에 앉아있지 않든가

어디서나 흔한 꽃이라고
그대는 짓밟지 마라
약속된 계절이 다 지나가도록
저 혼자 피어 있지 않든가

아무도 없는 풀꽃 길에서

남은 청춘이 황혼으로 물드는
서러움을 하소연해도
내 세월은 그저 바람이었다

"사람들은 집에서 할 일이 없을 때는 심심하다고 말하는데, 나는 사는 동안 심심하다는 것을 알지 못한다. 책과 붓과 먹이 다 나의 벗이다. 이들을 벗 삼아 즐기는데 무엇 때문에 무료할까."

이완용은 취미삼아 수집한 책과 붓과 벼루와 먹을 감상하면서 오직 책 읽기와 글씨쓰기와 시문 짓기로 바쁜 하루를 보냈다. 중국의 미불, 동기창 등 여러 명인의 서법을 연구하고 또 신神 기氣 골骨 육肉 혈血 이 다섯 가지가 반드시 들어 있어야 된다는 소식蘇軾의 서법 사상도 실천에 옮겼다. 스스로 자신에게 어울리는 학문과 친화적인 의식으로 지루한 서체를 끈질기게 완성해 나갔다.

"복룡伏龍은 엎드려 있는 용이다. 일찍이 제갈공명을 가리킨 말이지. 아직은 세상이 모르는 특출한 인물을 말하지, 봉황에 봉鳳은 수컷을 말하고 황凰은 암컷을 말하지만 신령스러운 존재이고, 모두가 상서로움을 상징한다."

이완용은 삼국지의 유비劉備와 제갈량諸葛亮 사이에서 일어난 삼고초려三顧草廬를 현실에 빗대며 복룡, 봉황, 삼고초려를 갈아놓은 먹물이 모두 마를 때까지 하염없이 썼다.

서체가 난해하고 오로지 기교로만으로 쓰는 글씨라고 이완용의 글씨를 애써 폄하하는 사람들이 많았지만, 조선시대 승문원 규장각 소속 사자관은 각종 외교문서, 어제御題 등을 정서하는 관직으로 주로 당대의 명필들이 임명되었다. 천자문으로 유명한 한호(한석봉)가 사자관 서사관이었는데, 조선 말기 이완용도 사자관 서사관을 역임했다.

한석봉은 1543년 개성에서 태어났다. 부친이 일찍 죽어 홀어머니 밑에서 자랐으며, 24세가 되던 해 진사시에 합격하였는데, 대과에 급제하지 않고도 명필에 대한 특전으로 관리에 입명되었다. "한석봉의 글씨를 조선의 글씨체로 모든 백성이 익히기를 바란다." 1583년 선조(16년)는 한호(40세)에 명하여 '해서천자문'을 만들게 했다. "성난 사자가 바위를 갈아내고 목마른 천리마가 냇가로 달리는 것같이 힘차다." 명나라 최고의 문인인 왕세정王世貞은 이렇게 평했고, 명나라는 외교문서를 작성할 때 석봉체로 써서 보내라고 요청했다.

'리(완용)씨가 자기 힘껏, 재주껏 평화토록 조선에 큰 해가 없도록 일을 해나갔다. 리씨가 갈리면 그보다 나은 이가 있을지 모르겠더라'(독립신문 1897년 1월 23일자, 독립신문獨立新聞, 제호 이완용이 썼음). 그러나 1899년 12월 4일(고종36년) 독립신문은 제4권 278호로 종간되었다.

독립문 글씨는 이완용이 쓴 것이 분명하다. (동아일보 1924년 7월 15일) 당시 동아일보는 독립문 건립에 깊이 관여했던 사람의 말을 빌려 사실을 보도했다.

창덕궁 함원전含元殿을 비롯하여 경복궁 덕안궁德安宮, 덕수궁 내 경소전景昭殿, 숙목문肅穆門 등 10여 점의 궁궐 현판과, 전주이씨 비문과 고종 국장 때 행장과 덕행을 칭송하는 시책문諡冊文을 이완용이 썼다.

1901년 2월 양아버지 이호준이 노환으로 쓰러졌다. 두 달 간 병석에 누워 있을 때 유언을 남겼는데, 서자인 친아들 이면용에게 자신의 전 재산을 물려주고, 이완용에게는 정치적 지위와 집안 제사를 잇게 했다. 따라서 이완용은 다시 가솔들을 이끌고 안국동 저택을 떠나 남대문 밖 잠베골에 집 한 채를 구해 거주했다.

"암탉을 차지하기 위해 수탉 두 마리는 서로 죽으라고 싸웠지. 결국 싸움에 패한 수탉은 마루 밑에 들어가 숨었고, 승리한 수탉은 담장에 올라가 승리의 기쁨을 마음껏 누렸지. 이때 독수리가 날아와 눈 깜짝할 사이에 담장 위 수탉을 채어갔지. 한치 앞을 내다볼 수 없는 세상, 번번이 이런 일들이 일어나곤 하지."

독립문의 조선 자주독립 외침은 공허한 메아리로 돌아왔다.

'경성신문'은 1898년 3월 2일 윤치호, 윤치소, 이승만, 이종일 등이 발행한 조선 최초 한글 상업신문이다. 1898년 4월 6일(고종 35년) 장지연이 참여해 이름을 '대한황성신문'으로 바꾸고 주 2회 발행했다.

1898년 3월 이승만이 협성회 시절 국문 시 '고목가枯木歌'를 지었는데, 최남선의 신체 시新體詩보다 10년이 앞섰다.

고목가

슬프다 저 나무 다 늙었네

병들고 썩어서 반만 섰네
심악한 비바람 이리저리 급히 쳐
몇 백 년 큰 나무 오늘 위태

원수의 땃작새 밑을 쪼네
미욱한 저 새야 쪼지 마라
쪼고 또 쪼다가 고목이 부러지면
네 처자 네 몸은 어디 의지

버티세 버티세 저 고목을
뿌리만 굳박혀 반 근 되면
새 가지 새 잎이 다시 영화 봄 되면
강근이 자란 후 풍우 불외

쏘아라 저 포수 땃새를
원수의 저 미물 나무를 쪼아
비바람을 도와 위망을 재촉하여
넘어지게 하니 어찌할꼬

조선을 늙고 병든 나무에, 친러파 관료들은 딱따구리에, 러시아의 위협은 비바람에, 독립협회의 협성회는 포수에 비유한 시다.

이승만은 1875년 3월 26일 황해도 평산군 마산면 대경리 능내동에서 태어났으며 본관은 전주이고 초명은 승룡, 호는 우남^{雩南}이다. 1965년 7월 19일(90세) 미국 하와이주 호놀룰루 마우타네리아 요양원에서 사망했다. 배우자는 박승선(전처) 프란체스카(재혼)이다. 1919년 9월 11일부터 1925년 3월 23일까지 대한민국 임시정부 초대대통령을 역임했으며 1952년 평화선을 선포하여 독도를 사수하였다. '영한사전', '청일일기', '독립정신', '일본 내막기', '건국과 이상' 등의 저서가 있으며 한시^{漢詩}집으로 '이승만 시선', '체역집'이 있다.

변영로^{卞榮魯}는 1898년 5월 9일(고종35년) 경성 가회동에서 태어났다. 재동보통학교를 졸업 조선청년기독교 청년회학교 영어반을 3년 6개월 마치고 일본 유학에서 돌아와 중앙보고 영어교사를 했으며, 1919년 기미독립운동 때 3.1독립선언서를 영역해 해외로 발송했다. 호는 수주^{樹州}이고 1920년 '폐허^{廢墟}' 동인, 1921년 /장미촌^{薔薇村}' 동인으로 참가했다. 시집으로는 '조선의 마음', '수주 시문선' 영시집'진달래동산'이 있고 대표작은 '논개'다. '논개'는 1922년 '신생활' 4월호에 발표했다.

1899년 6월 14일 일본의 소설가 가와바타 야스나리^{川端康成}가 오사카부 오사카시 기타구의 차화정에서 태어났다. 도쿄대학 국문학과를 졸업하고 '요코미스 리이치' 등과 '분게이지다이^{文藝時代}'를 창간하여 허무주의, 표현주의, 미래파 영향을 받아 신감각파의 대표적 작가로 활동했으며, '이즈의 무희', '설국', '천 마리의 종이학', '잠자는 미녀' 등을 발표했다. 1968년 일본인 최초로 노벨문학상을 수상했고 1972년 4월 16일(쇼와 47년, 향년74세) 즈시 시에서 사망했다. 국경의 긴 터널에서 빠져나오자, 눈의 고향이었다. 밤의 밑바닥이 하얘졌다. 신호기에 기차가 멈춰 섰다. (소설 『설국』의 첫 문장)

1899년 7월 21일 미국 일리노이 오크파크에서 소설가 어니스트 밀러 헤밍웨이 태어났다. 제1차 세계대전에 군인(육군 상사 예편)으로, 이후의 전쟁에는 종군기자로 참여했다. 작품(허무주의를 추구)으로는 '누구를 위하여 종을 울리나', '노인과 바다',,'태양은 또다시 떠오른다', '무기여 잘 있거라' 등을 발표해 퓰리처상(1953년)과 노벨문학상(1954년)을 받았다. 1961년 7월 2일(향년61세)에 미국 아이다호 주 케첨에서 "이젠 써지지 않는다. 써지질 않아." 이 말을 남긴 채 엽총을 입에 물고 쏴 자살했다. 사생활이 문란해 결혼과 이혼을 반복하며 수많은 여성들과 놀아났다. 첫 번째 부인 엘리자베스 해들리 리처드슨, 두 번째 부인 폴린 파이퍼, 세 번째 부인 마사 겔혼, 네 번째 부인 메리 웰시

헤밍웨이가 있다.
노인아. 침착하자. 그리고 강하자. (소설 '노인과 바다'에서)

'어린이날'을 만든 소파小波 방정환方定煥은 1899년 11월 9일(대한제국 광무3년)
태어났다. 조선 최초 순수 아동문학잡지 '어린이'를 창간(1923년)했고, 1931년
7월 23일 사망했다. 작품은 '만년 샤쓰', '형제별'(동화), '귀뚜라미'(동요), '어린이
예찬'(수필) '칠칠단의 비밀'(어린이탐정소설) 등이 있다.

현진건은 1900년 9월 2일 경성에서 태어났으며 본관은 연주, 호는 빙허다.
소설가, 언론인, 독립운동가였으며 1943년 4월 25일 사망했다. 작품은 'B사감과
러브레터', '무영탑', '빈처', '운수좋은 날', '술 권하는 사회' 등 단편소설 20편,
중편소설과 장편소설 7편을 남겼다.

작가 김동인은 1900년 10월 2일 태어나 1951년 1월 5일 사망했다. 그의 대표작
'감자'는 1925년 '조선문단'에 발표된 단편소설이다. 1919년 발간된 조선 최초의
문예동인잡지 '창조創造'의 창간 동인은 김동인金東仁, 주요한朱耀翰, 전영택田榮澤, 김환金煥,
최승만崔承萬 5인이다. 창조는 "계몽적 목적문학을 반대하고 도학선생道學先生의
대언代言이나 할 일 없는 자 소일거리로 보는 데 불복한다."고 하면서 출발하였다.
김동인 작품으로는 '약한 자의 슬픔', '배따라기', '젊은 그들', '운현궁의 봄' 등이
있다.

1901년 4월 29일 일본 제 124대 천황 미치노미아 히로히토迪宮裕仁 도쿄시 아카사카
구 토구고쇼에서 태어났다. 재위 기간은 1926년 12월 25일부터 1989년 1월
7일까지이며 연호는 쇼와昭和다. 대공황으로 인한 경제적 침체일 때 제국주의
팽창 론으로 세력을 크게 불렸다. 1989년 1월 7일(87세) 일본 도쿄도 지요다구
후키아게 교엔에서 사망했고 능호는 무사시능武藏野陵이다.

1901년 9월 7일 고종황제 탄신 50년 기념축하 연주가 있었는데, 독일인 프란츠
에케르트가 대한제국 국가를 처음 연주했다. 1852년 태어나 해군 군악 지휘자로
근무하다 일본으로 파견되어 1879년 도쿄에 도착했다. 에케르트는 다양한
서양악기와 서양음악을 일본에 전수하고, 1880년 11월 3일 천황 생일 잔칫날
황궁에서 '기미가요'를 작곡 발표했다. 건강 악화로 독일에 가 있다가 주조선 대사
하인리히 바이페르트 소개로 1901년 2월 19일 대한제국에 도착했다. 1902년
7월 1일 대한제국 국가 애국가를 완료했고, 1916년 백우영에게 지휘권을 넘긴 후

1916년 8월 8일 위암으로 경성에서 사망했다. 묘지는 양화진 외국인 묘지다.
1901년 10월 23일 독립운동가, 소설가, 시인, 언론인, 영화배우, 영화감독 심훈이
경기도 과천에서 출생했다. 본관은 청송, 호는 해풍이며 본명은 심대섭이다. 대표작
'상록수'는 1935년 동아일보 15주년을 기념하는 장편소설 공모에 1등으로 당선된
작품이다. 그 외 작품은 시 '그날이 오면', 소설 '탈춤', '직녀성', '황송', '영원의 미소'
등이 있다.

청나라 거물급 정치인 이홍장李鴻章이 1901년 11월 7일 사망했다. 1823년 2월
15일 출생하여 부국 강병을 위한 양무 운동(외세에 당당히 맞서는 자강 운동)을
주도했고, 태평천국의 난을 평정하는 데 큰 공을 세워 조정에 등용되었으나
청일전쟁이 패전하자 실각했다.

정지용鄭芝溶은 1902년 6월 20일(음력 5월 15일) 충북 옥천군 옥천읍
하계리에서 출생했으며 본관은 연일迎日이고 세례명은 프란치스코(방지거)다.
휘문고등보통학교와 도시샤同志社대학을 졸업했고, 1926년 '학조' 창간호에 '카페
프란스'를 발표해 등단했다. 모더니즘 중에 이미지즘을 중시하였고 1941년 시집
'백록담'을 발간했다. 광복 후 좌파 문인단체인 '조선문학가동맹'의 아동문학분과
위원장이 되었다. 6,25전쟁이 일어나자 자신의 양심을 못 이겨 월북했지만 양강도
풍서군 탄광으로 끌려갔다. 아직까지 사망 장소와 날짜는 알려지지 않고 있다.
그의 아들 정구인은 양강도 풍서군 주재 기자로 일했다.

김소월金素月은 1902년 9월 7일(음력 8월 6일) 평안북도 구성군에서 태어났으며
본관은 공주 본명은 김정식金廷湜, 호는 소월(흰 달)이다. 곽산 남산보통학교를
졸업하고 1915년 정주 오산고등보통학교에서 평생스승인 조만식과 김억을
만났다. 1916년 구성군 홍지면 사람 홍단실과 결혼했고, 1920년 동인지 '창조'
5호에 처음으로 시를 발표했다. 1923년 일본 도쿄 상과대학에 입학했다가 그해
9월 관동지진 때 중퇴하고 귀국해 나도향과 함께 '영대' 동인으로 활동했다.
1925년 생전에 낸 유일한 시집 '진달래꽃'을 발간했다. 1934년 12월 24일 평안북도
곽산에서(당시32세) 자살하였다. 작품으로는 '진달래꽃', '엄마야 누나야', '먼 후일',
'산유화', '접동새', '초혼', '개여울', '예전엔 미처 몰랐어요' 등이 있다.

이은상은 1903년 12월 10일 경남 마산에서 태어났다. 본관은 전주이고 호는
노산鷺山 필명은 남천南川, 두우성斗牛星, 강산유인江山遊人이다. 경남 마산 창신
고등보통학교, 연희전문학교 문과, 일본 와세다대학교 사학과를 나왔으며,

대한민족문화협회회장과 한국시조작가협회장을 역임했고, 1942년 조선어학회 사건으로 투옥되었다가 이듬해 풀려났다. 저서로는 '노산시조집', '민족의 맥박', '이 충무공 일대기', '푸른 하늘의 뜻은', '기원' 등과 '피어린 육백리'(기행문) 수필집 '무상^{無常}' 등 100여 편의 저서를 남겼다. 1982년 9월 18일(향년78세) 서울에서 사망했다.

1904년 9월 8일 평북 선천군 남면 삼성리 군현촌에서 태어난 계용묵^{桂鎔默}은 소설가, 시인, 수필가, 기자, 기업가이다. 선천 삼봉보통학교 졸업, 경성 중동고등보통학교 수료, 경성 휘문고등보통학교 졸업, 일본 도요대학교 철학과 전퇴, 일본 도요대학교 동양학과 중퇴했다. 호는 우서^{雨西}다. 1906년 6월 둘째 외숙부 호적에 올라 하태용^{河泰鎔}이라는 이름을 받았다가 1908년 2월 29일 다섯 살 때 다시 계용묵으로 돌아왔다. 작품으로는 '최서방', '백치 아다다', '별을 헨다', '병풍 속에 그린 닭', '상아탑' 등이 있다. 1961년 8월 9일 서울 성북구 정릉동 정릉재건주택 85호 자택에서 위암으로 사망했고 망우리 공동묘지에 안장되었다.

전차와 기차

1998년 2월 19일 고종의 명에 따라 육군총장 이학균^{李學均}과 골드란이 자본금 1만 5천 원 중 고종이 반 이상 내는 조건으로 한미전기회사를 세웠다. 전차 운행을 맡은 한성전기회사는 고종이 단독으로 출자한 황실기업이었으나, 러시아와 그 외의 나라의 간섭을 피하려고 이근배, 김두승의 이름으로 회사를 세웠다.

1898년 9월 15일 경희궁에서 기공식을 가졌다. 10월 18일부터 시작한 공사는 그해 12월 25일 서대문에서 청량리까지 1단계가 공사가 완료되었으나 명성황후 능에 닿아야 한다는 고종의 간곡한 요구에 홍릉(총연장 10km)까지 공사를 이어갔다. 75kw 600v의 직류발전기 한 대를 도입해 (이때 고종 어차도 함께 들어

왔다) 동대문에 발전소를 세우고, 5월 4일 홍화문, 동대문 간에서 시운전을 한 다음, 1899년 5월 17일(음력 4월 8일) 초파일에 개통식을 가졌다.

차량은 40명이 앉을 수 있는 개방식 차량 8대를 수입하였는데, 운전사는 일본 경도京都전차회사의 일본인이었고 차장은 한국인이 맡았다. 일반 시민들이 이용하게 된 때는 5월 20일부터였다. 운행 시간은 오전 8시부터 오후6시까지였고, 정거장이 따로 없이 승객이 손을 들면 전차를 타고 내릴 수 있었다.

개통 직전 1월에 12m의 송전선 절도사건으로 체포된 범인 두 사람은 참형을 받았다. 1899년 5월 26일(고종36년) 개통 1주일 뒤 탑골공원 앞에서 철로를 건너던 5살 어린아이가 치여 죽는 첫 교통사고가 발생했다. 이에 성난 군중들이 전차 두 대를 부수고 불태웠다.

1901년 1월에는 구 용산(원효로4가), 7월에는 남대문에서 서소문, 서대문, 의주로까지 가설했다. 1909년 일본은 콜부란으로부터 한미전기회사를 인수하여 1915년 경성전기주식회사로 이름을 개칭하였다.

1765년 영국 제임스 와트의 발명으로 증기기관이 상용화되기 시작했고, 1830년 조지 스티븐슨이 월등이 뛰어난 성능을 가진 '로켓호'를 만들어 리버풀, 맨체스터 간 철도가 성공하면서 철도의 붐이 일었다.

조선 주재 미국 외교관이자 선교사인 알렌의 도움으로 무역회사 사장 제임스 모스는 경인철도 부설권을 획득한 다음해 1897년 3월 22일 인천 우각리에서 경인철도기공식을 가졌다. 그러나 자본금 부족 이유로 곧바로 부설권을 일본에 팔았다.

1899년 9월 18일 조선 최초의 철도 경인선(제물포–노량진간 33.2Km)은 일본인 손에 의하여 개통되었다. 직원은 119명이었고, 증기기관차(미국 브룩스사에서 제작한 모가 7 탱크형 증기기관차) 4대, 객차 6량, 화차 28량을 보유했다. 운행 속도 20~22 Km/h 1일 2왕복(4회), 소요 시간은 1시간 30분, 운임은 1등 객차 1원 50전, 2등 객차 80전, 3등 객차 40전이었다. 이날을 기려 '철도의 날'로 삼았다. ('철도의 날'은 그 후 2018년 최초 철도국 창설일인 6월 28일로 옮겼다.)

한강 철교는 1897년 3월 29일 미국인 제임스 모스가 착공하였지만 자금 조달이 어려워지자 토목공사가 끝날 무렵 부설권을 일본인에게 양도했다. 한강 철교는 1900년 7월 5일 조선 최초의 한강다리로 준공되었다.

1894년 6월 28일 철도국을 창설했다. 1899년 9월 18일 개통된 경인선에 이어 두 번째로 경부선 철도는 1901년 8월 20일에 영등포에서, 9월 21일에는 부산 초량에서 일본자본회사, 경부철도주식회사에 의해 기공되었고 1904년 12월 27일 완공되었다. 1905년 1월 1일부터 전선全線 영업을 시작하였는데, 시간은 14시간 걸렸다. 그리고 1905년 5월 25일 남대문 정거장(서울역)에서 경부철도 개통식을 가졌다. (공사 3년 3개월) 1920년대에 용산 공작창이 조성되어 증기기관차를 제작하기 시작했다.

1908년 4월 1일 부산, 신의주 간 급행열차 첫 운행(24시간 30분 걸림)과 동시에 부산역을 개설했다. 이때 조선 최초로 식당열차를 운행하였다.

열차의 종류는 속도에 따라, 목적에 따라 구분되었는데, 여객열차, 화물열차, 공사열차, 시운전열차, 회송열차 등이 있다.

급변한 세상에서 버림받은 사람들이 있었다.

나무껍질과 풀떼기에 보리쌀 몇 알과 감자 몇 개를 썰어 넣고 끓인 멀건 죽으로 입에 풀칠하는, 그마저 삼시세끼 챙겨먹기 어려운 조선의 백성들이었다. 몸이 있어도 무엇을 생산할 수 없는 이 땅의 인민 101명이 1902년 12월 22일 인천항을 출발해 1903년 1월 13일 첫 번째 하와이 이민이 갤릭Gaelic호를 타고 호놀룰루에 도착했다. 그리고 1905년까지 65차에 걸쳐 7,226명의 한인들이 하와이로 이주했다. (2005년에 1월 13일을 '미주 한인의 날'로 지정) 이에 미국은 "미국에 대한 미주 한인들은 헤아릴 수 없이 값진 기여를 했다."고 발표하였다.

러일전쟁

고종은 1903년 4월 15일 조선 해군력을 강화하기 위해 80mm 대포 4문과 50mm 소포 2문이 장착된 군함 양무호揚武號를 일본에서 들여왔다. 이 배는 영국 딕슨사에서 건조한 팰러스호로 일본 미쓰이물산이 25만 엔에 사들인 석탄운반선이었다. 9년을 사용하다가 전투용 군함으로 개조해 55만 엔에 되팔았다. 당시 조선 군부 예산은 400만 원이었는데 110만 원에 구매한 것이다. 1903년 9월 8일 초대 함장 신순성愼順晟이 맡아 운영했지만 군함(3,487t)이 워낙 크고 낡아 과시용으로 쓰이다가 러일전쟁이 일어나자 일본 해군 신병 훈련용으로 사용되었다.

1904년 1월 20일 고종황제는 대한제국의 영세 중립을 선언했다. 갑신정변에 연루되어 1885년(고종22년) 유폐 중이던 유길준俞吉濬이 '중립론'을 집필했다. 영국의 거문도 사건, 미국의 입장, 러시아의 남하 정책, 중국의 보장, 일본의 침략 의도 등을 종합해 강

대국들의 보장 아래 조선을 중립지대화하자는 내용이었다. 그러
나 조정이 중립론에 인식을 갖지 못해 진전되지 못했다. 고종을
중심으로 재차 추진되었지만 1904년 2월 23일 한일의정서를 체결
했고 5월에는 대한시설강령을 내세워 결국 중립국을 유지할 수 없
게 되었다.

러일전쟁이 한창일 때 1904년 11월 9일, 6년 6개월간 관직에
서 물러나 있던 이완용이 고종의 부름을 받고 돌아왔다. 그동안
많은 변화가 있었지만 권력중심에 황실재산을 관리하는 내장원경
이용익이 있었다. 미천한 물장수 출신이지만 빠른 걸음을 이용하
여 명성황후 편지 심부름을 잘한 덕에 벼락출세한 자였다. 명성황
후를 시해한 일본을 증오하는 고종 눈에 들어 마루 청소하는 신
변에서 대번에 대신 반열로 올라섰다.

러시아는 친러파 이용익을 앞세워 1900년 3월에 마산항을 점거
했고, 1903년 4월에는 압록강과 두만강 벌채권을 획득했다. 그
리고 그해 4월 21일 벌채하는 인민들을 보호한다는 구실로 군대
를 파견하여 용암포를 점령하였고, 거기에다 포대를 설치하고는
리콜라스로 이름을 바꾸었다.

1900년 6월 청나라 의화단 난을 구실로 만주에 들어온 러시아
가 계속 주둔하자 일본은 1902년 1월 러시아의 노골적인 만주와
조선 침략을 막기 위한 영일동맹을 맺었다.

러일전쟁露日戰爭은 1904년 2월 8일에 발발하여 1905년 9월 5일에 끝난 전쟁이다. 러일전쟁도 청일전쟁과 마찬가지로 조선의 지배 주도권을 놓고 만주와 조선 근해에서 무력 충돌하였다.

1903년 8월 차르정부와 일본 간 협상에서 일본은 만주에서 러시아 주도권을 인정해 주는 대신, 조선에 대한 일본 주도권을 요구했다. 하지만 러시아는 이를 거부했고, 조선 북의 39도선을 경계로 북쪽은 러시아, 남쪽은 일본이 분할 통치한다는 역제안을 했으나 결렬되었다. 러시아와 일본은 서로 조선 독점권 이익을 위해 전쟁을 선택할 수밖에 없다고 판단하였다.

아관파천 이후 경제적 우위를 확보한 러시아를 조선에서 제거하기엔 역부족이라는 것을 간파한 이토 히로부미는 1902년에 맺은 영일동맹을 이용하기 위해 1904년 2월 4일 일러 협상 중지를 선언했다.

러시아 함대의 움직임을 면밀히 염탐하고 있던 일본이 1904년 2월 8일 밤 여순항 러시아 함대에 접근하여 어뢰를 이용한 기습 공격으로 러일전쟁은 시작되었다. 또 일본은 2월 9일 인천 앞바다에서 러시아 군함 2척을 격침시키고 2월 10일 러시아제국에 선전포고하였다. 전투가 벌어진 지 8일 후 러시아도 일본에 선전포고하였다.

만주 본토에서 전쟁을 하려면 요동반도에 요새화되어 있는 여순항의 러시아 해군 기지 탈환 및 함대 축출이 필요했다. 이것이 일본의 첫 군사목표였지만 그러나 해안 포대 보호를 받는 러시아 함대를 쉽사리 공격할 수가 없었다.

2월 9일 일본 병력 5만 명이 인천항에 상륙하자 2월 12일 러시아 공사 파브로프가 철수해 대한제국과 러시아 제국은 자연히 국교가 단절되었다. 2월 23일 일본의 강요로 외부대신 서리 이지용 李址鎔과 일본공사 하야시 곤스케林權助가 '조선독립과 영토를 보장한다.'는 한일의정서에 조인했다. 이로써 일본은 군략상 언제든지 조선 영토를 수용할 수 있게 되었다. 그리고 조선내각은 친러파 대신 친일파로 채워지기 시작했다.

1904년 4월 13일 해상전투에서 러시아 해군 제독 스테판 마카로프가 전사했다.

1904년 5월 1일 압록강 전투가 러일전쟁의 첫 육상전투였지만 일본군은 별 저항 없이 강을 건너 러시아 거점을 공략하였다. 연이어 일본군은 만주 해변 곳곳에 상륙하였고 5월 25일 남산전투 이후부터 러시아는 방어에만 치중했다.

여순항이 포위되어 한동안 소강상태였던 러시아군은 8월말 요동전투 후 봉천으로 후퇴하였고 여순항 주둔군 사령관은 일본군에 항구를 양도하여, 1905년 1월 2일 결국 함락되었다.

러시아 제국은 한창 전투 중인 극동함대를 지원하기 위해, 러시아 제독 지노비 로제스트벤스키 지휘 아래 발트함대가 1904년 10월 9일 군중들의 거창한 환영 속에 출항했다.

"너 일본 이제 죽었어."

이게 러시아 국민들의 염원이었고, 당시 세계 신문에 게재된 내용이었다.

발트함대는 계속 남하하여 작은 군함은 수에즈 운하를 통과하였고, 주력함대는 희망봉을 거쳐 마다가스카르 섬의 노스베 항에 도착해 합류했다.

1904년 8월과 9월에 거쳐 일본군은 동해상의 러시아 해군을 감시하기 위해 울릉도와 독도에 군사용 망루를 설치했는데, 1905년 1월 28일 일본내각에서는 독도를 '다케시마'라는 이름으로 일본영토에 편입하는 시마네현 40호를 발표하였다.

러시아 제2태평양함대(발트함대)는 일본군에게 포위당한 여순항을 구하기 위해 수천km를 항해하여 마다가스카르에서 물자를 보충하고 다시 출항했지만 이미 여순항은 함락된 후였다.

목적지가 사라진 러시아 제국 지노비 로제스트벤스키 제독의 유일한 희망은 블라디보스토크 항에 무사히 도착하는 것이었다. 도착한 뒤에는 제1태평양함대와 합세하여 일본 해군 함대를 격파한다는 계획이었다. 이 계획을 잘 알고 있는 일본제국 도고 헤이하치로 제독은 러시아 함대를 일시에 격멸하기로 결정했다.

러시아 제2태평양함대(발트함대)와 노후 함대를 수리하여 긴급 편성한 제3태평양함대는 프랑스령 인도차이나 캄란 만에서 합류한 뒤 블라디보스토크를 목표로 5월 14일 출항하였다.

1905년 5월 27일 밤 블라디보스토크 항으로 향하는 발트함대의 막바지 여행이었다. 한밤중 러시아 함대 병원선 불빛이 일본순양함 시나노마루에 발견되었다. 이에 일본함대는 전속력으로 러시아 함대를 앞질러 병목 지역에서 측면이 보이는 일자의 학익진을 치고 러시아 함대를 기다렸다.

28일 오후 2시 러시아 함대가 다가오자 일본군 제독 도고 헤이하치로 명령에 따라 쓰시마 해전이 쓰시마 섬과 조선해협 중간에서 치열하게 전개되었다.

일본군 함대는 옆면에서 함포를 퍼부었지만 세로방향으로 기동하는 러시아 함대는 함포를 제대로 발사할 수 없는 불리한 조건에 놓였다. 화력 집중에 유리한 위치를 점거한 일본 군함의 무자비한 공세에, 미처 전투 진형 정비를 마치지 못한 발트함대는 거의 전멸하였다. 오후 7시 40분 러시아 함대 잔존함이 도주하고 어둠이 깔리자 전투는 종결되었다. 일본 함대의 공격에 러시아 함대는 전함 8척, 순양함 8척, 구축함 9척, 연안전함 3척, 총 27척으로 대항했지만 전사 4,830명, 포로 6,106명(제2태평양함대 제독 지노비 로제스트벤스키, 제3태평양함대 제독 니콜라이 니보가토프 포함)이었다. 중립국으로 도피한 함정은 6척이고 블라디보스토크 항에 도착한 함정은 겨우 3척이었다. 일본 해군은 전함 4척, 순양함 27척, 구축함 21척, 함선 37척, 어뢰정을 포함해 총 89척으로 싸웠는데 어뢰정 3척과 117명 인원을 잃었다.

러일전쟁에서 일본이 승리하게 된 것은 러시아의 팽창 전략에 위협을 느낀 미국과 영국이 비밀리에 일본을 도와 주었기 때문이었다. 양국은 재정이 부족한 일본의 군비를 차관처럼 대주었다.

1703년 5월 18일 표트르 대제에 의해 창립된 발트함대는 세계 최강이었다. 하지만 8개월 동안 2만9천km에 달하는 기나긴 항해와 경험 미숙, 물자 부족 등으로 지칠 대로 지친 상태였다. 항해 중 연료(석탄)와 보급품이 고갈되어 때로는 2개월 동안 바다에 머문 적도 있었다. 연해주 블라디보스토크 항에 가기 위해서는 '정면 돌파' 대한해협을 가로지르지 않을 수 없는 형편이었다. 전투를 피하고 무사히 빠져나가는 것만이 최선이라고 여겼을 때였다.

1905년 3월 미국은 일본 배격파, 무려 7년 9개월 동안 주한공사를 재임한 알렌을 해임했다. 그리고 1905년 7월 29일 일본총리 가쓰라 다로와 루스벨트 대통령 특사 윌리엄 태프트가 도쿄에서 비밀협정을 가졌는데. '미국은 일본의 조선 지배를 승인한다. 일본은 필리핀을 침략하지 않는다.'는 약속의 협정이었다. 이런 중에 고종은 1904년 8월 22일(광무8년) 제1차 한일협약을 체결했는데, 외부대신 서리 윤치호尹致昊와 특명 전권 공사 하야시 곤스케林權助 간에 이루어졌다.

이때 고종황제는 협상 당사자인 이토에게는 금척대훈장, 공사관원 전원에게는 이보다 한 단계 낮은 훈장을 수여했다. 금척金尺은 이성계가 꿈에서 받았다는 신성한 자다. 역성 혁명을 정당화하기 위해 꾸며낸 설화인데, 1900년 고종이 근대훈장 제도를 도입하고 1등급 훈장을 금척이라고 명명하였다.

"조선이 대대로 숭배해오던 청나라는 어떠한 기초도 없었던 나라처럼 일본에게 허망하게 무너지고 말았어. 그러면 러시아는 어떤가, 그 무서운 광분으로 조선을 송두리째 뽑아가려 했지만 그역시 변변히 싸워보지도 못하고 초로初露처럼 사라지고 말았어. 미국이 조선을 재생산해 줄 수 있을까. 아니야. 미국에는 이미 조선이 없어. 이제 조선은 한동안 일본 손아귀에서 놀아나고 말 거야."

모든 관직에서 물러나 낙향했던 이완용이 1904년 11월 9일 궁내부 특진관에 임명되어 돌아와서, 1897년 9월 1일 학부대신에서 평안남도 관찰사로 밀려난 지 8년 만인 1905년 9월 18일 학부대신에 재입각되었다.

학부대신으로 입각되자 6년제로 운영하던 소학교를 1906년 8월부터 4년제 보통학교로 확대 개편하였다. 그리고 1906년 8월 28일 이완용은 교육발전에 기여한 공로로 고종이 주는 훈2등 태극훈장을 받았다.

일찍이 군영 터가 된 용산, 삼국시대에는 당나라 소정방 군대가 주둔했고, 임진왜란 때는 명나라 군대가 주둔했고, 병자호란 때와 임오군란 때는 청나라 군대가 주둔했고, 청일전쟁 때는 일본군이 주둔했다. 러일전쟁이 발발하기 직전 1901년부터는 일본군이 철도 조차장과 막사를 지어 본격적으로 사용했다. 이런 까닭에 서울 남쪽에 있는 군영이라는 유래로 남영동南營洞이란 이름이 생겨났다.

러일전쟁이 한창일 때, 황태자(순종)의 정후正后 순명비가 1904년 11월 5일(음력 9월 28일) 경운궁 강태실에서 33세의 나이로 사망했다. 을미사변 때 명성황후 시해 현장에 있다가 낭인들 칼에 중상을 입은 것이 고질병이 되어 젊은 날을 고통으로 살았던 여인이다. 1872년 10월 20일 양덕방 계동에서 출생, 1882년 세자빈으로 책봉되었으나 소생은 없다. 경기도 용마산 내동에 안장되었고 능호는 유강원裕康園이다. 1907년 순종이 황제에 즉위하자 황후로 추봉되어 순명황후純明皇后(정식 시호는 경현성휘순명효황후敬顯成徽純明孝皇后)로 올려졌다. 1926년 순종이 붕어하자 금곡동으로 이장되어 합장하였고, 능호도 유릉裕陵으로 바뀌었다.

호러스 뉴턴 알렌(한국이름 안연安連)은 1858년 4월 23일 미국 오하이오 델라웨어에서 태어났다. 오하이오 웨슬리언대학교 신학과와 마이애미 의학대학을 나왔다. 1883년 의료 선교사로 중국 상하이에 갔다가 1884년 미국 공사관 부무급의사로 임명되어 조선에 왔다. 갑신정변 때 중상을 입은 민영익을 수술한 것이 계기가 되어 제중원(광혜원) 설립과 함께 왕실 의사, 고종의 정치 고문이 되었다. 1890년 주한 미국공사관 서기관 및 총영사 대리공사를 지냈으며 1902년 '한국위보'를 간행했고 1904년 훈1등 태극대수장을 받았다. 1905년 을사조약이 체결되자 귀국하여 1932년 12월 11일(74세) 미국 오하이오 톨레도에서 사망했다.

이육사李陸史는 1904년 5월 18일 경북 안동군 도산면 원촌리 881번지에서 태어났다. 본관은 진보眞寶이고 본명은 이활李活이며 퇴계의 14대손이다. 안동

도산보통학교졸업, 대구 교남보통고등학교 졸업, 중국 베이징 중국대학에서 청강했다. 필명이 이육사인데, 개명 전에는 이원록李源綠, 이원삼李源三이었다. 1925년 대구 의혈단에 가입하였고 1927년 10월 18일 장진홍의 조선은행 대구지점 폭파 사건에 연루되어 처음으로 투옥되었다. 1944년 1월 16일(39세) 중국 베이징 일본총영사관 감옥에서 사망했다. 작품으로는 '청포도', '절정', '꽃', '광야' 등이 있지만 생전에는 시집을 발간하지 못했다. 유고시집 '육사시집'을 해방 후 1946년 둘째 동생 이원조가 출간했다.

김광섭金珖燮은 1905년 9월 22일 함북 경성군 어랑면 송신리에서 태어났다. 호는 이산怡山이며 본관은 전주이다. 중앙고등보통학교 중퇴, 중동학교 졸업, 일본 와세다대학교 영문과를 졸업했고 1933년 4월부터 모교인 중동학교 교사로 있으면서 민족차별 정책, 조선어말살 정책, 언론탄압 정책을 비판하여 1941년 2월 21일 체포되었고, 1942년 9월 경성지방법원에서 치안유지법 위반으로 2년형을 받고 옥고를 치렀다. 광복 후 이승만 정권 초기 공보비서관을 지냈다. 1977년 5월 23일 서울 여의도에서 사망했다. 주요시집으로는 '동경憧憬', '마음', '해바라기', '이삭을 주울 때', '성북동 비둘기', '겨울날' 등이 있다.

을사늑약

1904년 6월 17일 조선 최초 하와이 이민자 120명에 이어 1905년 4월 4일 조선 최초 멕시코 이민자 1,033명(남자 802명, 여자 207명)이 영국 상선 일포드호를 타고 인천항을 출발했다. 일본 요코하마를 거쳐 1,031명(2명은 배에서 사망)이 5월 4일 멕시코 살리나스 쿠르스항에 도착했다. (5월 4일이 멕시코 메리다시 '한국인의 날') 그리고 5월 12일 멕시코 유카탄 반도의 에네켄(선박용 밧줄 만드는 섬유)농장 4년 계약 노동자로 갔다. 하지만 채찍을 맞으며 살아야 하는 노예였다. 조선에서 살기 어려워 외국노동자 직위를 얻어 간 곳이 세상에서 가장 비참한 지옥이었다.

1905년 11월 17일 조선의 외교권을 박탈하는 제2차 한일협약 (을사늑약) 체결을 조인하였는데, 일본은 조약 체결이 마음대로 안 되자 고종황제 허가 없이 거짓 날인하고 일방적으로 공표하였다. 이때도 고종은 일본협상단 65명에게 훈장을 수여했다. 그리고 을사조약을 반대하며 자결한 민영환, 조병세에게 금척훈장을 수여했다.

을사늑약 체결을 요구할 당시 찬성표를 던진 다섯 대신의 이름은, 외부대신 박제순, 내부대신 이지용, 군부대신 이근택, 학부대신 이완용, 농상공부대신 권중현이다. 하지만 참정대신 한규설, 탁지부대신 민영기, 법부대신 이하영은 끝가지 반대하였다.

1905년 11월 17일 이완용은 학부대신으로 을사조약에 참여했다. 이토 히로부미 압박을 못 견딘 궁내부대신 이재극이 황제에게 칙재勅裁를 강요해도 누구 한 사람 이를 말리거나 비난하지 못했다. 청나라가 힘없이 물러가고 러시아가 참패해 떠난 지금 누가 감히 일본에게 대들 수 있겠는가.

"짐이 동양평화를 유지하기 위하여 대사를 특파하노니 대사의 지휘를 일종하여 조치하소서."

11월 10일 이토 히로부미는 고종에게 일본천황 칙서를 바치면서 한편으로 협상비용 2만 원 예금증서를 심상훈을 통해 고종에게 전달했다.

밖에서 일본군 2천 명이 물샐 틈 없이 덕수궁(증명전)을 에워싸고 있어도, 대포가 덕수궁을 정조준하고 있어도 협상이 거부되자 이토 히로부미는 15일 오후 3시 통역관 고쿠부 쇼타로를 대동하고 헌병 호위를 받으며 고종을 찾아가 외교권을 내놓으라고 윽박질렀다.

이에 고종은 이토 협박을 못 이겨 협상 책임을 내각으로 돌렸다.

"외부대신과 하야시 공사의 교섭이 끝나면 조정회의에서 결정하겠소."

"이 문제는 속결을 요합니다. 당장 외부대신을 불러 하야시 공사와 협의하여 조인하도록 하게 하시오."

이토는 돌아가면서도 거듭 고종에게 협박을 가했다.

"그리고 내일 정부 대신들로부터 황제의 칙명을 들은 바 없다는 말이 나오지 않도록 확실히 해 주시오."

다음날 오후 4시 이토는 조선 조정 대신들을 자신이 묵고 있는 숙소 손탁호텔(1902년 정동에 2층으로 지은 서양식 호텔, 러시아 공사 베베르의 처형 독일인 앙투아네트 손탁이 운영)로 소집하여 보호조약을 강요했다.

"대신들은 황제로부터 이 문제에 대해 명을 받은 적 있는가."

이토 히로부미는 아랫사람에게 대하듯 말했다.

"황제에게 들었으나, 외교 형식을 남겨 주기 바랍니다."

참정대신 한규설이 마지못해 대답했다.

"조선이 청나라의 속국인 것을 일본이 전쟁하여 독립시켜 주었소. 또 조선의 독립과 영토를 보존시켜 주기 위해서 많은 인명과 재화를 소모하였소."

이토의 협박에 모두 비감을 가졌지만 어쩔 도리가 없었다. 대신들은 서로가 서로에게 기대고 눈치만 살필 뿐이었다.

"조선이 이만큼 독립국이 된 것은 모두 일본 보호 덕입니다. 이같은 결과가 초래한 것은 우리의 책임입니다."

법부대신 이하영이 분위기 반전을 위한 아부하는 발언을 보였으나

"조선은 황제와 신하 간에 음모가 많고 나라를 지킬 만한 힘도 없소. 조선이 보호조약을 거부한다고 해도 가만히 보고만 있지 않을 것이오."

이토의 계속되는 무서운 협박에

"조선 때문에 두 번이나 큰 전쟁을 치렀는데, 청나라와 러시아를 격파한 일본이 무엇인들 못하겠습니까."

이완용도 가만히 앉아만 있을 수 없어 한 마디 거들었다.

이토의 계속 이어지는 협박에도 조선에 대한 자신의 입장을 솔직하게 내놓는 대신은 아무도 없었다.

"이번 조약안은 절대로 변경될 수 없소. 사소한 문제만을 쌍방이 서로 협상하기 바랄 뿐이오."

회의는 3시간 만에 끝났다. 조선은 그만큼 무능하고 힘이 없었다. 황제가 일본으로부터 거금 2만원을 받은 이 사실을 무엇이 대

신할까.

다음날 11월 17일 오전 11시 조선측 조정 대신 8명은 일본 공사관에 모여 통역관을 대동한 하야시와 마주 앉았다.

"먼저 어제 외부대신 박제순과 수교한 보호조약을 가지고 토의하는 게 좋겠습니다."

하야시가 제안했지만 조선 대신들은 어떠한 의견도 내놓지 못하고 서로 눈치만 살피며 침묵으로 일관했다.

"우리는 아직 외부에서 내각에 제의한 것을 접수하지 못했고 중추원에서도 여론을 수집해야 합니다."

농상공부대신 권중현이 침묵을 깨고 현실을 전달하자

"황제의 말 한 마디만 있으면 될 일을 어찌하여 다중에게 의견을 묻습니까."

하야시가 버럭 소리를 질렀지만 끝내 결론을 돌출하지 못했다.

점심을 마치고 오후 3시쯤 일본공사 하야시와 조정 대신들은 경운궁으로 돌아왔고, 하야시가 고종을 알현했지만 고종은 몸이 불편하다는 핑계로 거절하였다. 그러나 하야시를 휴게실에 기다리게 하고 어전회의를 열었다.

"우리 신하가 아래에서 막는 것이 어디 쉬운 일입니까. 일본공사를 만나도 폐하께서 마음이 흔들리지 않으신다면 천만다행인데, 만일 너그러운 도량으로 할 수 없이 허락하신다면 어떡하겠습니까. 우리는 미리 대책을 세워야 합니다."

이완용이 먼저 이 같은 말을 꺼냈으나 황제도 대신들도 아무 대꾸 없이 얼굴만 쳐다보았다.

"미리 대책을 세우자는 것은, 언제까지 이 협상을 미룰 수 있겠습니까, 황제폐하께서 할 수 없이 받아들이신다면 조약 조문의 중요한 사항을 검토해 보자는 것입니다."

이완용이 합리적으로 가자는 자신의 의견을 다시 피력하자.

"이토 대사가 말하길 문구를 고치려면 협상의 길이 있고 거절하면 조선과 일본 간의 좋은 관계는 없다고 했소, 학부대신 말이 타당하오, 조문 어디를 고치면 좋겠소."

고종은 비로소 자신의 의견을 내고 지시했다. 이완용이 학부대신으로 내각에 재입각한 지 두 달 만의 일이었다.

"뒷날 후환이 없도록 외교권을 돌려주는 시기를 모호하게 두고 갈 수는 없습니다. 외교에 관한 사무 감리를 명백히 해야 월권의 소지가 없습니다."

이완용은 재차 외교권을 지적했다.

"일본 황제의 친서에는 조선 황실의 안녕과 존엄에 손상을 주지 말라는 말이 있는데 이 조약에는 빠졌습니다. 이것도 응당히 조약 속에 넣어야 합니다."

농상공부대신 권중현은 고종의 마음을 헤아려 말했다.

"이제 나의 뜻을 전하였으니 대신들이 잘 처리하길 바라오."

황제의 재가가 떨어지고 마지못해 대신들은 일제히 어전에서 물러났다.

"어떤 결과가 나왔소."

휴게실에서 초초하게 기다리던 일본공사 하야시가 물었다.

"폐하께서 잘 협상하라 하셨지만 우리 대신들은 모두 반대의 뜻을 말씀드렸습니다."

한규설의 말이 떨어지자마자 하야시는 크게 질책했다.

"어찌 대신들이 감히 황제의 명을 거역할 수가 있소."

저녁에 하야시의 보고를 받은 이토 히로부미는 주둔군 사령관 하세가와 요시미치長谷川好道와 헌병사령관을 거느리고 급히 대궐로 들어왔다. 대궐 안팎은 중무장한 일본군이 다시 물샐 틈 없이 포위했다.

이토가 궁내부대신 이재극을 통해 고종황제에게 알현을 여러 차례 요청했다.

"대신들에게 잘 처리할 것을 허락하였고, 지금은 두부에 종기가 생겨 접견할 수 없으니 대사가 타협의 방도를 강구해 주기 바란다."

고종이 만나 주지 않자 이토는 어진회의가 다시 열린 수 없다는 것을 간파하고 대신 한 사람 한 사람에게 강압적으로 찬반의 의견을 물었다. 그리고는 이재극을 불러 고종에게 전하는 말을 했다.

"황제께서 잘 처리하라고 지시 받은 대신들의 다수결과로 가결되었으니 빨리 조인할 수 있도록 주청 드리시오."

"안 된다고 할 수 없으니 첨삭 정도로 협상하자."

이완용이 현실 논리로 협상을 약화시키려 했지만, 일본의 집요한 강압에 몰려 이미 갈 곳이 정해졌다.

미리 결과를 결정해놓고 협상하는 것은 마녀사냥의 종교재판이나 다름없었다. 정직한 감정 표현도 없이 어떠한 이의 제기도 못한 채 오직 가해자와 피해자만을 가름했을 뿐이었다.

을사조약 안건은 의정부 회의를 거친 다음, 황제의 재가를 얻고 다시 중추원 자문을 받아야 하는 일인데도, 18일 밤 1시 외부대신 박제순과 일본공사 하야시 곤스케 간의 서명으로 '한일협상조약'이 체결되었다.

"차라리 관인을 뒤뜰 못에 던질지언정 날인하지 않겠다."

이렇게 말한 박제순이 교섭국장 이시영에게 궁중전화를 해서 인장을 보내라고 했고, 이시영은 주사 편으로 인장을 보냈다.

한일 협상조약

1. 일본국 정부는 재 동경외무성을 경유하여 한국의 외국에 대한 관계 및 사무를 감리, 지휘하며, 일본국의 외교대표자 및 영사가 외국에 재류하는 한국인과 이익을 보호한다.

2. 일본국 정부는 한국과 타국 사이에 현존하는 조약의 실행을 완수하고 한국 정부는 일본국 정부의 중개를 거치지 않고 국제적 성질을 가진 조약을 절대로 맺을 수 없다.

3. 일본국 정부는 대한 황제의 궐하에 1명의 통감을 두어 외교에 관한 사항을 관리하고 대한 황제를 친히 만날 권리를 갖고, 일본 정부는 한국의 각 개항장과 필요한 지역에 이사관을 둘 권리

를 갖고, 이사관은 통감의 지휘 하에 종래 재 한국 일본 영사에게 속하던 일체의 집권을 집행하고 협약의 실행에 필요한 일체의 사무를 맡는다.

4. 일본국과 한국 사이의 조약 및 약속은 본 협약에 저촉되지 않는 한 그 효력이 계속된다.

5. 일본 정부는 한국 황실의 안녕과 존엄의 유지를 보증한다는 것을 주요내용으로 한다.

1906년 1월 17일 조선의 외부外部 폐지와 함께 외교관, 공사제도, 영사제도를 폐지해 조선내의 모든 외국공사들은 철수하였고, 2월 1일 통감부가 설치되어 조선초대 통감으로 이토 히로부미가 취임하였다.

을사조약 최고 책임자는 고종이었다. 다음 날 아침 을사조약 체결 소식이 장안에 알려지자 나라가 망했다는 울분과 탄식 속에 19일부터 찬성한 대신들을 처단하라는 상소가 빗발쳤다. 이완용 집은 군중들의 방화로 방 두 칸이 불탔다. 그리고 이근택은 한밤중에 괴한 습격을 받아 10여 군데 칼에 찔리는 중상을 입었다.

박제순은 1858년 12월 7일 경기도 용인군 수여면 상도촌에서 태어났다. 본관은 반남이며 호는 평재다. 암기에 능하여 일찍이 글을 깨우쳤으나 여러 번 과거시험에 낙방하다가 1883년(고종20년) 별시 문과에 병과로 급제하여 통리교섭상사무아문 주사로 벼슬길을 걷기 시작했다. 그 후 홍문관 교리 승정원 동부승지 등을 거쳐 청나라에 텐진 주재 조선공사관에 부임했다. 1887년 귀국하여 이조참의, 성균관대사성, 형조참판, 예조참판 등을 역임하고 인천부사로

나갔다가 한성부윤으로 부임했다. 1894년 충청도관찰사 재직 시 갑오농민전쟁이
일어나자 일본군과 조선군이 공주에서 농민군 토벌하는 데 협조했다. 1916년 5월
20일(57세) 경성에서 지병으로 사망하였다.

이지용은 1870년 10월 23일 한성부에서 태어났다. 본관은 전주며 초명은 은용,
자는 경천, 호는 향운, 종교는 유교다. 흥선대원군 셋째 형 흥인군 이최응의
아들인 완영군 이재긍의 양자가 되었다. 따라서 이지용은 흥선대원군 종손이고 또
고종황제 5촌 조카로 조선 황족이자 대한제국 관료다. 1887년 문과에 급제하여
경상감찰사, 황해감찰사, 궁내부협판을 하다가 1901년 주일공사를 지냈고,
1904년 2월 외부대신, 1905년 내부대신으로 을사조약에 협력했다. 그리고
일본정부로부터 훈1등 백작 작위를 받았다. 1928년 6월 28일(57세) 한성부에서
사망했다.

권중현은 1854년 11월 24일(음력 10월 8일) 충청북도 영동에서 태어났다. 초명은
재형, 호는 경농, 본관은 안동이다. 일찍부터 일본어를 익혀 개화파에 가담했고
친일 각료의 길을 걸었다. 1883년 동래감리서 서기관에 이어 일본 주재 서기관을
거쳐 1891년 인천항 방판통상 사무를 시작으로 한성부윤, 의정부참판, 표훈원
부총재 1899년 법무대신에 올랐다. 1904년 러일전쟁에서 일본군 승리에 기여한
공로로 일본정부로부터 훈1등 서보대수장을 받았다. 1905년 농상공부대신으로
을사조약에 찬성했고, 군부대신을 지내면서 의병운동을 탄압한 공로로 1908년
일본정부가 내린 훈1등 욱일대수장을 받았다. 그리고 1910년 한일합병조약이
체결된 뒤 10월 16일에 일본 정부로부터 훈1등 자작 작위와 함께 은사공채
5만원을 받았다. 1934년 3월 19일(79세) 경성부에서 사망했다.

이근택은 1865년 9월 30일(음력 8월 11일) 충청북도 충주에서 태어났다. 본관은
전주다. 임오군란 때 충주로 피신한 명성황후에게 신선한 생선을 진상하여
발탁되었다. 1884년 무과에 급제한 후 단천부사, 길주목사, 충청도수군절도사,
병조참판을 역임한 뒤 1897년 친위연대 3대대장으로 정부 전복을 음모하다
제주도로 귀양 갔다가 이듬해 한성판윤으로 돌아와 1905년 군부대신으로 있을 때
을사조약체결에 협력했다. 1919년 12월 7일(54세) 한성부에서 사망했다.

을사조약에 찬성한 이근택이 집으로 돌아와 가족에게
"내가 다행히 죽음을 면했소. 우리 집안은 부귀가 지금부터 크

게 시작될 것이다."

이렇게 말하니, 부엌일 하던 하인과 바느질하던 하인은

"당신이 대신까지 되었고 나라의 은혜가 얼마나 큰데, 나라가 위태로운 판국에 죽지도 못하고 도리어 내가 다행히 살아났다고 하십니까. 참으로 개돼지보다도 못합니다. 내 비록 천한 종이지만 어찌 개돼지의 종이 되고 싶습니까. 내가 힘이 약해서 당신을 반 토막으로 베지 못하는 것이 한스럽습니다."

하인은 그 길로 옛 주인을 찾아 떠났다. 원래 이 하인은 한규설의 노비였는데, 한규설의 딸이 이근택 아들에게 시집 올 때 따라왔던 것이다.

'저 개돼지만도 못한 정부대신이라는 자는 자기의 영달과 이익을 바라고 위협에 겁을 먹어 머뭇거리고 벌벌 떨면서 나라를 팔아먹은 도적이 되어 4천 년을 이어온 강토와 5백 년 사직을 남에게 바치고 2천 만 생명을 모두 남의 노예 노릇을 하게 하였다. 동포여! 아 원통하고 분하도다. 2천만 동포여! 살았느냐, 죽었느냐. 단군 기자 이래 4천 년의 국민정신이 하룻밤 사이에 끝나고 말 것인가. 원통하고 원통하도다. 동포여! 동포여! ─장지연 '시일야방성대곡是日也放聲大哭'(11월 20일자 황성신문)

1906년 3월 2일 초대 조선통감으로 취임한 이토 히로부미의 추천으로 이완용은 1907년 5월 22일 참정대신이 되었다. 이 때 장안에는 괴소문이 나돌았다. '장남 이승구의 처인 며느리 임걸귀는 절세미인이었는데, 시부 이완용과 눈이 맞아 불륜을 저질러 아들 이승구는 자결하고 호적에서 삭제까지 당했다.'

이는 전혀 사실이 아니다. 일부 사람들이, 이완용이 더 나쁘게 보이도록 꾸며낸 말이다. 장남 이승구는 몸이 몹시 허약해 을사늑약 이전 1905년 음력 7월에 병사해 소문의 내용과 시기가 맞지 않다.

헤이그 밀사

1899년 5월 18일 제1회 만국평화회의는 네덜란드 헤이그에서 열렸다. 러시아 황제 니콜라이 2세의 제청으로 26개국 대표들이 참가해 국제분쟁의 평화적 처리조약에 따라 국제사법재판소를 설치하였다.

제2차 만국평화회의는 1904년 시니도어 루스벨트 제26대 미국대통령 제안으로 소집되었지만 그 해 일어난 러일전쟁으로 연기되었다가 1907년 6월 15일부터 10월 18일까지 다시 네덜란드 헤이그에서 열렸다.

당시 고종은 러시아황제 니콜라이 2세와 돈독한 사이였다. 러시아의 도움과 개신교인 감리교회의 지원을 받아 참가하여, 을사조약이 대한제국 황제 뜻에 반하여 일본제국 강압으로 이루어진 것임을 폭로하고, 또한 을사조약을 파기하기 위한 것이었다. 특사 이준, 이상설, 이위종과 이들을 안내할 호머 벤절릴 헐버트를 비밀리에 파견했다.

고종은 헤이그 특사로 발이 빠른 이용익을 생각했지만, 이용익은 러시아로 망명하였고 또 조선과 너무 먼 상트페테르부르크에 살고 있었다. 하여 두 번째 특사 파견은 상동파로 불리는 상동교회 인사들 중심으로 꾸렸다. '대한매일신보'의 양기탁이 제2차 만국평화회의 개최 사실을 알렸고, 이회영과 진덕기는 고종에게, 국제법 전문가이며 현재 상동교회 청년회장인 이준李儁과 용정에서 서전서숙이라는 학교를 운영하다가 돌아온 이상설과 주 러시아 대한제국 공사를 역임한 이범진 아들이며 영어, 프랑스어, 러시아어에 능통한 21세의 청년 이위종을 천거하였다.

"이것을 이회영에게 전하라."

고종은 옥쇄만 찍힌 백지를 내시 안호영에게 주었다. 조선통감부 감시가 심한 상태라 고종은 유폐 아닌 유폐 생활을 하고 있었다. 그래서 백지 위임장을 전달하면서 이번 일에 헐버트가 가세한다는 것을 알렸다.

"몸조심 하시오. 약속대로 헤이그에서 만나요."

헐버트는 일본으로 떠났고, 이준은 경성을 출발해 블라디보스토크에서 이상설을 만나 시베리아 횡단열차를 타고 6월 4일 상트페테르부르크에 있는 전 러시아 공사 이범진을 찾아갔다. 이때 친러파 이범진은 을사조약으로 조선의 해외공관 관원이 모두 철수해 귀국했지만 신변에 위협을 느껴 귀국을 거부하고 주 러시아 공사 행세를 하고 있었다.

"대한제국 황제 친서를 러시아 황제께 전해야 합니다."

이들은 열흘을 소비하며 고종 친서를 니콜라이 2세에게 직접 전달하려 시도했지만 결국 알현하지 못했다. 고종 친서를 러시아 외무부에 맡기고 이위종과 합류해 이범진 주재로 러시아 호위병의 호위를 받으며 베를린을 거쳐 네덜란드 헤이그에 도착했다.

이때 헐버트는 일본 감시를 속이려고 일부러 일본을 경유해 시베리아 횡단열차를 타고 프랑스와 파리를 거쳐 네덜란드 헤이그로 왔다.

만국평화회의는 6월 15일에 시작되었다. 이보다 열흘 늦게 도착한 고종 특사 일행은 드 용 호텔에 숙소를 정하고 태극기를 게양한 뒤 공식 활동에 돌입했다.

"우리는 동방의 대한제국에서 왔습니다."

조선의 특사들이 회의장 입장을 요구했지만 거절당했다. 6월 28일 '항고사'와 함께 문서를, 일본을 제외한 회의 참가국 위원회에 보냈는데, 같은 날 비공식 회의보에 '항고사'(각국 수석대표에게 보내는 주장문)가 게재되었다.

6월 29일 특사들이 제2회 만국평화회의 러시아 수석대표 넬리도프 백작을 방문했지만 거절당했다. 6월 30일 미국, 영국, 프랑스, 독일 대표를 차례로 찾아갔지만 이 역시 거부당했다. 7월 1일 회의 개최국인 네덜란드 외무장관 면회를 신청했지만 이 또한 거부당했다.

한편 헐버트 목사는 영국계 미국 언론인 윌리엄 티 스테드와 접촉했다. 7월 8일 그의 주선으로 고종 특사 일행은 평화회의 계기로 개최된 '국제주의재단' 집회에서 연설할 기회를 얻었다.

"우리들은 대한제국 황제의 뜻을 받들고 귀국의 총통과 대표에게 눈물로 고하나니. 우리 대한제국이 1884년 자주독립이 된 것은 사실이고, 이로써 각국과 수교를 해왔다. 그러나 일본이 1905년 11월 17일 무력으로 각국에 대한 국제 교섭의 권리를 강탈했다. 일본이 취한 사례를 보면. 하나, 모든 정무를 우리 황제의 승인을 받지 않고 마음대로 행사하며. 둘, 일본이 육, 해, 공군의 세력을 믿고 대한제국을 압박하고 셋, 일본이 대한제국의 모든 법률과 풍속을 파괴한다. 이러한 것을 각국 총통은 정의에 근거하여 처단하라. 각국 총통과 대표들은 조력을 베풀어 우리 사절단을 만국평화회의에 참석시켜 주기 바란다."

7월 5일 이상설이 눈물을 뿌리며 울분을 토했다. 이어 각국 기자들과의 인터뷰에서 이위종은 대답했다.

─스테드, 여기서 뭘 하나요. 왜 평화회의에 파문을 일으키나요?.

이위종, 우리는 아주 먼 나라에서 왔습니다. 이곳에 온 목적은 법과 정의를 찾기 위해서입니다. 각국 대표들은 무엇을 하는 겁니까?

—스테드, 그들은 세계평화와 정의를 구현하는 목적으로 조약
을 맺습니다.

이위종, 조약이라고요? 1905년 조약은 우리황제 허가를 받지
않고 체결된 하나의 협약일 뿐 이 조약은 무효입니다.

—스테드, 일본이 힘이 있다는 것을 잊었군요.

이위종, 그렇다면 당신들의 정의는 겉치레일 뿐, 신앙은 위선일
뿐입니다. 일본이 힘이 있기 때문에 한국이 희생되어야만 합니까.
솔직하게 총 칼이 당신들의 법전이며 강한 자는 처벌받지 않는다
고 고백하시오.

이 인터뷰는 '만국평화회의보' 상단에 헤이그 특사 3인의 사진
과 함께 실렸다. 그리고 기자단 사이에서 만장일치로 한국을 동
정한다는 결의문을 통과시켰다. 이어 이위종은 세계 각국의 기자
단 앞에서 '대한제국의 호소'라는 제목으로 성명을 발표했다.

대한제국의 호소

일본인들은 항상 큰 목소리로 얘기합니다. 우리는 대한제국에
서 일본의 국익만을 추구하는 것이 아니고 세계 문명인으로서 할
일을 하는 것이며, 개방정책을 유지하며, 모든 국가에 동동하게
기회를 보장한다고 말합니다. 그러나 러일전쟁 후 그들은 놀랍게
도 원통하게도 모든 나라에 대한 정의롭고 평등한 기회 대신, 추
하게 불의하게 비인도적으로 자기 욕심대로 결정하며, 야만적인

정책을 펴기 시작했습니다.

그러나 한국인들은 아직 조직화되지 않았습니다. 그들은 저토록 무지비합니다. 비인도적인 일본의 침략이 종말을 고하게 하기 위해서 하나가 되어가고 있습니다. 일본은 반일 정신으로 무장한 2천 만 한국인들을 모두 죽여 없애는 것이 쉽지 않다는 것을 깨닫게 될 것입니다.

각국 기자들은 이위종에게서 깊은 인상을 받았다. 이위종을 조선의 프린스로 보도했다. 힘의 논리로 지배되는 현실에서 특사들이 할 일은 여기까지였다. 하지만 이위종은 또 한편으로 기자들 앞에서 대한제국 황제의 만행과 인민들의 처절한 실상을 고발했다.

"고종황제의 장기집권에 조선은 부패했습니다. 과도한 세금징수와 가혹한 행정에 허덕여왔던 조선인민들은 희망으로 일본인을 환영합니다. 조선인민들은 일본이 부패한 관리들을 처벌해주기를 바라고 있습니다. 따라서 조선에 진출한 각국 문명국들은 진실한 조언자가 되어, 문호개방과 기회균등보존을 공고히 해야 합니다."

1907년 1월 21일 이상설, 이위종과 함께 고종밀서를 갖고 헤이그로 출발, 만국평화회의에 참석했으나 거부되자 울분을 못 이겨 병을 앓던 이준이 자신이 묵고 있는 드 용 호텔에서 7월 14일 사망했다.

'장례연설도 없이 아주 고요하고 침묵한 분위기 속에서 장례식이 치러졌다. 그때 같이 왔던 한국 사람이 자기 삶을 빼앗아간 것처럼 심하게 통곡하였다.'(7월 16일자 네덜란드 현지 신문 뉴 코란트 기사)

'이준의 장례식 후 그의 죽음이 자살이라는 소문이 퍼지기 시작했다.' (7월 16일자 미국 뉴욕 타임즈 기사)

조국에서 이역만리 떨어진 타향에서 병사했지만 독립운동 도중이니 열사의 순국이 맞다. 이준 열사의 유해는 헤이그 교외의 뉴 아이큰다우 공동묘지에 가매장되었다가 미국 일정을 마치고 돌아온 이상설과 이위종에 의해 유해는 다시 뉴브다이컨 묘지로 이장되었다. 그리고 56년의 세월이 흐른 뒤 1963년 9월 30일 수유리 공동묘지로 이장되었다.

베절릴 헐버트는 1863년 1월 26일 미국 버몬트주 헤이븐에서 태어나 1886년(고종23년) 제물포를 통해 선교사로 입국하여 고종이 세운 근대식 교육기관 육영공원 교사로 파견되어 영어와 서양 문리를 이완용 등의 학생들에게 가르쳤다. 1891년 최초의 순 한글 지리사회 총서교과서 '사민필지士民必知'를 저술했고, 훈민정음 창제 후 없었던 띄어쓰기, 쉼표, 마침표, 물음표 등을 도입해 한글의 우수성을 더욱 발전시켰다. 그리고 헤이그 밀사로 파견되는 등 조선독립에도 앞장섰다. 1949년 8월 5일(86세) 서울 청량리 위생병원에서 사망했고, 8월 11일 외국인 최초로 사회장을 거행한 후 양화진 외국인 선교사 묘역에 묻혔다. '나는 웨스트민스타 사원보다 한국 땅에 묻히기를 원하노라.' 헐버트의 묘비에 새겨진 글이다.

순종純宗 등극登極

1907년 5월 16일 참정대신 박제순이 물러나겠다는 의사를 전달하자 5월 22일 이토는 고종을 알현했다.

"참정대신 박제순이 물러난다고 하니 그 자리에 이완용 대신을 기용했으면 좋겠습니다."

이토가 이완용을 천거하자

"이완용은 참정대신으로는 연령이나 경력을 보아 부적당하오. 그리고 일반의 평도 좋지 못하오."

고종이 반대 의사를 전했으나 이토가 반박했다.

"이완용 대신이야말로 연령이나 경력 면에서 최적임자입니다. 지금 조선에서 학식과 세계정세에 이완용 대신처럼 밝은 사람이 있습니까? 모든 조각은 황제의 뜻대로 하시고 다만 각료 중 두 명은 제가 추천하겠습니다."

고종이 별다른 대꾸를 않자

"한 명은 조중응趙重應이며 또 한 명은 송병준宋秉畯입니다."

이날 저녁 이완용은 고종의 부름을 받고 참정대신에 올랐다. 관직에 들어선 지 21년만이고 나이는 50세였다.

내부대신 임선준任善準, 군부대신 이병무李秉武, 학부대신 이재곤李載崐, 탁지부대신 고영희高永喜, 법무대신 조중응, 농상공부대신 송병준, 이렇게 조각을 마치고 1907년 6월 14일 이완용은 총리대신으로 임명되었다. (이때 의정대신, 참정대신 제도가 폐지되었다.)

7월 1일 일본 외무성에서 이토에게 긴급 전문을 보내왔다.

'조선황제가 보낸 특사가 헤이그에서 열리고 있는 만국평화회의에 참석을 요구하며, 1905년에 맺은 조약은 황제의 뜻이 아니니 무효라고 주장한다.'

이토는 즉각 총리대신 이완용을 통감 관저로 불렀다. 입수한 러시아 황제에게 보낸 친서 내용이며 만국평화회의보에 실린 고종 특사 3인의 사진을 증거로 내놓았다.

"이 같은 행위는 보호조약을 위반한 것이며, 대일본제국에 대한 적대 행위다. 따라서 대일본제국은 조선에 선전포고할 충분한 사유가 된다."

전쟁도 불사하겠다는 이토의 무자비한 협박에.

"조선 내각은 관여하지 않았소. 부디 선처바랍니다."

이완용이 극구 선처를 바랐지만.

"나도 총리대신처럼 이 사건을 책임지고 본국 정부에 신명을 바칠 뿐이오. 정부의 명령을 받는 몸으로 어떻게 용서할 능력이 있겠소이까."

이토는 냉정했다. 오후에는 해군 장교들을 데리고 고종을 알현했다.

"이처럼 음흉한 방법으로 일본의 보호권을 거부하려는 것은 차라리 당당하게 선전포고하는 것만 못합니다. 모든 책임은 황제가 져야 합니다. 따라서 일본은 선전포고할 수 있는 권리를 보유했습니다."

이토는 고종에게도 고종 친서와 만국평화회의보에 실린 특사 3

인의 사진을 증거로 내놓고 으름장을 놓았다.

이완용은 통감 관저에서 돌아와 곧 바로 내각회의를 주재했다.

"다들 알고 계시겠지요. 이번 사태를 어떻게 했으면 좋을지 의견을 내놓으세요."

그러나 의견을 내놓는 대신은 아무도 없었다. 모두 이완용의 입만 쳐다볼 뿐이었다. 한참을 뜸 들여도 입 여는 사람이 없자 이완용은 답답해서 자신이 먼저 의견을 내놓았다.

"일본이 전쟁을 선포해 황실은 물론 조선이란 나라 자체를 없애려 합니다. 청국과 러시아를 이긴 일본을 우리가 무슨 힘이 있어 물리치겠습니까. 특단의 조치가 필요한 때입니다."

속울음만 삼켜야 하는 현실이 무서웠다. 어지러운 시기에 대신이라는 벼슬이 끔찍했다. 마른 눈물이 가슴을 사정없이 후볐다.

"황태자로 하여금 왕위를 대행케 하면 어떻겠소."

특사 사건 책임을 지고 황제가 잠시 물러나 있도록 하는 것이 어떠냐는 이완용의 의견에 모두는 수긍했지만, 이 진언을 누가 황제에게 전할 수 있겠는가. 삼족이 멸족당하고도 남을 대역죄에 해당하는 진언을. 이완용은 긴긴 고민 끝에 이 역시 자신이 짊어져야 한다고 결정했다.

그날 밤 고종을 알현했다.

"황실과 국가를 보존하기 위해서 황태자에게 잠시 정사를 대리토록 하는 것이 불가피하옵니다."

이완용은 신중히 생각해서 한 번 결심을 내리면 반드시 성취하는 의지가 굳은 인물이었다.

"그런 주청을 하다니, 신하의 도리가 아니오."

낮빛이 하얘진 고종이 크게 역정을 냈다.

7월 6일 이완용은 다시 내각회의를 소집했다.

"이 나라를 구하는 길은 폐하께서 이번 사태가 잠잠해질 때까지 황제 자리를 황태자에게 선위하는 길밖에 없소이다. 우리 모두 어전으로 들어가 이 같은 뜻을 전하도록 합시다."

이완용이 대신들과 함께 어전으로 들어가 황태자에게 양위할 것을 고하자

"신하된 몸으로 어찌 감히 선위를 말하는가. 다시는 입 밖에 내놓지 말라. 이건 어명이다."

고종은 사흘 전보다 더욱 크게 진노했다.

하지만 7월 12일 일본 내각에서는 이토에게 또 다시 전문을 보냈다.

'이 기회를 놓치지 말고 조선 내정에 관한 전권을 장악하라. 장래의 화근을 뿌리 뽑기 위해 조선황제 자리를 황태자에게 선위토록 하라. 이 문제로 외무대신 하야시 다다스林董가 조선으로 갈 것이다. 모든 일을 통감에게 전적으로 위임한다.'

다급해진 이완용이 7월 16일 재차 내각회의를 소집했고, 대신들이 어전으로 몰려가 양위를 권했지만

"나라가 이렇게 어려운데 어떻게 허약한 황태자에게 정사를 맡길 수 있겠는가."

고종은 선위의 뜻이 없음을 강하게 내비쳤다. 그리고 한 달 전에 귀국해 있던 박영효를 궁내부대신에 임명했다.

박영효는 갑신정변 때 일본으로 망명해 있다가 12년 만에 귀국해 사면을 받았다. 이제는 왕권을 수호할 중책을 맡았다.

하야시가 경성에 도착하기 직전 7월 18일 오후 5시 고종은 이토를 대전으로 불렀다.

"나는 헤이그 특사 일에 아는 바가 전혀 없소. 이준, 이상설, 이위종을 조사해 보면 알 것이오."

고종이 자신은 관련이 없다고 부인했으나 이토는 한 발짝도 물러서지 않았다.

"우리가 외국에 있는 조선인을 어떻게 조사합니까? 설사 그들이 개인적으로 행동했어도 조선 정부의 책임이고, 특사 파견은 보호조약 위반이오."

"그러면 내가 양위하는 것이 옳다는 것이오."

고종이 현실의 부당함을 간접적으로 말하자.

"나는 대일본제국 천황의 신하요. 이 문제에 대해서 무슨 말을 하겠습니까?"

이토는 일본천황을 꺼내어 은근히 압박을 가했다.

"총리대신이 말하기를, 통감이 독촉한다고 했는데 어찌 통감 의견이 없을 수 있단 말이오."

"내가 어떻게 남의 나라 황제 양위를 거론하겠소. 조선의 일은 조선이 알아서 해결해 주기 바랍니다."

이토가 돌아가고 저녁 8시쯤 일본정부 외상 하야시 다다스가 경성에 도착해 입국 인사를 하러 고종을 알현했다.

잔뜩 겁을 집어먹은 조선 조정은 다시 내각회의를 열었다.

"황제가 일본을 방문해 천황께 사과하든지 용산에 있는 일본군 사령관 하세가와 대장을 찾아가 사죄해야 합니다."

송병준이 이토를 믿고 황제를 능멸하는 말을 꺼냈지만 모두는 숨죽인 채 듣고만 있었다.

이날 밤 고종이 민영휘, 민영소, 박제순 등 원로대신들을 불러 의견을 물었으나 원로대신들은 양위하는 수밖에 다른 방도가 없다고 의견을 모았다. 그러자 고종이 박영효를 불렀지만 박영효는 병을 핑계로 끝내 나타나지 않았다.

고심 끝에 고종은 19일 새벽 조칙을 내렸다.

"황태자에게 정사를 대행하게 하노라."

1907년 7월 20일 광무황제 고종이 강제로 황제 자리에서 물러나자 황태자 이척이 1907년 7월 27일 순종황제로 정식 즉위했다. 원수에서 대원수로 승급하고 8월 2일 연호를 융희隆熙라고 하였다.

이때 총리대신 이완용은 일곱 대신(七賊)과 함께 통감 이토 히로부미와 3차 한일협약을 맺었는데, 1907년 7월 24일이었다. 정미년丁未年이어서 '정미협약' 또는 '정미7조약'이라고도 부르는 불평등

조약이었다.

정미조약丁未條約

　1조 대한정부는 시정개선에 관하여 통감지도를 받는다.

　2조 대한정부는 법령의 제정 및 중요행정처분은 미리 통감승인을 받는다.

　3조 대한정부는 사법사무는 일반사무와 구분한다.

　4조 대한정부는 고등관리 임명, 해임은 통감동의하에 집행한다.

　5조 대한정부는 통감이 추천한 일본사람을 한국 관리로 임명한다.

　6조 대한정부는 통감동의 없이 외국인 초빙, 고용하지 않는다.

　7조 메이지 37년 8월 22일에 조인한 한일협약 1항을 폐지한다.

　(7조의 1항은 1904년 8월 22일 체결한 한일 협약으로, 내용은 대한정부는 일본정부가 추천한 일본인 1명을 재정 고문으로 삼아 재무에 관한 사항은 일체 그의 의견을 물어서 시행한다.)

　이러자 8월 1일 대한제국 군대 해산 명령에 박승환 특위연대 대장이 해산 명령 항의로 자결했지만 이완용은 9월에 백작에서 공작으로 올라갔고, 일본정부로부터 욱일동화장旭日棟花章 훈장을 받았는데, 이때 황제 양위에 참여한 모든 대신들도 함께 받았다.

　"대신들이 충성을 다해 진력한 결과 공적이 현저하게 나타났소."

순종의 치하와 함께 또 한 번 이완용은 이화훈장을, 다른 대신들은 모두 태극훈장을 받았다.

"이등 통감은 덕이 높을 뿐만 아니라 공로가 매우 크오."

순종은 11월 19일 이토를 황태자 태사太師로 삼았고, 이어서 11월 22일 이완용을 황태자 소사小師로 삼았다. 이 일로 1908년 순종황제는 일본내각 각료 59명에게 훈장을 수여했다.

1907년 12월 5일(광무10년) 영친왕이 이토 히로부미에 의하여 강제로 일본 유학을 떠날 때 궁내부대신 이윤용(이완용의 의붓형)이 수행했다. 일본 유학생으로 경학원 학생 조대호, 서병갑, 엄주명이 동행했는데, 엄주명은 황귀비 엄씨의 조카였다.

"이완용을 잡아 죽여라."

"조선황제도 마음대로 바꾸는 일본 세상에서 허수아비 총리대신인 내가 무슨 힘이 있다고."

민중의 저주가 박제순에서 자기에게로 옮겨 온 것에 대해 이완용은 커다란 슬픔을 느꼈다.

'이런 세상은 내가 꿈꾸던 조선이 아니었는데, 내가 꿈꾸던 세상은 차별받지 않는 서구식 세상이었는데, 무엇이 어디에서부터 잘못되었을까. 세상이 어찌 이렇게도 모질단 말인가, 수백 년 동안 명나라, 청나라에 짓밟히고, 잠시였지만 러시아에게 짓밟히고, 이제는 일본에게까지 짓밟혀야 한단 말인가. 어째서 조선은 외세에 기대고 살아야만 하는가. 겨울이 깊으면 곧 봄이 오겠지, 참고 견디면 새로운 세상이 오겠지.'

민중의 분노에 불탄 집을 떠나 식솔들과 함께 의붓형 이윤용 집에 얹혀 살던 이완용은 고종이 하사한 황실소유 저택으로 들어가 남의 집 신세를 면한 지 얼마 되지 않은 때였다.

이완용은 순종이 즉위한 다음해 1908년 순종황제 즉위 대사면령으로 복권 건의를 했다. 이에 박지원, 정약용, 남이 등 명성에 비해 공적으로 인정받지 못한 인사들을 신원하고 시호를 수여하는 작업을 시작했다.

고종이 양위를 허락하지 않자 이완용이 칼을 빼들고 "폐하, 지금이 어느 세상입니까?" 하고 협박했다 하는데, 이는 사실이 아니다. 황제와 황실에 충성을 다하는 이완용은 살아 있는 동안 자신의 몸에 어떠한 무기도 지닌 적이 없다.

유치환柳致環은 1908년 8월 10일(음력 7월 14일) 경남 거제에서 태어났고, 진주와 통영에서 성장했다. 본관은 진주이며 호는 청마靑馬다. 한국전쟁 때 육군정훈국에서 근무한 예비역 소령이기도 하다. 교육자로서 부산 남여상업고등학교 교장 재직 도중 1967년 2월 13일(향년59세) 수정동에서 시내버스에 치여 사망했다. 1931년 '문예월간'에 '정적'을 발표하여 등단했고, 1939년 첫 시집 '청마시초'를 발간했다. 이영도 시인과 5천통이 넘는 편지를 주고받은 일은 문단사에 길이 남는 순수한 사랑 이야기다.

이영도李永道는 1916년 10월 22일 경북 청도에서 태어났으며 호는 정운丁芸이다. 21세 때 남편과 사별했는데, 통영여중 가사교사로 부임 받은 29세에 국어교사 유치환(38세)을 알게 되어, 그때부터 5천 통의 연서가 오갔다. 1976년 3월 5일(향년59세) 서울 마포구 서교동에서 뇌일혈로 사망했다. 1945년 '죽순'에 시조 '제야'를 발표하여 등단했고, 시조집으로는 '청저집' '석류' 등이 있다.

암살

1

1909년 3월 2일 안중근은 연해주에서 동지 11명과 단지^{斷指} 동맹을 하면서 조국독립에 헌신하기로 맹세를 하고 손가락을 잘라 혈서를 썼다.

'안중근과 엄인섭은 침략의 원흉 이등박문을 암살해 제거를 한다. 만약 성사하지 못하면 죽음으로써 국민에게 속죄한다.'

1909년 10월 26일 이토 히로부미가 러시아 제국의 재무장관 블라디미르 코콥초프와 회담하기 위해 하얼빈으로 온다고 했다. 이 소식을 대동공보사에서 전해들은 안중근은 기자 이강^{李剛}의 지원을 받아 우덕순, 조도선, 유동하와 함께 블라디보스토크를 떠나 10월 21일 하얼빈에 도착했다. 계획에 따라 우덕순과 조도선은 채가구蔡家溝역으로 갔다.

10월 26일 오전 9시, 이토 히로부미가 탄 열차는 하얼빈에 도착해 러시아 재무대신과 열차 안에서 회담을 마친 후, 9시 30분 러시아 군대 사열을 받기 위해 하차하였다. 이토가 사열을 마치고 돌아갈 때 안중근은 브라우닝제 반자동 권총 M1900으로 저격했다. 일곱 발의 총알 중 세 발이 이토 히로부미를 맞혔다. 1탄은 오른팔을 관통해 흉부에 박혔고, 2탄은 오른쪽 팔꿈치를 관통해 흉복부에 박혔고, 3탄은 윗배 중앙 우측에 박혔다. 나머지 네 발 중 세 발은 수행비서관 모리 타이지로우, 하얼빈 주재 일본총영사 가와카미 도시히코, 남만주철도 이사 다나카 세이지로우가 맞았다. 나머지 한 발은 플랫폼에서 발견되었다.

"코레아 우레!(대한독립 만세)

안중근이 크게 소리쳤다.

저격당한 이토가 열차로 옮겨지며 말했다.

"나는 틀렸다. 다른 부상자는 누구지?"

안중근은 곧바로 러시아 공안들에게 체포되었고, 그 후 일본정부에 넘겨져 1910년 2월 14일 사형선고를 받았다. 재판 과정에서 이토 히로부미를 저격한 이유를 당당하게 밝혔다.

첫 번째, 명성황후를 시해한 죄.

두 번째, 한국을 일본 보호국으로 만든 죄.

세 번째, 정미7조약을 강제로 맺게 한 죄.

네 번째, 고종황제를 폐위시킨 죄.

다섯 번째, 군대를 해산시킨 죄.

여섯 번째, 무고한 사람들을 학살한 죄.

일곱 번째, 한국인의 권리를 박탈한 죄.

여덟 번째, 한국교과서를 불태운 죄.

아홉 번째, 한국인들을 신문에 기여하지 못하게 한 죄.

열 번째, 은행 지폐를 강제로 사용한 죄.

열한 번째, 한국이 300만 파운드 빚을 지게 한 죄.

열두 번째, 동양평화를 깨트린 죄.

열세 번째, 한국에 대한 일본의 보호정책을 호도한 죄.

열네 번째, 일본천황 아버지 고메이 천황을 죽인 죄.

열다섯 번째, 일본과 세계를 속인 죄.

이것이 이토 히로부미를 죽여야 할 열다섯 죄목이다.

1910년 3월 25일(순종이 태어난 건원절) 두 동생이 면회를 와서 안중근에게 노모가 당부하는 말을 전했다.

"옳은 일을 하고 받는 형벌이니 비겁하게 삶을 구걸하지 말고 대의에 죽는 것이 이 어미에 대한 효도다. 부디 눈물은 보이지 마라."

'이 슬픔을 어찌 말로 다하랴. 평범한 질서를 누가 깨트렸나. 죽음도 결국 삶의 일탈이다. 보통의 운명을 큰소리로 말하지 말라. 비통함을 한 모금 삼키는 것도 일상이다. 태어나서 죽을 때까지 내 마음은 변함없다.'

안중근은 어머니 뜻에 따라 평정심을 잃지 않고 자신의 마음을 면회 온 동생에게 전했다.

"장남(안문생, 안중근 아들)을 부디 천주교 사제로 길러 주거라."

"동생 정근아, 너는 나라 발전을 위해 공업이나 식림 같은 일을 하라."

"그리고 내 시신은 하얼빈 공원에 묻었다가 국권이 회복되면 그 때 고국에 묻어라."

1910년 3월 26일 오전 10시, 여순 감옥에서 어머니 조마리아 (조성녀, 1927년 사망)가 직접 지어 보낸 새하얀 한복으로 갈아 입고 교수형으로 순국했다. 순국 직전 간수(일본 헌병) 치바토시 치에게 '위국헌신爲國獻身 군인본분軍人本分' 유묵 한 점을 선사했다.

안중근의사의 명언록

日不讀書口中生荊棘일불독서구중생형극 : 하루라도 글을 읽지 않으면 입안에 가시가 돋는다.

忍耐인내 : 참고 견딘다.

天堂之福永遠之樂천당지복 영원지락 : 천당의 복은 영원한 즐거움이다.

黃金百萬兩不如一教子황금백만냥불여일교자 : 황금 백만 냥도 자식 하나 가르침만 못하다.

貧而無諂富而無驕빈이무첨 부이무교 : 가난하되 아첨하지 않고 부유하되 교만하지 않는다.

丈夫雖死心如鐵^{장부수사심여철} 義士臨危氣似雲 ^{의사임위기사운} : 장부가 비록 죽을지라도 마음은 쇠와 같고 의사는 위태로움에 이를지라도 기운이 구름 같다.

恥惡衣惡食者不足與議^{치오의오식자부족여식} : 궂은 옷 궂은 밥을 부끄러워하는 자는 더불어 의논할 수 없다.

孤莫孤於自恃^{고막고어자시} : 스스로 잘난 체 하는 것보다 더 외로운 것은 없다.

博學於文約之以禮^{박학어문약지이례} : 글 공부를 널리 하고 예법으로 몸단속하라.

人無遠慮難成大業^{인무원여 난성대업} : 사람이 멀리 생각하지 못하면 큰일을 이루기 어렵다.

歲寒然後知松栢之不彫^{세한연후지송백지부조} : 눈보라가 친 연후에야 잣나무가 이울지 않음을 안다.

白日莫虛渡^{백일막허도} 靑春不再來^{청춘부재래} : 세월을 헛되이 보내지 말라. 청춘은 다시 오지 않는다.

年年歲歲花相似歲歲年年人不同^{년년세세화상사세세년년인부동} : 해마다 계절 따라 같은 꽃이 피건만 해마다 사람들은 같지 않고 변한다.

自愛寶^{자애보} : 스스로 보배처럼 사랑하라.

國家安危勞心焦思^{국가안위 노심초사} : 국가 안위를 걱정하고 애태운다.

見利思義見危授命^{견리사의 견위수명} : 이익을 보면 정의를 생각하고 위태로움을 보면 목숨을 바쳐라.

百忍堂中有泰和^{백인당중유태화} : 백 번 참는 집안에 태평과 화목이 있다.

어머니 조마리아의 편지
　네가 어미보다 먼저 죽는 것을 불효라고 생각하면 어미는 웃음거리가 될 것이다. 너의 죽음은 너 한 사람 것이 아니라 조선인 전체의 공분을 짊어진 것이다.

안중근은 1879년 9월 2일 황해도 해주부 수양산 아래서 태어났다. 본관은 순흥順興이며 아명은 응칠應七(점이 일곱 개가 있어)이고 세례명은 토마스다. 의병 참모중장으로 아령지구 사령관을 지내기도 했다. 1910년 3월 26일 오전 10시(향년30세) 만주 여순 감옥에서 교수형으로 생을 마감하였다. 저서로는 미완성 '안응칠 역사' 미완성 '동양평화론'이 있다.

　'동양평화론'을 요약하면 다음과 같다.
　서양 세력이 동양으로 뻗쳐오는 환난을 동양 사람이 일치단결하여 극력 방어함이 최상책이다. 일본이 정략을 고치지 않으면 다른 인종에게 망한다. 백인의 앞잡이가 되지 말고 일본이 주도해 조선과 중국이 함께 하는 대동아공영체를 만들어야 한다.'

2

　1909년 11월 1일 일본이 창경궁을 박물관(동물원, 식물원)으로 만들어 일반에게 공개하게 되자 1909년 12월 4일 대한제국 2

천만 국민의 대표를 자칭하며 1백만 회원 이름으로 한일합방을 지지한다는 '일진회一進會'가 느닷없이 성명서를 발표했다.

'일본은 일청전쟁으로 조선을 독립시켜 주고 또 일러전쟁으로 조선을 구해 주었다. 이 나라 저 나라에 붙었다 하다가 결국 외교권을 빼앗기게 되었으니 우리 스스로 초래한 것이다. 이등박문 태사가 조선을 위해 수고하였는데, 하얼빈의 변고가 일어나 어떠한 위험이 닥칠지 알 수 없다. 이 또한 조선의 책임이다. 그리고 천황 폐하께서 큰 도량으로 우리를 어루만져 주고 있는데, 우리는 신의를 잃고 있다. 지금 조선은 오래된 시체나 다름없다. 우리가 이 시체를 끌어안고 통곡한들 무슨 소용이 있겠는가. 조선은 일본인의 종으로 전락하게 될 것이 뻔하다. 차라리 일본과 합쳐 세계의 1등 국민으로 살아보자.'

이에 대해 여론이 들끓었다.

"신하의 몸으로 어찌 감히 이런 말을 할 수 있느냐. 일진회 두령인 송병준이 몰랐을 리가 없다. 그를 중추원 고문에서 제명해야 한다."

1909년 2월 송병준은 일본으로 건너가 이미 한일합병을 논의하고 온 상태였다.

중추원 의장인 김윤식이 공문을 총리대신 이완용에게 보냈고 한성부민회 회장 유길준도 이 기회에 일진회를 폐쇄해야 한다고 격노했다.

'오늘 날 대한국의 형세를 살펴볼 때 사법권까지 넘겨주고 이 제 남은 것은 대한이라는 껍데기 이름뿐이다.' 이 이름이 있다고 나 라가 망하지 않았다고 할 수 없으며, 이 이름이 있다고 인민이 죽 지 않았다고 할 수 없다. 그러나 너희가 이름과 실상이 같게 않 도록 노력하지 못할지언정 어찌 차마 그 이름까지 없애고자 하는 가.'(대한매일신보 1909년 12월 5일)

이에 이완용은 측근 인물 이인직을 급히 불러 사회원로와 단체 대표들을 동원해 일진회의 합방 주장을 규탄하는 국민대연설회를 서둘러 개최했다. 5일 정오 서대문 원각사에서 대한협회, 서북학 회, 한성부민회 등 4천여 명의 군중이 모여 일진회를 국민으로 인 정하지 않는다는 결의를 했다.

이완용이 한일합방을 반대한 것은 일진회에게 공을 빼앗길까 봐 그리했다는 설도 있지만 사실이 아니다. 합방을 하게 되면 자 신의 총리대신 자리가 없어질 것이 뻔한 데 그렇게 할 이유가 없었 다. 어쨌든 이완용의 노력으로 일진회가 통감부를 통해 일본천황 에게 올린 상주문이 되돌아왔다.

이완용이 1909년 12월 22일 종현 천주교회당(명동성당)에서 거행하는 벨기에 국왕 레오폴 2세 추도식에 참석 중이었다. 인력 거가 성당에 다다랐을 무렵 한 군밤장수(이재명이 위장)가 인력거 를 가로막고 단도로 이완용 가슴을 여러 차례 찔렀다. 다급한 상황을 인력거꾼이 저지하자 괴한은 다시 인력거꾼을 난자해 이완용과 아무 상관없는 그저 거리의 인력거인부(박원문)가 그 자리에서 절명했다.

예리한 칼날은 이완용 폐를 관통했다. 숨을 쉴 때마다 폐의 공기가 상처에서 새어나오는 치명상을 입고 곧바로 대한의원(서울대병원)으로 이송되어 일본인 의사가 집도한 수술로 겨우 목숨을 건졌다. 이완용의 흉부외과 수술은 조선 1호 수술이었다. 이때부터 이완용은 해소 천식 기침으로 죽는 날까지 고통을 받으며 살았다.

이완용은 배짱 있고 매우 침착한 사람이었다. 한 번은 마당에 나와 있을 때 갑자기 마른하늘에서 벼락이 떨어져 나무가 부러지는 일이 있었는데, 사람들은 놀라서 모두 집안으로 뛰어 들어갔다.

"마른하늘에서 벼락 떨어지는 것도 희귀한 일인데 같은 곳에 두 번 떨어지는 건 더욱 드문 일이다."

혼자만이 태연하게 그 자리를 지키던 이완용이 아니었던가.

1910년 2월 14일 입원 53일 만에 충남 온양으로 요양을 떠날 때까지 고종과 순종은 거액의 위로금과 함께 하루도 빠짐없이 시종을 보내 위로하며 병세를 물었다.

한 달 간 온천요양을 하고 돌아온 이완용은 다시 총리대신으로 복직했다. 그리고 1910년 8월 22일 한일합방 조약에 대한제

죽 황제 순종 옥쇄 대신 태황제인 고종옥쇄로 날인했다.

이재명은 1887년 10월 13일 평안북도 선천에서 태어났다. 본관은 진안이며
종교는 개신교다. 평양 일신학교를 졸업하고 1904년 하와이 노동이민을 떠났다가
1907년 귀국했다. 1910년 9월 30일(24세) 경성감옥(서대문형무소) 형장에서
사형이 집행되었다.

한일합방과 옥쇄玉碎

나 혼자만의 붕정만리鵬程萬里인가. 원래 있다가 없으면 허전하다.
1910년 1월 18일 경성인구 중 조선인은 161,656명, 인본인은
26,316명, 외국인은 1,914명이었다.

1909년 2월 송병준은 일본으로 건너가 다쓰라 다로 수상과
조야 정객들과 한일합방 흥정을 마쳤다. 그해 6월 이토는 통감직
을 부통감 소네에게 인계하고 귀국하여 일본 추밀원 의장직을 맡
았다. 이어 1910년 5월 30일 일본육군대장 데라우치 마사타케寺
內正毅가 제3대 조선통감으로 부임했다. 그리고 6월 24일 대한제국
경찰권 일본 위임각서에 조인했고, 대한제국 경찰권이 박탈되었을
때 7월 6일 일본내각회의에서는 조선병탄을 확정했다.

'남상濫觴은 술잔에 겨우 넘칠 정도의 적은 물을 말하지. 큰 강의
근원은 술잔이 넘칠 정도의 적은 물에서 시작된다. 수량이 많아지

고 강물이 거세지면 큰 배도 침몰하고 말지. 조선이 어쩌다가 여기까지 왔나. 그 끝은 어떻게 될까.'

등신 같은 조선이 싫었다. 이미 불구자가 된 황실이 싫었다. 강한 나라에 무조건 기대려 하는 지지리도 못난 의타적 사상이 싫었다. 이 혼란한 기회를 이용하여 팔자 한 번 고쳐보려는 각료들의 심보도 싫었다.

이완용은 거듭 고심했다.

"내가 앞장서서 이 일을 꾀하지만 후세 사람들은 나를 매국노라고 길이길이 손가락질하겠지. 자식과 그 자식의 자식들도 대대손손 살기가 힘겹겠지. 미국이 손잡아 주면 좋지만 미국의 마음은 다른 나라(필리핀)에 가 있으니 어찌할 도리가 없고. 세계의 중심이라던 청국도, 세계에서 가장 큰 나라라고 자부하던 러시아도 일본에 무릎 꿇고 말았으니 이제는 일본 외에 무슨 방도가 있겠나."

이완용은 일본의 위력을 몸소 경험하고 난 다음부터는 흉보면서 닮는다는 말이 더욱 무색하게 마음을 고쳐먹어야 했다.

가슴 속에 핀 꽃이
나비 날아가고 시들었다

들판에 뿌리박는 아픔은
오직 꽃잎을 내보이는 시련

굽이쳐 그리움이 흘러
처량한 풀벌레울음 스러졌다

이끼 슬은 음습한 가슴에
더 이상 눈부심을 담지 말자

조약체결의 날이 다가오자 일본은 조선 백성의 소요가 일어날 것을 대비해 청진, 함흥, 대구에 주둔하고 있는 일본군 병력을 경성으로 이동시켰다. 그리고 8월 22일에는 용산에 주둔한 제2사단을 동원해 경비를 담당하게 하였다.

'청국은 황소였고 러시아는 들소였고 일본은 암소다. 같은 쇠뿔에 받힐 바에는 암소 뿔에 받히는 것이 낫겠지.'

이완용은 장고 끝에 묘수를 찾아냈다. 언제든지 한일합방을 무효로 할 수 있는 방법을 찾아낸 것이다.

'그래, 현재의 황제(순종)가 아닌 효력 없는 태황제(고종)의 옥새를 찍는 거다.'

황실의 충신인 이완용의 결론이었다.

'아무리 나쁜 평화라도 전쟁보다는 낫다. 이게 다 조선의 평화를 위한 거다.'

1910년 8월 22일 어전회의에서 순종이 자신의 입장을 피력했다.

"짐이 대임을 물려받은 지 3년이 지났으나 아직도 나라와 백성이 곤궁하고, 원래 허약한 것이 쌓여 고질이 되고, 피폐가 극도에 이르러 만회할 가망이 없다. 지리함이 더욱 심해지면 끝내는 수습할 도리가 없다. 이에 짐은 결연히 결단을 내려 지금부터 선진 일본의 유덕한 천황에게 통치를 위탁하려 한다. 밖으로 동양의 평화를 공고히 하고 안으로 팔역의 민생을 보전하게 하려니 국세와 시의를 깊이 살펴 번거롭게 소란을 일으키지 말라. 일본제국의 문명한 정치에 복종하여 행복함을 함께 받으라. 신민들은 짐의 뜻을 헤아려라."

"오늘 하교는 부득한 것이옵니다. 폐하께서 수십 년을 통치하였다면 어찌 오늘 같은 날을 예측하지 못했겠습니까."

모든 책임이 태황제에게 있다는 이면용의 말이 끝나자 이완용이 말을 이었다.

"하교에 달리 드릴 말씀이 없사옵니다. 책임을 다하지 못한 죄황공할 따름입니다."

대신들이 더 이상 말을 않자 순종은 어명을 내렸다.

"총리대신을 전권위원으로 임명하니 통감과 합병조약을 맺으시오."

황제는 한일합병 조약 전권위원으로 이완용을 승인하고 전권을 자진해서 행사하도록 했다.

이날 오후 대한제국 전권위원으로 임명된 이완용이 윤덕영과 황제의 국새가 찍힌 위임장을 가지고 옥쇄가 있는 장소로 갔지만 순종의 옥쇄를 황후 윤씨(계비, 순정효황후純貞孝皇后)가 치마폭에 감추고 내놓지 않자 황후의 외숙부 시종원경 윤덕영이 옥쇄를 빼앗아 전권위원 임명장에 찍었다.

1910년 8월 29일 대한황제 조칙에 따라 대한제국과 일본제국 간의 한일합병 조약이 공포되었다. 내각총리대신 이완용과 제3대 통감 데라우치 마사다케寺內正毅가 조인했다. 이 때 양 사이를 오가며 협상을 성사시킨 사람은 이완용(일본어를 전혀 할 줄 몰라)의 전 비서였던 소설가 이인직이었다. 그러나 조약서에는 순종 옥쇄가 아닌 고종 옥쇄가 찍혀 있었으며 순종의 서명도 없었다. 이는 법적 조건을 갖추지 못한, 언제나 무효화할 수 있는 부실한 조약이었다. 하지만 이완용의 생각을 알 턱없는 대신들은 이완용 뒤에 서 있는 것만으로 위안을 삼았다.

한일합병 조약

1. 대한국황제폐하는 대한국 전체에 관한 일체 통치권을 완전히 또 영구히 일본국황제폐하에게 양여한다.

2. 일본국황제폐하는 앞 조항에 기재된 양여를 수락하고, 완전히 대한제국을 일본제국에 병합하는 것을 승낙한다.

3. 일본국황제폐하는 대한국황제폐하, 태황제폐하, 황태자전하와 그들의 황후, 황비 및 후손들로 하여금 각기지위를 응하여 적당한 존칭, 위신과 명예를 누리게 하는 동시에 이것을 유지하는 데 충분한 세비를 공급함을 약속한다.

4. 일본국황제폐하는 앞 조항 이외에 대한국황족 및 후손에 대해 상당한 명예와 대우를 누리게 하고 또 이를 유지하기에 필요한 자금을 공여함을 약속한다.

5. 일본국황제폐하는 공로가 있는 대한국인으로 특별히 표창하는 것이 적당하다고 인정되는 경우에 대하여 영예작위를 주는 동시에 은금恩金을 준다.

6. 일본국정부는 앞에 기록된 병합의 결과로 완전히 대한국의 시정을 위임하여 해당지역에 시행 법규를 준수하는 대한국인의 신체 및 재산에 대하여 전적인 보호를 제공하고 또 그 복리의 증진을 도모한다.

7. 일본국정부는 성의 충실히 새 제도를 존중하는 대한국인으로 적당한 자금이 있는 자를 사정이 허락하는 범위에서 대한국에 있는 국가 관리자에 등용한다.

본 조약은 대한황제폐하와 일본국황제폐하의 재가를 받은 것이므로 공포일로부터 이를 시행한다.

'시든 꽃잎도 평화롭게 떨어져야 해'.

총리대신 이원용, 시종원경 윤덕영, 궁내부대신 민병석, 탁지부대신 고영희, 내부대신 박제순, 농상공부대신 조중응, 시종무관장 이병무, 승녕부총관 조민희 8인이 참석해 한일합병 조약을 성사시켰다.

"조선의 황제가, 조선의 왕족들이, 조선의 각료들이 나에게 조선의 도장을 찍으라고 서로 나의 등을 떠밀지 않았느냐. 그래도 나는 이 협약을 언제든지 무효화 시킬 수 있도록 가짜 도장을 찍었다."

1910년 8월 29일 조선은 마지막 어진회의를 하고 한일합방 조약을 조인했지만 실질적인 국치일은 8월 22일이다. 이 일로 인해 8월 26일 순종황제로부터 이완용과 민병석은 금척대훈장을 받았고, 박제순, 고영희, 이용직, 조중응, 김윤식, 윤덕영, 이병무는 이화대훈장을 받았다. 1910년 10월 7일 이완용은 일본으로부터 귀족 작위인 백작을 받았는데, 이때 함께 작위를 받은 사람이 무려 75명이나 되었다.

이날 데라우치 마사다케가 고종의 따귀를 갈겼다는 설이 있으나 사실과는 거리가 있다. 망해가는 조선의 참담함보다 일본에 대한 두려움이 더 커서 나온 말이었다.

누가 이완용 때문에 조선이 망했다고 하는가. 외세가 없으면 나라를 지탱할 수 없는 나라가 조선이 아니던가. 조선 자체가 매국노 천지 아니던가.

당시 조선에는 노비가 절반이 넘었다. 상민이 2할, 중인이 2할, 양반 1할로 구성된 조선, 부패한 관리와 타락한 양반들에게 가혹하게 시달리던 노비와 상민은 한일합방을 무조건 환영했다. 일

본이 진보된 사상으로 양반과 천민의 차별을 없애줄 것으로 믿었
다. 과도한 세금과 잔혹한 통치에서 벗어날 희망은 일본뿐이라고
믿었다. 결국 주인 의식이 없는 못난 나라를 대한제국 황제가 일
본에게 통째로 넘겨주고 말았다.

이완용의 외침이 공허한 메아리일 때, '대한매일신보'에서는 '황
족 귀인과 조정대신들은 나라를 팔아먹은 '종'이라고 보도했다.

이로써 통감부는 조선총독부로 이름이 바뀌었고, 조선황제와
황실은 일반적인 이왕가李王家로 남게 되었다.

1910년 9월 10일 이완용은 총리대신 인장을 총독부에 반납하
고 모든 관직에서 사퇴했다. 그리고 그날 조선총독부 중추원 고문
에 입명되었다. 또 잔무처리수당 60원, 퇴직금 1,458원 33전, 조선
총독부의 은사공채금 15만 원을 받았지만, 실제로는 은사공채금
15만 원은 받지 못했고 매달 이자만 받다가 흐지부지되었다.

"명분 없는 전투에서 설치는 사람들이 가장 먼저 칼을 맞지."

당시 경상남도 마산에 머물던 박영효는 백작보다 높은 후작
작위와 함께 일본의 은사공채금 28만 원을 받았다. 이후 중추원
고문, 중추원 부의장, 귀족원 칙선위원, 조선통독부 산하 조선사
편수회 고문, 1926년 중추원 의장이 되었다.

박영효朴泳孝는 1861년 6월 12일(철종12년) 경기도 수원에서 태어났다.

본관은 반남潘南, 아명은 무량無量, 자는 자순子純, 호는 춘고春皐다 부인은
영혜옹주永惠翁主(철종의 서녀로 고종의 4촌)다. 1872년 음력 4월(고종9년) 11세 때
부마로 낙점, 금릉위錦陵尉에 봉작되었으나 3개월 만에 옹주와 사별했다. 부마의
재혼과 축첩이 불법인 당시, 고종의 특별 배려로 궁녀 3명이 하사되어 이들에게
자식을 얻었다. 갑신정변, 갑오개혁을 주도했고, 13만 8천 자에 달하는 개혁
상소문을 올려 세간을 놀라게 했다. 1883년 10월 31일(음력 10월 1일) 후쿠자와
유키치의 지원을 받아 '한성순보'를 창간하였다. 1920년 4월 1일 동아일보가
종로구 화동 128번지에서 창간되었다. 동아일보 창간을 주도했고 초대 사장이 된
박영효의 3대 정신은 민족주의, 민주주의, 문화주의였다. 1939년 9월 21일(79세)
경성에서 병사했다. 특이한 것은 장모가 숙의 범씨였는데, 자녀도 측실 범씨에게서
얻었다.

그동안의 한일협약을 간추려 보자.

1. 1904년 2월 23일 한일의성서, 일본이 대한제국을 군사적으
로 보호한다.

2. 1904년 8월 22일 1차 한일협약, 일본은 고문을 통해 대한제
국의 내정에 간섭한다.

3. 1905년 11월 17일 2차 한일협약(을사늑약), 외교는 일본이
대신한다.

4. 1907년 7월 24일 3차 한일협약(정미7조약), 일본이 국가행
정을 담당한다. (대한제국군대 해산과 고종황제를 강제 퇴위시켰
다.)

5. 1909년 7월 12일 기유각서, 사법권 교도행정권을 일본에 위
탁한다. (경찰권이 박탈되었다.)

6. 1910년 8월 29일 한일합방조약(경술국치), 한국의 통치권
을 일본에 이양한다.

이렇게 한일합방이 이루어지자 일본은 본격적으로 일본 도쿠시마 농사시험장에서 1907년 품종 개량한 우량 벼(초기 아끼바리)를 조선에 공급해 먼저 일본인 중심으로 재배하기 시작했다. 그리고 조선팔도 곳곳에 저수지를 만들고 수로를 정리해 지긋지긋한 봄 가뭄을 해소했다. 그런데도 조선의 농민들은 수확량이 형편없는 재래종 벼를, 가뭄 들면 바닥이 쩍쩍 갈라지는 하늘바라기 논에 재배하며 "왜놈 벼는 심지 않는다."고 고집을 피웠지만, 결국 다음 해부터 일본인을 따라 일본 개량종 벼를 심었다. 우량 벼는 전국으로 퍼져나가 1918년에는 65만 정보에 달했고 평판이 좋아 곧 150만 정보로 늘어난 다음, 1920년부터는 품질 좋은 쌀이 획기적으로 생산되었다. 일본은 조선에서 생산된 쌀을 조선인보다 더 높은 가격으로 사들여 군산항에서 일본으로 수송했다. 이에 조선의 농민들은 자신들이 생산한 쌀을 조선인에게 파는 것을 기피하고 일본 수출에 더욱 기를 올렸다. '식민지 수탈'이라는 말을 자세히 들여다보면 왠지 앞뒤가 맞지 않는다.

조선의 산이란 산은 전부 민둥산이었다. 산의 나무를 땔감으로 사용하여 비가 오면 홍수가 나고 가뭄 들면 농사를 망치는 일이 다반사였다. 큰 비가 와도 굶어죽고 가뭄 들어도 굶어죽는 현실인데 치산치수는 어디에도 없었다. 이때 산에다 수억 그루 나무를 심은 사람은 조선인이 아니라 일본인들이었다.

여름이면 파리가 들끓고 썩은 물이 공동우물로 흘러들어 수인성 전염병이 창궐하여 떼죽음을 당해도 조선에는 치료약이 없었다. 이때에도 일본이 서양 의약을 들여와 치료해 주었다. 저수지, 상하수도, 철도, 도로, 학교, 병원, 발전소, 공장을 건설하거나 설치한 탓에 조선의 인구는 거의 두 배로 늘어났다. 노비나 상민이 학교 가는 것을 싫어했어도 일본은 반 강제로 끌어다 교육시켰다. 불편한 진실이지만 글을 전혀 몰랐던 전체 인구 7할이 넘는 상민과 노비에게는 축복이었다. 죽을 때까지 짐승처럼 살며 가혹한 착취를 당해야 하는 노비가 해방된 것이다.

"무상하구나."

총리대신에서 물러난 이완용은 몇 날을 고심했다.

"일본이 조선을 장악하고 상민과 노비를 교육시켜 양반과 중인과 상민과 노비의 간격을 없애려고 저리도 애쓰는 걸 보면 조선은 일본의 단순한 식민지가 아니다. 아마도 오키나와 류큐국처럼 조선을 일본의 한 부분으로 만들려고 하는 거다."

생각이 깊어갈수록 앞날이 쓸쓸했다.

"나의 잘못으로 자식과 그 자식이 이어서 비루하게 살면 불행이겠지. 땅이라도 마련해 놓으면 그 땅에서 나오는 곡물로 굶주림은 면할 수 있겠지."

이미 황제에게 하사받은 가옥과 땅이 적지 않았지만 이완용은 다음날부터 마름을 시켜 저렴한 땅을 골라 매입하기 시작했다. 일본인들이 공장이나 창고 부지를 살 때 조선인보다 더 많은 돈을 지불하는 매매 방법을 답습해, 일전에 받은 퇴직금 1,458원과 자신의 모갯돈 전부를 산과 전답을 장만하는 데 쏟아 부었다.

이인직은 1862년 음력 7월 27일 경기도 이천에서 태어났으며 호는 국초^{菊初}, 본관은
한산이다. 도쿄 정치학교에서 3년 수학했고 1904년 러일전쟁 때 일본 육군 통역을
했다. 1906년 '국민일보' '만세보' 주필을 거쳐 1907년 대한신문사 사장이 되었다.
주요 저작으로는 '혈의 누', '모란봉', '은세계', '치악산' 등이 있고 1916년 11월
1일(54세) 사망했다.

1910년 조선이 한일합방 조약을 맺을 때 인도 시인 라빈드라나트 타고르가
'기탄잘리'(신에게 바치는 노래)를 벵골어로 발표했다. 그리고 2년 후
1912년 자신이 영어로 번역해 다시 발표하였고, 다음해 1913년 동양 최초로
노벨문학상을 받았다. 1861년 5월 7일 태어나 1941년 8월 7일 사망했다.

이상^{李箱}은 1910년 9월 23일(음력 8월 20일) 서울 종로구 사직동에서 태어났다.
본관은 강릉^{江陵}이며 본명은 김해경^{金海卿}이고 필명이 이상이다. 경성고등공업학교
건축부를 졸업했다. 시인, 소설가, 수필가, 삽화가, 건축가였다. 배우자는 초혼
평산 신씨(사별), 연심, 금홍(재혼), 변동림(삼혼)이다. 친구는 동기생 화가
구본웅이다. 1937년 4월 17일(28세) 일본 도쿄제국대학 부속병원에서 폐결핵으로
사망했고, 유해는 미아리공동묘지에 안장되었다. 작품으로 소설은 '날개', '종생기',
'단발', '실화' 등 12편이 있고, 수필은 '권태' 등 3편이 있고, 동화는 '황소와
도깨비'가 있고, 시는 '거울', '오감도' 등이 있다.

'예술사랑방'

　1906년 명신여학교(진명여학교, 숙명여학교 전신)를 세운 황
귀비 엄씨가 1911년 7월 20일 사망하자 이완용은 고종의 명으로
순헌황귀비^{純獻皇貴妃} 엄씨 신위를 봉안한 사당 덕안궁^{德安宮} 현판을
썼다. 엄씨는 상궁에서 1897년 영친왕 은을 출산하고 귀인, 순빈,
순비를 거쳐 1903년 황귀비가 되었다.

1912년 4월 14일 일요일 영국여객선 타이타닉호가 북대서양에서 빙산과 충돌 침몰했는데, 승객 2,224명 중 1,503명이 사망했다.

'시계는 바야흐로 오후 11시 40분을 가르치고 있었다. 프리트는 갑자기 앞에 무슨 물체가 있는 것을 보았다. 그것은 주위의 어둠보다도 훨씬 검은 것이었다. 처음에는 작았으나 그것은 점점 커지며 다가왔다.'(로드 '타이타닉호의 최후')

끝까지 승객구조를 지휘한 선장 에드워드 스미스의 시신은 찾지 못했다. 그러나 타이타닉호 소유주 브루스 이스메이는 몰래 보트에 뛰어내려 탔다. 또 타이타닉호 설계자인 토머스 앤드루스는 튼튼한 배를 만들지 못해 미안하다며 끝까지 배에 남았다. 타이타닉호의 음악가인 윌리스 히틀리는 승객들을 진정시키기 위해 8명의 악단과 함께 끝까지 남아 음악을 연주했고, 헤리엘킨스 와이너는 책을 가지러 선실로 들어갔다가 빠져나오지 못하고 타이타닉호와 운명을 함께 했다. 가까스로 살아난 그의 어머니는 아들의 모교 하버드대학에 350만 달러를 기증해 세계에서 두 번째로 큰 도서관(장서 350만 권)인 와이드너 도서관을 세웠다. 억만장자인 철강업자 벤저민 구겐하임은 가족과 하인만 보트에 태우고 "우리는 가장 잘 어울리는 예복을 입고 신사답게 갈 것."이라며 배에 남았다. 상속녀 페기 구겐하임은 상속재산으로 미국 미술 전설인 구겐하임미술관을 건립했다.

타이타닉에는 일본 철도청 근무자로 러시아에 파견되었다가 돌아가는 호소노 마사부미가 있었다. 마지막 구명보트 13호의 마지막 빈자리에 승선 구사일생으로 살아났지만, 여자와 어린아이들을 우격다짐으로 밀치고 구명보트에 승선했다고 보도되어 평생을 '비열한 일본인'으로 낙인찍힌 채 살아야 했다. 그는 1년 후 철도청에서 쫓겨났고 30년 동안 집안에서만 칩거하다가 69세 일기로 사망했다. 로렌스 비슬리 교수가 증언한, 무자비하게 여자와 어린아이들을 밀치고 탑승한 승객은 구명보트 10호의 중국인이었는데, 일본인으로 오해되어 탑승 기록이 밝혀지기 전인 1992년까지 비난받았다. 하지만 호소노 마사부미는 단 한 마디 어떤 변명도 하지 않았다.

'문제의 핵심은 세계를 변혁하는 일이다'

이런 캐치프레이스로 1912년 5월 5일 소련공산당 기관지 '프라우다'가 창간되었다.

공산주의 창시자 유대계 카롤 하인리히 마르크스는 1818년 5월 5일 독일 트리어에서 태어났다. 22세에 예나대학 박사학위 논문 '데모크리스토스와 에페크로스 자연철학의 차이'를 발표했으나 독일의 급진적 자유주의 사상 때문에 대학교수가 되지 못하고 30세 때 '공산당 선언'과 '자본론'을 출판하였다.

마르크스는 '계급투쟁은 지배 계급인 부르주아와 피지배 계급인 프롤레타리아 사이의 투쟁으로서 나타난다. 프롤레타리아는 부르주아에게 자신의 노동력을 판매하고, 부르주와는 그 대가로 임금을 받는 임노동자를 부려먹는다. 자본주의 체제는 내재된 결

함에 의해 자멸하고 사회주의 체제라는 새로운 체제로 대체될 것'
이라는 명언을 남기고 1883년 3월 14일(64세) 영국 런던에서 사
망했다.

당대의 명필이었던 이완용은 1912년 8월 12일 조선총독부 중
추원부의장에 임명되었다. 부의장은 실권 없는 자리였지만 이완용
은 창덕궁 황실이 후원하는 국내 최초 근대적 서화학교 '서화회'
를 창립했다. 서화회 회장은 이완용, 서과교수는 강진희, 정대유,
화가교수는 안중식, 조석진, 강필주, 김응원, 이도영이었는데, 이
들은 당대 최고의 서화가들이었다.

수업과정은 서과와 화과로 나뉘었고 야학원까지 두었다. 정
식 졸업생은 1914년 제1기 오일영, 이용우, 1915년 제2기 김은호,
1916년 제3기 박승무, 1918년 제4기 이상범, 노수현, 최우석 등
모두 17명이었다.

'예술사랑방'은 세도가, 선비, 미술애호가들이 모여 시회도 열
고 바둑도 두고, 소림(안중식) 심전(조석진) 선생의 그림을 보며
화평회를 열기도 하였다. 3.1운동 때 민족대표로 활약한 권동진,
오세창, 서예가 안종원, 나수연, 전의, 김창유, 우판인쇄소를 경
영하던 김석진, 박기양 등이 다녔다. 이완용도 사랑방에 자주 나
와 이들과 어울려 으레 서화를 대화로 삼았다. 저녁이 되어 술이
몇 순배 돌아 취흥이 도도해져도 이완용만은 주정이 없었다. 술을
마신 건지조차 분간할 수 없었다.

1912년 5월 25일 고종과 귀인 양씨 사이에서 태어난 덕혜옹주는 고명딸이다. 덕혜라는 호를 받기 전에는 복령당 아가씨로 불렸으며 경성 일출공립심상소학교 재학 중에 강제적으로 유학을 가서 일본 황족들이 공부하는 여자 가큐슈인^{學習院} 학교에서 수학했다. 1931년 대마도 번주인 백작 소 다케유키와 정략 결혼하여 이듬해 딸 소 마사에를 낳았으나 조울증과 조현병이 악화되어 1955년 이혼했다. 1962년 영친왕 부인 이방자의 협조로 창덕궁 수강재에 거주하다가 1989년 사망했다. 유해는 경기도 남양주시 금곡동의 홍유릉 부속림에 안장되었다.

1912년 5월 29일 러시아 니진스키 안무 주연의 '목신의 오후'가 프랑스 샤틀레 극장에서 처음 열렸다. 그 전의 누구도 생각지 못했던 독창적인 표현과 대담한 동작으로 춤을 추어 '춤의 신'이라고 칭송을 받는 등 발레 역사의 한 획을 그었다. 지구상 여덟 번째 불가사의라 불리기도 한다.

그래도 조선은 문화재가 뭔지 몰랐다. 석굴암이 처참하게 허물어지고 매몰되어 틈새마다 잡초와 이끼로 덮인 폐허로 변했는데, 일본인들이 먼저 석굴암의 가치를 알아보고 1912년부터 3년간 보수 증축 공사를 하여 원래 모습을 찾아 주었다.

1913년 10월 11일 이완용 앞으로, 일본천황(다이쇼)으로부터 직접 전갈이 왔다.

"귀하의 필법은 조선을 벗어나 동양 제일이라는 평을 들었소, 그 필법을 보고 싶으니 휘호 한 점 보내주셨으면 고맙겠습니다."

초대 조선총독 데라우치 마사타케(1910년 5월 30일부터 1910년 8월 29일까지는 조선통감, 1910년 10월 1일부터 1916년 10월 14일까지는 초대 조선총독)가 휘호를 받을 눈부신 비단을 중추원으로 보냈다.

그러자 이완용은 그날 특유의 일필 휘지로 14자의 글씨를 천왕이 보내온 비단에다 단박에 송 태조 조광윤에게 바친 영일시를 인용한 글을 써서 보냈다.

미리해저천산청未離海底千山晴 급도천중만국명及到天中萬國明 해저를 벗어나지 못한 세상은 어두웠는데 천중에 이르니 만국이 밝아지다.

이 시대에 태어나 대한민국을 이끌었거나 이름을 남긴 사람들을 보면,

이병철은 1910년 2월 12일 경남 의령군 정곡면 중교리 장내마을에서 태어났다. 본은 경주, 대한민국 기업인이며 삼성을 창업했다. 1936년 마산에서 협동정미소 창업, 1938년 대구 서문시장에서 삼성상회 설립, 1942년 조선양주 인수, 1951년 부산에서 삼성물산 설립, 1953년 제일제당, 1954년 제일모직 설립, 1964년 TBC방송, 1965년 중앙일보 설립, 그 외 전국경제인연합회 회장, 대한암협회 회장, 삼성전자, 삼성전기, 삼성종합건설주식회사를 설립했다. 1987년 11월 19일(향년77세) 서울 용산구 이태원 자택에서 사망했다.

백석은 1912년 7월 1일 평북 정주군 갈산면 익성동에서 태어났다. 본관은 수원, 본명은 백기행이고 필명이 백석이다. 정주오산보통학교 졸업, 오산고등보통학교 졸업, 일본 아오야마가쿠인대학(영어사범과)를 졸업했고. 1935년 8월 30일 조선일보에 시 '정주성'을 발표하여 등단했으며, 1936년 1월 20일 시집 '사슴'을 발행했다. 시인, 소설가, 번역가다. 월북 후 1959년 6월 부르주아 잔재로 낙인 찍혀 함경도 삼수군 협동농장 가축반에서 일하다 1996년 1월 7일(83세) 사망했다. 작품으로는 '나와 나타샤와 흰 당나귀', '흰 바람벽이 있어', '모닥불' 등이 있다.

서정주徐廷柱는 1915년 5월 18일 전북 고창군 부안면 선운리(길마재)에서 태어났다. 본관은 달성이며 호는 미당未堂이다. 어린 시절 서당에서 공부하다가 1924년 인근

줄포로 이사하여 줄포공립보통학교에 입학해 1929년 졸업했으며 14세에 상경하여
중앙보통학교에 입학했다. 1930년 광주학생항일운동 1주년 기념 학생운동을
주모한 혐의로 구속 퇴학당했다. 1931년 고창보통학교 2학년에 편입했으나
권고자퇴 당했다. 1935년 동국대학교 전신인 중앙 불교전문학교 입학하였다가
1년 후 자퇴하였다. 2000년 12월 24일(86세) 서울에서 사망했다. 시집으로는
'화사집', '귀촉도', '서정주시선', '신라초', '동천', '질마재 신화', '산시', '학이 울고 간
날들의 시', '늙은 떠돌이의 시', '80소년 떠돌이의 시' 등이 있다.

정주영은 1915년 11월 25일 강원도 통천군 송전면 아산리에서 태어났다. 호는
아산이며 1930년 통천 송전소학교를 졸업하고 가출했다. 1938년 쌀가게
복흥상회 개업, 1946년 현대자동차공업사 설립, 1947년 현대토건사 설립,
1950년 현대건설주식회사 설립, 1964년 현대시멘트공장과 단양시멘트공장 설립,
1967년 현대자동자주식회사 설립, 1970년 현대시멘트주식회사 설립, 1978년
아산사회복지사업재단과 현대고등학교 설립, 1983년 현대전자주식회사 설립,
그 외 1981년 서울올림픽 조직위원회 부회장, 1982년 유전공학연구조합이사장,
1987년 전국경제인연합회 명예회장과 한국정보산업협회 명예회장에 추대되었다.
2001년 3월 21일(85세) 서울 송파구 풍납동 서울아산종합병원에서 사망했다.

1917년 5월 29일 미국자유주의 상징 제35대 대통령 존 에프 케네디 메사추세츠주
브르클라인에서 태어났다. 제2차 세계대전에서 해군 장교로 근무했고 1948년부터
1953년까지는 하원의원, 1953년부터 1960년까지는 상원의원을 지냈으며 1960년
대통령에 당선되었다. 1963년 11월 22일(46세) 미국 텍사스주 댈러스에서 리 하비
오스월드가 쏜 총탄으로 사망했다.

박정희는 1917년 11월 14일 경북 선산군 구미면 성모사곡동에서 태어났다. 본관은
고령, 호는 중수다. 5,6,7,8,9대, 대통령으로 집권하는 동안 국가재건사업을
추진하여 경부고속도로, 서울지하철, 새마을운동, 중화학공업건설, 산림녹화사업,
식량자급자족실현, 조국근대화 등의 성공으로 대한민국을 반석 위에 올려놓았다.
1979년 10월 26일(61세) 서울 궁정동에서 중앙정보부 김재규의 암살로 사망했다.

윤동주는 1917년 12월 30일 중국 지린성 연변 용정에서 태어났다. 본관은 파평이고
평양숭실중학교, 서울연희전문학교를 졸업, 릿교대학 영문과, 도시샤대를 다녔다.
연희전문학교 2학년 재학 때 시를 '소년'지에 발표하여 등단하였다. 아명은
윤해환尹海煥이다. 1945년 2월 16일 일본 후쿠오카 형무소에서 사망했는데, 생체실험

당했다는 설도 있지만 사망의 직접적인 원인은 폐결핵이다. 사후 시집 '하늘과 바람과 별과 시'가 있다.

김두한은 1918년 6월 23일 경성부 종로에서 태어났다. 1935년 우미관 일대를 제패해 조선 상인을 보호, 1943년 경성특별지원청년단 조직, 1945년 건국준비위원회 참여, 1946년 대한민청감찰부장 겸 별동대총대장, 1947년 조선공산당 전위대장 정진영 살해 사건에 관련되어 사형선고를 받았다. (1948년 석방) 1949년 국가보안법으로 투옥, 1954년 대한민국 3대 국회의원, 1965년 보궐선거 용산구 한국독립당후보로 당선 6대 국회의원, 1966년 9월 22일 국무위원에게 똥물을 투척했다. 1972년 11월 21일 서울 성북구 정릉동에서 사망, 장례는 광복장으로 치러졌다. "이병철이 밀수를 할 수 있었던 것은 정부가 범죄를 저지를만한 환경을 조성해 줬기 때문이다. 민족주의를 파괴하고 재벌과 유착하는 부정한 역사를 되풀이하는 현 정권을 응징하고자 한다. 국민의 재산을 도독질 하고 이를 합리화시키는 당신들은 총리나 내각이 아니고 범죄 피고인에 불과하다. 그러니 우선 너희들이 밀수한 사카린 맛을 봐라."(김두한이 국회단상에 똥물을 투척하기 직전에 한 말이다)

청록파ᴮ鹿派는 1939년에 창간한 잡지 '문장' 추천으로 등단한 박두진, 박목월, 조지훈을 말한다. 1946년 세 사람이 을유문화사에서 발간한 공동시집 '청록집'에서 붙여진 이름이다. 자연 본성을 통하여 인간적 가치를 성취하는 시 창조를 공통하고 있다. 박목월은 1916년 1월 6일 경주에서 출생, 1978년 3월 24일 서울에서 사망. (대표작 '나그네') 박두진은 1916년 3월 10일 안성에서 출생, 1998년 9월 16일 서울에서 사망. (대표작 '해') 조지훈은 1920년 12월 3일 영양에서 출생, 1968년 5월 17일 서울에서 사망. (대표작 '승무')

1915년 3월 2일 조선총독부는 도로 개설을 위해 한양의 4대문 중 하나인 돈의문(서대문)을 철거 경매했다. 돈의문은 1396년(태조5년) 다른 성문과 함께 준공되었다. 경매 끝에, 205원 50전에 염덕기廉德基가 목재를 낙찰 받았고, 나머지 부속물은 총독부에서 관리하였으며, 6월에 철거가 완료되었다.

1916년 3월에 착공한 한강인도교가 1917년 10월 7일 준공되었다. 서울 용산구와 동작구를 잇는 거더교로 길이는 1,005미터다. 당시 조선총독 하세가와 요시미치長谷川好道(1850-1924)가 한강 보도를 직접 써 다리이름을 붙였다.

제1차 세계대전

제1차 세계대전은 1914년 7월 28일부터 1918년 11월 11일까지 유럽 중심으로 일어난 전쟁이다. 오스트리아 헝가리제국 왕위 후계자인 프란츠 페르디난트 대공이 1914년 6월 28일 사라예보에서 세르비아 국민주의자 가브릴로 프린치프에게 암살당했다. 이에 오스트리아 헝가리는 세르비아에 선전포고했고, 7월 28일 오스트리아 헝가리 제국이 세르비아를 침공하면서 제1차 세계대전이 시작되었다.

러시아가 총동원령을 내리자 독일은 룩셈부르크와 벨기에를 침공하고 프랑스로 진격했다. 이에 영국이 독일에 선전포고하자 독일은 프랑스에 머물렀고, 1914년 11월 오스만 제국이 참전하면서 코카서스, 메스포타미아, 시나이반도 등으로 전선이 확대되었다. 이탈리아와 불가리는 1915년, 루마니아는 1916년에 참전했고. 미국은 1917년 '세계민주주의'를 내세워 고립정책을 포기하고 참전하였다.

미국이 참전한 동기와 이유는 독일이 미국 참전을 저지하기 위해 짐머만 외상이 멕시코에 극비 전문을 보냈기 때문이다.

"미국이 참전하면 멕시코는 미국을 공격해 주시오. 이 전쟁에서 독일이 승리하면 멕시코가 미국에게 빼앗긴 영토를 되찾아 주겠소."

이 극비 전문을 영국정부가 입수하여 공개하였다. 이에 분노한 미국은 제1차 세계대전 참여를 선언했다. 미국이 침공 받으면 무자비하게 징벌하는 것이 미국정신인 것을 독일이 미처 몰랐던 것이다.

협상국의 승리로 전쟁이 끝나면서 독일제국, 오스트리아 헝가리제국, 러시아제국, 오스만제국이 해체되었다. 1917년 3월 러시아 정부가 붕괴되고 10월 혁명으로 인해 동맹국이 러시아 영토를 획득했다.

동맹국은 독일제국, 오스트리아 헝가리제국, 오스만제국. 불가리아왕국(1915) 등이고, 협상국은 영국제국, 러시아제국, 일본제국, 프랑스공화국, 벨기에왕국, 세르비아왕국, 몬테네그로왕국, 이탈리아왕국(1915년), 헤자즈왕국(1916), 포르투갈왕국(1916), 루마니아왕국(1916), 그리스왕국(1917), 중화민국(1917), 브라질(1917), 미국(1917), 시암(1917), 라이베리아(1917), 파나마(1917). 1918년에는 과테말라 등 5개국이 더 참여했다.

1차 대전에서 탱크, 비행선, 유보트 등 첨단병기들이 등장했는데, 1916년 9월 15일 영국이 전선에서 처음으로 탱크를 사용했다. 군 병력 사망 552만 5천 명, 민간인 사망 630만 명으로, 전쟁 중에 처음으로 군인보다 더 많은 민간인이 목숨을 잃었다. 1915년 5월 7일 1차 대전 중 독일잠수함이 영국 상선 루시타니아호 격침으로 1,198명이 사망했다.

볼셰비키

1917년 11월 9일 오후 5시에 창덕궁 대조전大造殿에 불이 났다. 대조전 서온돌에서 갑자기 치솟은 불길이 순정황후 처소까지 번졌고, 바람이 강하게 일자 순종이 거주하는 대조전 동쪽의 흥복헌까지 번졌다. 불은 희정당, 경훈각, 징광루 등지에 차례로 옮겨 붙었는데, 이 대화재로 대조전, 희정당, 경훈각, 징광루, 통영문, 요화당, 함광문, 정묵당과 내전에 소장되어 있던 귀중품 및 훈기, 훈장, 휘장, 기념장이 완전히 소실燒失되었다.

'볼셰비키'(좌익의 다수파라는 뜻)는 블라디미르 레닌(1870~1924)이 이끄는 러시아 사회민주노동당의 급진적공산주의 정당이다. 빵, 토지, 평화를 구호로 전쟁과 가난에 지친 대중을 지지자로 만드는 데 성공하였다.

1917년 2월에 러시아제국 군중이 혁명을 일으켰고 망명 중인 레닌이 돌아와 4월에 '4월 태제'로 부르주아혁명 완수, 프롤레타리아혁명 준비 착수를 발표하였다. 1917년 11월 7일(율리우스역

10월) '모든 권력을 소비에트로' 기치를 내걸고 '볼세비키 10월 혁명'을 일으켜 정권을 장악했다. 1918년 러시아공산당으로 이름을 바꾸고 7월 17일 반혁명세력인 백파白派가 차르(황제, 절대권위자)를 정치적으로 이용할 것을 염려하여 니콜라이 2세와 황제 일족을 모조리 총살했다.

"중산층을 세금과 인플레이션의 맷돌로 으깨버려라. 더 이상 노력으로 계층 상승이 불가능한 사회를 만들어라. 다수의 빈민층들이 가진 자를 혐오하게 만들어라. 국가 공권력 및 구호품에 절대적으로 의존하게 만들어 공산당정부를 절대적으로 지지하게끔 조정하는 것이 공산당 유지의 비결이다."

이것이 블라디미르 레닌의 선동 사상이었다.

볼세비즘

1 반자본주의 정치 경제체제를 수립 권위적, 중앙 집중적, 폭력적 수립을 선호한다.

2 정체관리에서 전체주의방식을 따른다.

3 모든 혁명운동에서 우경투항주의 배경에 반대한다.

4 다수에 의한 민주적 결정, 절차주의를 배격하고, 사상적 목적의식에 의한 이념적 국가성립을 목표로 한다.

5 모든 경제 관리에 급진적인 통제주의 방식을 선호한다.

6 인류문명의 지속적인 진보와 인간성 숭배 및 전투적 무신론의 경향을 가진다.

볼세비즘은 시대성을 초월해서 존재하는 이상주의理想主義적 과격혁명파의 일반적 경향이다.

고종의 승하昇遐

1918년 3월에 창궐한 스페인 독감이 전 세계로 확산되었다. 조선에도 무오년 독감으로 들어와 인구 1,600만 명 중 절반이 감염되었고 14만 명이 사망했다. 변변한 치료제가 없어 1920년 전 세계 5천만 명이 사망하고 집단면역으로 종식되었다.

1919년 1월 21일(음력) 오전 6시 조선의 제26대 왕이자 대한제국 초대황제인 고종(68세)이 덕수궁 함녕전에서 훙거薨去했다.

'건강했던 고종이 식혜를 마시고 반 시각도 안 되어 경련을 일으키고 죽었다. 고종 승하 후 2명의 궁녀가 의문사 했다.'
이렇게 고종이 일제 사주로 인한 윤치호에게 독살되었다는 말과 이완용이 독을 탄 음료를 직접 궁녀에게 전해주었다는 말이 떠돌았는데, 이는 전혀 상관없는 낭설이다.
고종의 서거는 심장마비가 주된 사망 원인이었다. 그러나 고종의 독살설로 인해 3월 3일 국장國葬일에 맞추어 독립운동이 동시다발적으로 일어났는데, 그 중에 하나가 1919년(기미년) 3.1독립만세운동이었다.

조선총독부 중추원에 장의실이 마련되었고 일본대표는 총독부 정무총감 야마가타 이사부로山縣伊三郞였고 조선대표는 이완용이었다. 이때 고종황제의 일대기, 행장과 덕행을 칭송하고 유교를 통치이념으로 한 조선왕조의 의례 산물이자 왕실문화 정수를 담고 있는 시책문諡册文을 이완용이 썼다.

고종은 1852년 9월 8일(음력 7월 25일) 운현궁에서 태어났다. 이름은 재황載晃, 휘는 형㷗, 회㷈다. 배우자는 명성황후이며 자녀는 9남 4녀를 두었는데, 명성황후 소생 순종 이척, 귀인 장씨 소생 의친왕 이강, 황귀비 엄씨 소생 영친왕 이은, 복녕당귀인 양씨 소생 덕혜옹주이고 나머지 자녀들은 일찍 사망하였다. 시호는 문헌무장인익정효태황제文憲武章仁翼貞孝太皇帝이고 능묘는 홍릉이다. '비둘기 집'을 부른 가수 이석李錫은 의친왕 이강의 열한 번째 아들이다.

운명

1919년 2월 고종 장례 준비가 한창일 때 손병희가 이완용을 찾아왔다.

"대감이 불교옹호회 회장이시니 불교신도를 대신해 이번 독립만세운동에 민족대표 중 한 사람으로 참여해 주셨으면 좋겠습니다."

독립선언서 33인 중 천도교 대표로 참여하는 손병희가 거듭 참여를 부탁했다.

"사람들이 모두 나를 민족반역자, 매국노라고 욕하는데 지금 독립만세운동에 참여한다고 애국자라 하겠습니까."

이완용은 자기 자신의 이율적 배반을 용납할 수 없었다. 민족의 영웅으로 남을 수 있는 좋은 기회라는 것도 잘 알고 있었지만, 한순간의 과장된 충정으로 지금까지 행적을 양심에 묻는다면 두고두고 고통이라고 생각되었다.

"나라가 풍전등화이고 백성들이 무지한 핍박을 받고 있는데 대감 같은 큰 어른이 헤아려 주셔야 합니다."

"제가 예전에 만민공동회를 개최하여 성황리에 마쳤지만 변한게 아무것도 없습니다. 지금 상황도 그때와 별반 다르지 않은 듯싶습니다. 또한 겨우내 지독한 해소 기침으로 몸이 많이 상해 나들이하기에도 벅찹니다."

손병희는 이완용이 십여 년 전에 다친 폐 때문에 해소 기침으로 고생하고 있다는 것을 익히 알고 있었지만 몰골이 이렇게까지 수척해진 줄은 몰랐다. 더 이상 서로에게 실망을 주는 대화를 나눌 수 없었다.

"잘 알았습니다. 부디 건강하시고 뜻있는 일에 힘을 보태주시오."

"좋은 결과가 있기를 바랍니다. 조선의 부끄러움 없는 대표로 그 이름이 길이길이 남을 겁니다."

이완용은 하염없이 잡고 있던 손병희의 손을 그만 놓았다.

3.1 만세운동이 격화되자 이완용은 무고한 희생을 막고자 자제를 권하는 호소문을 발표했다. 대부분 친일파들이 숨어 있을 때 일본의 힘을 누구보다 잘 아는 이완용이 나서서 소신의 목소리를 굽히지 않았다.

"우리의 힘은 말할 수 없이 부족하다. 나라를 지탱할 황제도 내각도 군대도 아무것도 없는 현실에서 경거망동하면 이는 조선민족을 소멸하는 것이다. 섶을 지고 불속에 뛰어들지 말고 각자각별히 몸조심해 실력을 길러라."

이완용의 호소문을 일부 사람들은 조선독립운동을 방해하는 경고문이라고 비난했다.

이완용은 제2대 총독 하세가와를 찾아갔다.

"조선인민이 다치지 않도록, 그 악영향이 다른 곳으로 퍼지지 않도록 노력하여 주시오."

이완용은 일본의 강한 힘에 눌려 할 수 없이 협력은 하지만 아부는 하지 않았다.

1919년 8월 13일 조선총독부 제3대 총독 사이토 마코토가 부임하자

"일본인에 의한 조선인 차별과 멸시를 없애고, 각 도마다 조선인으로 구성된 의회를 구성하여 조선인의 참정권을 보장해 주시오."

이완용이 부탁을 하자 사이토는 대부분 들어 주었다. 이완용의 '실력양성론' 사상은 젊은 지식인들에게 민족개조론으로 전파되어 발전하였다.

정을 채워야 하는 가슴에
그동안 무엇을 채우며 살았나
한 송이 꽃 지는 아픔이
근간을 훼손하는 후회
오백년 이화의 그늘아래서
뿌리 깊은 제도를 손질할 때
세월이 등 뒤에서 바라보았다

1920년 9월 28일 유관순(18세) 열사가 서대문형무소(수인번호 371번)에서 가혹행위로 세상을 떠났다.

유관순 열사는 1902년 12월 16일 충청남도 목천군 이동면 지령리(현, 천안시 병천면 용두리)에서 태어났다. 이화학당고등과 신입생 16세의 유관순 열사는 1919년 3월 1일 탑골 만세운동에 참여했고, 연이어 3월 5일 도심 만세시위에도 참여했다. 3.1 만세운동으로 일제가 임시 휴교령을 내리자 고향인 충남 천안으로 내려와 아우내장터(병천 장날)에서 4월 1일(음력 3월 1일) 만세 시위를 주도하다 체포되어 공주경찰서 감옥으로 이송되었다. 이 날 아버지 유중권과 어머니 이소제가 현장에서 일본헌병 총에 의해 사망했다. 1919년 5월 9일 공주법원의 1심 재판에서 소요죄 및 보안법 위반으로 징역 5년을 선고 받았다. 이에 불복한 유관순은 항소하여 그해 6월 30일 경성복심법원에서 징역 3년을 받았지만 상고를 포기했다. 그러나 1920년 4월 28일 영친왕이 일본왕족 이방자와 결혼하면서, 특사로 형이 1년 6개월로 감형되었다. 계속되는 옥안의 독립만세운동으로 모진 고문을 받아 형기 3개월을 남기고 옥사했다. 10월 14일 정동교회에서 장례식을 치르고 이태원공동묘지에 안장되었는데, 1937년 이태원공동묘지가 택지로 조성되면서 묘를 미아리 공동묘지 또 망우리 공동묘지(이태원묘지 무연고분묘 합장 비)로 이장되었으나 실전되었다. 1995년 개교 100주년 때 이화여고는 유관순 열사에게, 옥사 76년 만에 명예졸업장을 수여했는데, 친조카 유제우가 유족대표로 명예졸업장을 받았다.

4월 1일은 성환 장날이었다. 중리 사는 경성 유학생 이영주(훗날 제1공화국 성환 초대 면장) 등이 고향으로 내려와 장에 온 손님으로 가장하고 정오를 기해 만세운동을 펼칠 모의를 했다. 밤새도록 저마다 태극기를 손으로 직접 그리고 만들어, 품안에 또는 장바구니에 숨겨 장터로 왔지만 모두 허사가 되고 말았다.

성환은 군사와 교통의 요충지다. 일전에는 청국군이 주둔했고, 곧바로 청국군이 청일전쟁에 패해 돌아갔지만 이번에는 전쟁에 승리한 일본군이 주둔했다. 일본은 성환의 특산물 사금과 쌀과 과일을 중요시했지만 그보다 청일전쟁의 승리로 대륙으로 진출하는, 그리고 대내외적으로 일본이 강국이라는 것을 보여준 특별한 고장이기 때문이다.

일본군은 무슨 낌새를 맡았는지 장터 곳곳에서 총을 메고 칼을 차고 살벌하게 사람들을 경계하고 있었다. 유학생들은 그만 기가 죽어 만세운동을 펼칠 엄두를 내지 못하고 각자 도망치듯 집으로 돌아와 밤새워 만든 태극기를 아궁이 깊은 곳에 처넣고 불태워 흔적을 지워야만 했다.

일본군이 없는 곳에서 만세운동이 일어났는데, 안성에서는 최은식(21세) 주도로 주변 주민들 천여 명이 원곡면사무소로 몰려가 독립만세를 외쳤다. 그리고 주민들은 면장과 면서기들을 밖으로 끌어내어 인접마을 양성면까지 만세를 부르며 걷게 하였다. (만세행렬이 지나간 원곡면과 양성면 사이에 있는 성은고개를 '만세고개'라고 부른다.)

양성면에 도착한 군중들은 양성주재소로 몰려가 순사들을 끌어내 만세를 부르게 하고 일본인들을 모두 추방한 다음 양성주재소, 면사무소, 우편소를 불태웠다. 또 일본인이 운영하는 잡화점과 고리대금업 가게도 부수었다. 다음 날 새벽에는 원곡면사무소도 부수고 서류를 모두 불태웠다. 이로써 양성면, 원곡면은 1919년 4월 1일부터 이틀간 일본인을 몰아내고 한순간의 해방을 맛보

왔다.

상해 임시정부

1918년 1월 미국 제28대 대통령 우드로 윌슨이 '민족자결주의'를 제기하자 독립 운동가들은 여기에 고무되어, 3.1 만세운동 후 독립운동을 계속 확대하기 위해 1919년 4월 10일 각 지역의 교포 1천여 명과 신한청년당이 주축이 되어, 29인 임시의정원 제헌의원이 모여 논의했다. 이때 공산주의 확장 야욕이 강했던 소련 스탈린이 200만 루불을 지원해 주었다.

4월 11일 임시의정원 회의에서 국호를 '대한민국'으로 정하고 민주공화국을 기반으로 입법, 행정, 사법의 3권 분리와 대통령제를 도입했다. 그리고 선거를 통해 국무원을 구성했는데, 국무총리 이승만, 내무총장 안창호, 외무총장 김규식, 군무총장 이동휘, 법무총장 이시영, 교통총장 문창범 이렇게 6부 총장을 임명하고 마침내 1919년 4월 11일 임시정부 수립을 선포했다.

4월 22일에는 의정의원 57인과 국내 8도 대표와 러시아령, 중국령, 미국령 3개 지역 대표가 지역 선거를 통해 의정원 의원을 선출하였는데 의장에 이동녕, 부의장에 손정도가 선출되었다.

임시정부는 영국, 프랑스, 독일, 미국의 조계가 위치하고 있어 일본의 영향력에서 벗어날 수 있는 여건이 좋은 장소였다. 특히 우호적인 프랑스 조계에 주거지를 두어 자유로운 독립운동을 할 수 있었다.

초기 활동을 보면 6월 내무총장으로 취임한 안창호가 임시정부 통신기관인 교통국, 국내 비밀연락망인 연통제를 조직하여 기관지 및 독립신문을 발행하고, 각종 외교선전활동을 전개하며 이승만과 대립하기도 하였다.

1919년 9월 11일 상해임시정부 임시헌법을 제정 공포하고 이승만을 초대 대통령으로 선출하였다. 이승만은 대통령을 1925년 3월 23일까지 역임했다. 그러나 국무총리 이동휘가 공산 혁명을 부르짖어, 미국식 자유민주주의를 주장하는 대통령 이승만과 국무회의 석상에서 잦은 충돌로 갈등을 빚었다. 이 당시 일본이 내건 현상금은 김구와 함께 임정요원 대부분은 200원에서 300원이었는데, 이승만은 이보다 열배가 넘는 3,000원이었다.

1919년 9월 2일 독립투사 강우규(66세)가 서울역에서 신임총독 사이토 마코토에게 포탄을 투척했으나 포탄은 빗나갔고 환영 나온 일제 관헌 37명이 중경상을 입었다.

"내가 하고자 하는 말은 이 늙은이가 구구하게 생명을 연장하자는 것이 아니다. 동양 3국의 위대한 장래를 힘주어 말함이다. 재판장이여, 나는 이미 죽기로 맹세한 사람이니 아무쪼록 당신네들은 널리 동양 전체를 위하여 평화를 그르치지 말기를 기원할 뿐

이다."(재판 중에 남긴 말)

斷頭臺上猶在春風 단두대상유재춘풍

有身無國豈無感想 유신무국기무감상

단두대상에 홀로 서니 춘풍이 감도는 구나

몸은 있으나 나라가 없으니 어찌 감회가 있으리오.

이 한시는, 거사 후 현장에서 빠져나와 오태영의 소개로 장이
규, 임승화 집에 숨어 다니다 총독부 고등계형사 김태석에게 붙잡
혀 그해 11월 29일 서대문형무소에서 교수형을 집행당할 때 유언
으로 남긴 시이다.

강우규 의사는 1855년 4월 20일 평안도 덕천에서 태어났으며 본관은 금천, 호는
왈우이고 독립운동가, 한의사였다. 1920년 11월 29일 서울 서대문형무소에서
교수형으로 사망했다.

영친왕과 이방자

1920년 4월 28일 조선 마지막 황태자, 의민태자 영친왕(이은)
이 일본의 황족 이방자와 도쿄 롯폰기에서 결혼했다.

1907년 헤이그 밀사 사건으로 고종황제가 일본에 의해 강제
퇴위당하고 순종이 그 뒤를 이었는데, 그 해 황태자로 책봉된 영친
왕은 이토 히로부미 손에 이끌려 일본으로 건너갔고 철저히 일본

식교육을 받았다.

영친왕에겐 이미 민갑완이라는 약혼녀가 있었지만 일본의 정략 결혼으로 일본 방계 황족 가문의 딸인 나시모토노미야 마사코梨本宮方子(이방자)와 강제 결혼했다.

조선총독 사이토 마코트는 이은과 이방자의 결혼을 내선일체內鮮一體의 표본으로 선전하였고, 중국 상해에서 발행되는 '독립신문' 에서는 '이은은 원수의 여자와 결혼한 금수禽獸이며 적자賊子'라고 비난했다.

영친왕은 1897년 10월 20일(융희 원년, 친모 순헌황귀비 엄씨) 한성부 경운궁에서 태어났다. 영친왕은 의친왕보다 20살 어린 동생이지만 고종의 의지에 따라 황태자로 봉해졌다. 제2차 세계대전이 끝난 후, 미군에게 배포된 한국 관한 정보에 영어로 번역된 '아리랑'이 수록되어 있었는데, 영어 번역자가 영친왕이었다. 그림 그리기를 좋아해 일본 최고의 화가 후지시마 다케지藤島武二에게 사사하기도 했다. 1945년 일본의 무조건 항복 후 재일 미군정이 주최한 만찬에서 우연히 이승만을 만난 영친왕이 넌지시 자신의 귀국을 전했으나. "오든 가든 마음대로 하시구려."라며 이승만이 홀대했다. 1970년 5월 1일(72세) 서울 종로구 와룡동 창덕궁 낙선재에서 사망했다. 장례는 9일장으로 5월 9일 창덕궁 희정당에서 거행한 후 경기도 남양주시 금곡동 아버지와 형이 안장된 홍릉, 유릉 능역의 영원에 묻혔다. 종묘 정전에 '의민태자懿愍太子 영왕英王' 마지막 왕족으로 배향되었다.

이방자(세례명 마리아)는 1901년 11월 4일 일본 도쿄에서 태어났으며 1921년 장남 진晉을 낳았다. 이듬해 조선 방문 중 경성에서 아들이 갑자기 사망했는데, 첫돌도 채 지나지 않았다. 1931년 둘째아들 구玖를 낳았다. 대한민국 정부에서는 부부를 한국인이라고 인정하지 않아 무국적자로 고된 삶을 살다가 1963년 박정희 국가재건최고회의 의장 초청으로 가족과 함께 귀국하여 한국 국적을 회복하고 창덕궁 낙선재에서 기거했다. 1967년 장애인을 위한 명휘원明暉園을 설립하였고 1971년 자애학교慈愛學校를 설립했다. 1989년 4월 30일 사망하여 국민장으로 치러졌으며 경기도 남양주 금곡동 홍릉 유릉의 영원에 의민태자와 합장되었다.

신위는 종묘 정전에 마지막으로 올려졌다.

이 무렵 1920년 3월 5일 대정실업친목회에 의해 일반신문 '조선일보'가
창간되었다. 초대사장 조진태, 2대 사장 유문환이었지만 1921년 4월 8일
송병준이 인수했고, 3대 사장은 남궁훈이었다. 다시 1924년 9월 13일 신석우가
인수해 4대 사장은 이상재였다. 그 후 5대 사장 신석우, 6대 사장 안재홍, 7대
사장 유진태, 8대 사장 조만식을 거쳐 9대 사장 방응모가 취임했다. 1933년부터
1936년까지는 부사장 이광수의 영향으로 '민족개량주의' 성향을 띠었다. 1940년
총독부의 민족말살 정책으로 발행이 중단되었다가 1945년 11월 23일 미군정
지원으로 복간되자, 백범 김구는 '유지자사경성有志者事竟成, 뜻을 지닌 자는 성취할 수
있다'는 친필 휘호를 보내고 축하했다.

1920년 10월 18일 천주교 조선교구가 설정되었다. 교구란 말은 로마제국
행정구역 명칭에서 유래되었다. 13세기 이후부터 교황에 의해 임명된 주교를
중심으로 한공동체를 이루고 있는 하느님 백성의 교회를 의미한다. 1831년 9월
9일 로마교황 그레고리오 16세에 의해 조선에 설정된 조선 대목구代牧區를 편의상
조선교구로 부르고 있었다. 포교지는 1784년 이승훈李承薰이 북경 북당에서 세례를
받고 정식신자가 되어 귀국하면서 조선교회가 창설되었다.

흑하사변 黑河事變

봉오동 전투

 1920년 5월 7일 백삼규 대한독립단 부총재가 일본군에게 피살되었으나 간도국민회의 홍범도洪範圖, 최진동, 안무 등이 이끄는 대한북로독군부 대한 독립군연합부대가 1920년 6월 7일 만주 봉오동 전투에서 일본군 19사단 월강 추격대대를 격파했다. 봉오동 전투는 독립군이 일본군과 싸워 처음으로 이긴 전투이다. 일본군은 157명이 죽고 300여 명이 부상당했지만 독립군은 10여 명만 부상당했다.

 홍범도는 1868년 10월 12일(고종5년) 평안도 평양 서문안 문열사에서 태어났으며 본관은 남양, 호는 여천이다. 의병장, 독립운동가, 군인이었다. 사냥꾼으로 활동하여 사격술에 능했다. 1910년 한일병합 조약이 이루어지자 만주로 가서 독립군을 이끌었다. 1886부터 1895년까지 포수 생활을 하던 중 포수들의 지지를 얻어 포계砲契라는 포수 권익단체를 만들어 대장이 되었다. 봉오동 전투를 치르고 불과 4개월 후 청산리전투에 참여해 많은 활동을 했지만, '흑하사변' 때 소련군에 편입되었다가 1922년 무장 해제가 되자 러시아 시민으로 남아 두 번째

부인과 재혼했다. 1937년 소련공산당에 정식 입당했고, 스탈린의 이주 정책으로
카자흐스탄으로 강제 이주되었다. 이후 고려인 극장에서 희곡작가 태창춘의
배려로 수위장을 맡았고, '홍범도 일지'를 토대로 한 연극 '홍범도'가 상영되기도
하였다. 1943년 10월 25일(75세) 노환으로 카자흐스탄 크즐노르다 공동묘지에
묻혔다. 지금도 크즐노르다에는 홍범도 거리가 있다. 공중에 동전을 던져 맞추고,
먼 거리에서 총을 쏴 총알이 유리병 입구를 통과해 병 바닥을 맞히는 신기를 가진
명사수였다는 일화가 있다. 또 산속 수 백리를 축지법으로 숨어 다녀 이때 '날으는
홍범도'라는 별명을 얻었다.

청산리 대첩

1920년 10월 20일 청산리 대첩은 김좌진金佐鎭, 나중소羅仲昭, 이
범석李範奭이 지휘하는 복로군정서군과 홍범도가 이끄는 대한독립
군이 간도에 출병한 일본군을 청산리 일대에서 격파한 전투다.

일본군이 계속 진격해 오자 더 이상 후퇴할 수 없음을 판단한
김좌진은 일본군과 일전을 벌이기로 결정했다.

"청산리 계곡은 동서로 50리가 넘는 긴 계곡이며 아울러 동행이
불편할 정도로 울창한 삼림지대다. 백운평白雲坪 고갯마루 중심으
로 양쪽에 매복해 있다가 협공한다."

김좌진 부대와 이범석 부대는 지체 없이 계곡 양쪽에 매복했다.
오전 9시 경 야스가와安川가 이끄는 추격대가 매복 지점에 이르렀
다.

"사격 개시!"

명령과 함께 대한독립군은 계곡 아래에서 힘겹게 기어오르는 일
본군을 향해 일제히 사격을 가해 순식간에 전멸시켰다. 뒤이어 야

마타山田가 이끄는 본대가 도착하자 다시 치열한 총격전이 벌어졌다. 이미 유리한 지형에 위치한 독립군 공세에 일본군은 2백여 명의 전사자를 남기고 패퇴하였다. 그러나 김좌진은 퇴각하는 일본군을 추격하지 않고 독립군을 갑산촌甲山村으로 이동시켰다.

그 무렵 이도구 완루구에서 홍범도 부대가 일본군 공격을 받았는데, 홍범도 부대는 포위에서 빠져나와 야간에 일본군 중앙을 공격해 일본군 4백 명을 사살하고 김좌진부대가 있는 갑산촌으로 이동했다.

10월 22일 김좌진이 이끄는 독립군은 어랑촌漁郎村에 주둔한 일본 기병부대 일부를 전멸시키고, 어랑촌 부근 고지에서 일본군 부대와 총격전을 벌일 때 홍범도 부대가 뒤에서 공격해 커다란 승리를 거두었다. 10월 23일부터는 일본군 수색대와 산발적인 전투를 벌이면서 고동하古洞河 상류로 이동했다. 25일 밤 일본군이 독립군 야영지를 급습하자, 독립군은 역습으로 적을 공격해 일본군은 새벽에 퇴각하였다.

1920년 10월 20일부터 10월 26일까지 10여 차례 전투에서 일본군은 연대장을 포함 1,200명이 사살되었고 대한독립군은 1백여 명 내외가 전사했다. 청산리 대첩은 대한독립군 사상 가장 큰 전투였으며 가장 큰 전공을 세운 전투였다.

연이어 대한독립군이 일본군을 격파하자 일본은 조선 민심을 달래려고 1920년 12월 29일 이완용을 후작으로, 그리고 나머지 사람들도 작위를 모두 승격시켰다. 1924년 아들 이항구는 남작 작위를 받았다.

김좌진은 1889년 12월 16일 충남 홍성군 갈산면 행산리에서 태어났다. 본관은 안동, 자는 명여^{明汝}, 호는 백야^{白冶}이고 대한제국 육군무관학교를 졸업한 군인이자 정치인이다. 1930년 1월 24일(40세) 중국 만주지방 지린성에서 공산주의자 박상실에게 피살되었다. 일찍이 학교를 세워 조선의 교육에 힘을 보탠 김좌진은 여러 편의 시를 남겼다.

칼머리 바람에 센데 관산 달은 밝구나
칼끝에 서릿발 차가워 고국이 그립도다
삼천리 무궁화동산에 왜적이 웬 말이냐
진정 내가 님의 조국을 찾고야 말 것이다

흑하사변

1917년 공산주의 혁명이 러시아 전역을 휩쓴 후, 1921년 6월 28일 오후 4시쯤 중, 소 국경지대 스보보드니(자유시)에서 참변이 일어났다.

대한독립군은 일본군(독립군토벌대 5만 명)을 피하고 항일 근거지를 마련하기 위해 조직을 대한독립군단으로 규합하고 연해주로 이동하기로 결정했다.

1921년 3월 중순부터 자유시에 집결한 독립군 부대는, 최진동, 허욱의 총군부군대. 안무, 정일무의 국민회군.홍범도, 이청천의 독립군, 김좌진, 서일의 군정서군, 김표돌, 박공서의 이남군, 임표, 고면수의 이항군(사할린 용대), 오하묵, 최고려의 한인자유대대 등 1,900여 명에 달했고, 뒤늦게 소련인 갈란다라시빌리가 중무장한 부대를 이끌고 합류했다.

대한독립군이 한곳에 모이자 군권 장악을 위한 치열한 암투가 전개되기 시작했다. 이때 이미 소련에 귀화한 오하묵은 국제공산당 동양비서부와 교섭해 재한인무장군을 통괄할 수 있는 '고려혁명정의회高麗革命軍政議會'를 세웠다. 그리고 임시군정회의에서 총사령관 갈난다라시빌리, 부사령관 오하묵, 참모총장 유수연, 위원에 김하석, 채성룡을 임명하였다. 그리고 군정회의 병력 강화를 위해 갈난다라시빌리의 부대 코카서스 기병 600명, 오하묵의 한인부대 600명을 부속시키고 공산주의 선전을 위해 이르쿠츠크 공산당정치학교 1회 졸업생 16명을 대동했다.

"공산당은 믿을 수 없다."

김좌진은 1921년 6월 2일부터 독립군 무장 해제를 요구하는 소련공산당의 수상한 행적을 간파하고 극비리에 자신의 부하를 거느리고 흑룡강을 건너 중국으로 돌아갔다.

6월 22일부터 다시 무장 해제를 요구하는 군정회의에 각 단체 독립군은 완강히 반대했다. 독립군의 너무 큰 저항에 군정회의는 강제 무장 해제를 결정했다.

"신무기를 제공할 테니 대한독립군은 스보보드니 급수탑 주변으로 집결하라."

전달 받은 대한독립군이 급수탑부근에 집결하자 곧바로 비극의 '흑하사변'이 일어났다.

사방 길이 막혀 물러설 수 없는 곳이었다. 소련 적군의 전설적인 빨치산 갈란다라시빌리 사령관이 이끄는 기마부대와 2대의 장갑차와 30문의 기관총과, 부사령관 고려공산당 오하묵 부대의 자유대대가 연합하여 기습 공격을 가했다. 어제까지 함께 싸웠던, 한 조각도 의심할 수 없었던 동지가 이렇게 무자비한 공격을 가할 줄은 꿈에서도 몰랐다.

아비규환 속에서 대한독립군은 살기 위해 제야강 쪽으로 내달았으나 기마병 추격에 대부분 고꾸라지고 그나마 도망친 사람들도 강물에 휩쓸리고 말았다.

소련 적군과 고려공산당 자유대대의 공격으로 대한독립군 270여 명이 사살되었고, 31명이 익사, 59명이 행방불명되었으며 1천여 명이 포로가 되어 소련 볼셰비키 혁명군으로 편입되었다.

대한독립군 숨통을 확실하게 끊어놓은 것은 정작 일본군이 아니라 공산주의 조선인과 소련 볼셰비키였다.

약소국 대한독립군이 타국에서 처참하게 살해되었으나 조선은 아무 말이 없었다. 이후 소련으로 끌려간 독립군은 이듬해 해체되어 일부는 중국으로, 일부는 고향으로, 나머지는 소련에 귀화하여 완전히 자취를 감추었다.

그 후 만주독립군으로 활약했다는 단체나 사람들은 대부분 독립군 이름을 도용한 마적이었다.

지금도 흑하사변은 버림받은 역사로 남아 있다.

1922년 1월 9일 박종화, 홍사용 등이 순수 문예지 '백조'를 창간했다. 낭만주의 중심의 내용으로 3호까지 발간되었다. 동인은 홍사용, 현진건, 이상화, 나빈, 박종화, 박영희, 노자영 등으로 구성하여 낭만파 또는 백조파로 불리었다.

1922년 3월 제1회 조선미술전람회 서예부분 심사위원으로 이완용이 위촉되었고, 여기에 갑신정변을 주도한 박영효와 김돈희, 서병호 등 당대의 명필들이 함께 했다. 3.1운동 당시 독립선언서에 민족대표로 서명해 3년 옥고를 치른 오세창이 서예부에서 2등상을 받았다. 이완용은 사망하기 한해 전인 1925년 4회까지 서예부분 심사주임으로 활동하였고, 1922년 9월 20일 '이완용의 천자문'을 '길촌문고'에서 발간했다. 신라 말에서 고려 초까지 유행했던 구양순 체의 변형으로, 이완용만이 쓸 수 있는 아름다운 글씨체였다. 이 천자문에서 특이한 것은 한글로 음과 혼을 달지 않은 것이다. 조선 최고의 서예가 김규진이 제자題字를 맡아 썼고, 정가는 3원 50전이었다. 이완용은 행서와 초서가 뛰어났지만 행서를 즐겨 썼다. 행서는 정자체인 해서와 흘림체인 초서의 중간 서체로 미적 감각이 뛰어난 우수한 글씨체였다.

1922년 9월 22일 경기, 황해, 평안, 강원, 함경도 지방의 대홍수로 사망 155명 가옥 피해 2만 2천호가 발생했다.

구양순歐陽詢(557~641년)은 후난에서 태어나 남방 문화권에서 성장한 당나라 초기의 서예가이다. 당 태종 때 '태자솔경령'이라는 벼슬을 해서 사람들은 그를 '구양솔경'이라고 불렀다. 전서, 해서, 초서 등 모든 서체들을 잘 하였으나, 그 중에서도 해서가 가장 훌륭했다. 그의 필체는 멀리 고구려, 신라까지 알려졌으며, 우세남, 저수량과 더불어 당나라 초기의 3대 서예가로 손꼽힌다. 작품으로는 '구성궁예천명' '고근복묘지명' '화도사탑명' '황보탄비' '온언박비'가 있고, 해서와 예서인 '방언겸비' '몽존첩'과 기다 구양순의 '천자문'을 남겼다.

송광사의 독노자讀老者

"불교를 널리 보급해 조선의 국교로 삼아야 한다."면서 이완용은 1917년 '불교옹호회' 신도 회장으로 취임했다,

직지사는 경북 김천시 대항면 운수리 황악산에 위치한 사찰이다. 이완용은 66세 되던 해 다이쇼(1912년 7월 30일~1926년 12월 25일) 12년 1월 11일(양력 1924년 1월 25일) 직지사 주지의 부탁을 들어 '대웅전'과 '천왕문' 2종을 서송하였다.

주유열국周遊列國, 즉 부담 없이 목적 없이 두루 돌아다니며 천하를 구경하는 늘어진 팔자는 아니지만, 이완용은 15여 년 전 이재명 칼에 가슴을 깊이 찔려 폐 건강이 좋지 않은 탓에 겨울이면 따뜻한 고장을 찾아 유람하던 1924년 봄이 오는 어느 날 송광사에 들렀다.

송광사는 1200년 전 신라 말 혜린 대사가 지금의 절터를 발견하고, 조계산을 송광이라고 불렀다. (송광사 옛 이름은 길상사, 전남 순천시 송광면 신평리에 있는 사찰이다.)

천년 노송이 그림자를 드리운 대웅전은 고요했다. 추녀에 매달린 풍경이 가끔 바람 속에 자신의 울음을 띄워 보냈다. 겨울 내내 움츠리게 했던 찬바람은 어디로 가고 어느새 각각의 꽃들이 한창 꽃망울을 터뜨리기 시작했다.

이완용이 방문한다는 기별에 주지승은 일주문 밖에서 기다렸다. 드디어 그 일행이 눈앞에 다다르자

"대감 어서 오십시오. 먼 길 행차하시느라 노고가 크셨습니다."

하며 주지승은 부처님이 환생하여 돌아온 듯 매우 공손하게 합장했다. 이에 이완용도 마주 서서 합장하며 예를 갖추었다.

"미천한 몸이 며칠 폐를 끼치겠습니다."

이완용은 주지승 안내로 대웅전에 들어가 예불을 드렸다. 주지승의 낭랑한 독경소리에 맞춰 이완용은 몇 번이고 친하지존 부처님께 큰 절을 올렸다. 의식을 잃어버리는 몽환의 시간이 얼마나 흘렀을까. 이윽고 목탁 소리에 부딪혀 더욱 낭랑했던 독경 소리가 멈추었다. 주지승은 미리 마련해둔 정갈한 방으로 이완용을 안내했다.

주지승은 손수 차를 따랐다.

"조선의 명필 대감님을 뵙게 된 것은 모두가 부처님의 은덕입니

다."

"무슨 과찬의 말씀을 하십니까."

이완용은 호탕하게 웃으면서 대답하였다.

"부처님께서는 이 세상에서 가장 높은 스승이며 중생의 어버이 신데 어찌 뼈에 살만 붙인 저에게까지 은덕이란 말을 붙이십니까."

그러자 주지승은 반색을 하였다.

"부처님 앞에 차별받는 삶은 없습니다. 남자와 여자, 뼈와 살 인들 은덕이 이르지 않은 곳이 없습니다. 가르침을 모른다 해도 여인은 임신하여 아이를 낳고, 아이가 자라 부모에게 효도하는 것 이 자연적인 순리이고, 감당치 못하는 은혜입니다. 아무리 먼 곳에 있어도 잘못을 참회하면 모두가 부처님 은덕을 입습니다. 진정 불 자만이 은덕을 입는 건 아닙니다. 몸으로, 입으로, 생각으로 악업 을 짓지 않으면 언젠가는 극락에 닿겠지요."

이미 동서양 문물과 세상 이치를 심도 있게 터득한 조선불자용 호회 회장 이완용 앞에서 긴 말은 예가 아닌 것 같아 주지승은 이 내 말꼬리를 틀었다.

"편히 쉬셨다가 떠나시기 전에 귀한 글씨 한 점 남겨 주신다면 본 사찰 송광사의 커다란 자랑이 되겠습니다."

주지승의 부탁에 이완용은 흔쾌히 고마움을 전했다.

"뭐 그때까지 기다릴 것 있겠습니까."

승려들이 정진하는 수련 방으로 옮겨가 이완용이 특유의 일필 휘지 글씨를 선보이는데. 글씨는 학의 날개를 펼치고 긴 겨울에서 따뜻한 봄으로 날았다. 글씨는 은둔에서 빠져나와 다시 빛의 날개를 달고 하늘로 치솟았다.

言者不知知者默언자부지지자묵
此語吾聞於老君차어오문어노군
若道老君是知者약도노군시지자
緣河自著五千文연하자저오천문

말하는 사람은 알지 못하고 아는 사람은 입을 다물지 못한다.
이 말을 나는 노자님으로부터 들었는데
만약 노자님께서 아는 분이라 한다면
무엇 때문에 손수 도덕경 오천 자를 지으셨을까.

"당나라 시인 백거이의 칠언절구 독노자讀老子군요. 소승도 이백의 시보다 백거이 시를 좋아한답니다."

주지승은 사뭇 감동하는 목소리로 이완용의 마음이 흡족해지도록 애썼다.

"그렇지요. 이백의 시는 화려하지만 백성의 마음을 대변하지는 못하지요. 하지만 백거이 시는 소박하지만 백성의 마음을 헤아립니다."

이완용은 두 줄 세로로 어른 키만큼 길게 내려쓴 글씨를 그 자리에서 각인하고 주지승에게 선사하였다.

"소승에게도 광영이지만 본 사찰의 귀한 보물이 되겠습니다. 답례로 백거이 시 한편 읊어 보겠으니 속되다 마시고 들어 주시면 더할 나위 없는 홍복이라고 하겠습니다."

春風^{춘풍}
春風先發苑中梅^{춘풍선발원중매}
櫻杏挑梨次第開^{앵행도리차제개}
濟花愉莢深村裡^{제화유협심촌리}
亦道春風爲我來^{역도춘풍위아래}

봄바람
봄바람에 정원 매화꽃 먼저 피고
앵두꽃 살구꽃 복사꽃 배꽃이 차례로 핀다.
냉이 꽃 느릅싹 깊은 산골 마을에 피니
또한 말하리라, 봄바람이 나를 위해 불어온다고

주지승은 음률을 더하여 시의 깊이를 늘렸다. 이미 꽃향기에 취한 듯 무수히 봄 꽃잎을 불러들였다. 술이 없어도 취할 수 있는 시는 생의 즐거움이었다.

"역시 낭송도 독경 소리 못지않습니다."

이완용의 칭찬에 주지승은 함박 미소를 띤다.

"어찌 소승이 대감님 근처에 미치겠습니까."

주지승은 자신의 모든 것을 한껏 낮추어 탐욕을 숨겼다. 비굴한 간교함보다는 주지라는 직책을 은연 속에다 담았다. 두 편이지만 백거이의 칠언시에는 백년지기를 이어 주는 힘이 있었다.

"지는 해가 더 눈 따가운 겁니다."

인생무상을 느끼는 시기에 적절한 봄기운을 받았다. 경관이 파랗게 변하는 봄의 어느 한때, 생의 반란군처럼 용솟음치는 희열을 느꼈다. 눈물이 없어 더욱 슬픈 산새의 노래 속으로 또 하루가 침몰했다.

"약보藥補보다는 먹는 식보食補가 낫고, 식보보다는 걷는 행보行步가 낫다."는 게 이완용의 여행이었다.

백거이白居易(766~826) 중당 시대의 시인, 자는 낙천樂天, 호는 향산거사, 시호는 문文이다. 작품 수는 대략 3,840편이고 시대적 애환과 함께 오묘한 뜻이 담겨져 있다.

1923년 일본유학생 '색동회' 모임에서 방정환이 5월 1일을 어린이 날로 제정했다. 16세 미만을 어린이라 칭하고 일본의 5월 5일 어린이날을 본받아 제정했다. "어린이는 어른보다 한 시대 더 새로운 사람입니다. 어린이의 뜻을 결코 가볍게 보지 마십시오." 방정환이 이땅의 어른들에게 남긴 말이다.

죽음

1925년 1월 20일 일본과 소련은 다시 수교 조약에 합의하였고, 1925년 4월 17일 경성부 황금정 '아서원'에서 조봉암과 김재봉이 조선공산당을 창당했다. 창당 발기인은 박헌영, 조봉암, 감단야였다.

1925년 10월 15일 츠카모토 야스시 설계와 남만주철도주식회사 건설로 서울역사가 준공되었다.

'왜 흘러간 물로 물방아를 돌리려하느냐. 세상을 걷다 그 자리에 가만히 앉아 정진하면 그 마음이 부처고 그 자리가 절간이다. 사찰이 아무리 웅장하고 불경이 아무리 훌륭해도 극락은 태어날 때부터 먼 곳에 있다.'

'친청이나 친러나 나라 팔아먹는 건 다 마찬가지인데 왜 친일만 매국노라고 하는가. 너희들 뜻대로 되지 않았다는 이유로 친일만 역적으로 매도하는 건 옳지 않다. 지금이 청나라 식민지였다면, 지금이 러시아 식민지였다면 반대로 친일파들은 너희들이 나라를 팔아먹은 몹쓸 매국노라고 불렀을 것이다. 고종황제도 친러파였고 명성황후도 친청파였고 조선의 문을 굳게 닫았던 흥선대원군도 끝내는 친청파, 친일파, 친러파로 자신의 입지만을 위해 변심을 거듭하지 않았던가. 대대로 물려받은 이 나라 조선을 굳건히 지켜야할 황제와 황후 그리고 황족들이 서로 다른 외세에 빌붙어 자리 지키기에만 몰두하지 않았던가.'

'이 모든 근본은 조선이 젖먹이아이처럼 두 발로 설 수 없다는 데서 기인했다. 훗날, 우리 자식들의 조선은 미국하고 가까이 지냈으면 좋겠다. 거기는 매우 부강하고 깨끗한 신사의 나라다. 이 세상에서 미국을 넘어설 나라는 없다. 그리고 미국은 국민이 대통령을 선출하는 민주주의 나라다. 내가 결단코 말하지만 공산주의 하는 나라는 다 망한다. 암만, 꼭 망하고 만다.'

이완용을 아무리 친일파라고 불러도 가슴에 자리한 친미의 뿌리는 깊었다.

송태조 조광윤에 바치는 '영일시'를 인용한 글씨를 일본천황에게 보내기도 했지만. 친미 사상은 죽을 때까지 가슴에서 지워내지 못했다.

작년까지만 해도 전국 명승지를 유람하던 육신이 이번 겨울에
는 해소 천식이 부쩍 심해졌다. 매년 12월 5일 황해도 장단군 소
남면 유덕리에서 거행하는 우봉 이씨 시조 이공정 묘 제사에 처음
으로 참석하지 못했다. 자신이 행사의 주인임에도 악화된 속병은
어쩔 도리가 없었다.

하지만 1926년 1월 12일 오전 10시 총독부에서 열린 중추원
신년 제1회 회의에 아픈 몸을 이끌고 무리하게 참석하였다. 중추
원은 데라우치 총독이 계획하고 하세가와가 착공한 지 9년 만에
완공되어 금년 1월 1일에 개청한 조선총독부 건물에 속해 있었고,
사이토 마코트 총독이 참석하는 자리였다.

찬바람을 많이 쏘인 탓인지 그날부터 해소 기침은 더욱 심해졌
다. 이제는 자리에 드러누워 아예 꼼짝할 수도 없었다. 1909년 12
월 22일 종현 가톨릭성당(명동성당) 앞에서 의혈청년 이재명(23
세)에게 피습당한 후 해소 천식이 올해도 어김없이 도진 것이다.

'아, 죽음이 무엇인가, 빈 몸으로 온 것처럼 빈 몸으로 가는 것
이 죽음이겠지. 배운 지식이나 그동안 누렸던 권세와 재물이 죽음
앞에서 무슨 소용인가. 천국도 지옥도 나에겐 필요 없다. 내가 내
자신을 믿고 산 것처럼 나의 신은 나다. 이제 와서 또 다른 신을
찾는 일은 정말 어리석은 짓이다. 죽어서 나의 혼이 구천을 떠돈
다 해도 나는 절대로 후회하지 않는다. 신이 사는 세계가 현실이
니까.'

이완용은 아들을 불러 곁에 앉히고 유언을 짧게 전했다.

"아들아, 앞으로는 미국이 득세할 것이니 너는 친미파가 되어라."

"사회사업 기금으로 3만 원 이상 내놓아라."

"진리를 회초리 삼아 자신을 다스리며 살아라."

이완용은 벽에 걸린 부인 조씨趙民熙(1857년~1931년) 사진을 물끄러미 바라보았다.

'여기까지 살아오는 동안 얼마나 마음 졸였을까. 그러나 어찌하겠소 물이 아래로 흐르는 것처럼 시류에 따라 흐르는 게 섭리인 것을, 한 번도 내 뜻을 거절하지 않은 당신에게 고마움을 있는 대로 전한다오. 이제 나머지 생은 아들에게 기대어 살도록 하시오. 나도 몰랐던 잘못이 있었다면 부디 용서해 주구료.'

주름살 사이로 애틋함이 배어났다. 미모가 유별나게 뛰어나지는 않았지만 천박하지 않은 성품이 좋았다. 고단한 생에서 알 수 없는 만족감을 주는 그런 부인이 좋았다.

1899년 임시 재미공사관에 있을 때 찍은, 한복을 곱게 차려입은 부인의 사진이 너무 사랑스러워 마주 보이는 벽 중앙에 걸어놓고 살았는데, 오늘은 더욱 다정하게 미소를 머금고 있었다.

'내게 저런 날도 있었구나.'

"어머니 사진 잘 간수하여라."

이완용은 숨을 한 번 더 몰아쉬고 나서.

"촌寸을 생각하라. 손가락 마디가 아니고 손끝에서 맥박이 뛰는 손목까지의 길이다. 친족 간의 혈통 연결을 말하는 것이다. 어머니를 잘 모시라는 뜻이다."

친아버지와 양아버지 얼굴이 번갈아 떠올랐다.

'적우침주, 내 몸이 깃털인데 무겁게 침몰하는구나. 우이공산, 나는 아직도 산을 옮기지 못했구나. 마부작침, 나에겐 도끼도, 바늘도 소용없는 물건이었구나. 중구삭금衆口鑠金, 민중의 입을 모아 외치면 쇠도 녹는다고 했는데 사람이 없구나.'

'군대 없는 나라는 망한다. 하지만 조선은 군대를 키울 힘조차 없었다. 거기에 나의 잘못도 끼어 있겠지. 이제 아버지 곁으로 갑니다.'

이완용은 남이 알아들을 수 없는 혼잣말을 계속 중얼거렸다.

'불쌍한 것, 그래도 한때 살을 섞었던 인연인데 너무 일찍 가 버렸어, 저승에서 만나거든 부디 나를 용서하시게. 당신이 갈 때 주위의 눈이 무서워 슬픈 마음을 전할 수가 없었소. 자의건 타의건 모든 건 내 탓이지.'

그리고 그녀에게 해 준 말을 새삼스럽게 끄집어냈다.

"그대는 그저 해어화解語花였으면 좋겠소. 말을 알아듣는 한 송이 꽃으로 일생을 마치면 고맙겠소. 남자들에게는 나와 우리를 위해 남을 해치는 것이 주어진 숙명이오. 쉽게 말해서 내 목숨도 내 것이 아니라는 거요."

이완용은 눈을 감고 엷은 회한을 흘렸다.

"당신이 가고, 처음 만날 때의 모습을 생각하면서 비파행을 쉬지 않고 써내려 간 적이 한 두 번이 아니었다오."

비파행琵琶行
—백거이

潯陽江頭夜送客 심양강두야송객

楓葉荻花秋瑟瑟 풍엽적화추슬슬

主人下馬客在船 주인하마객재선

擧酒慾飮無管絃 거주욕음무관현

醉不成歡慘將別 취불성환참장별

別時茫茫江浸月 별시망망강침월

忽聞水上琵琶聲 홀문수상비파성

主人忘歸客不發 주인망귀객불발

尋聲暗問彈者誰 심성암문탄자수

琵琶聲停欲語遲 비파성정욕어지

移船相近邀相見 이선상근요상견

添酒回燈重開宴 첨주회등중개연

千呼萬喚始出來 천호만환시출래

猶抱琵琶半遮面 유포비파반차면

轉軸撥絃三兩聲 전축발현삼량성

未成曲調先有情 미성곡조선유정

絃玆掩抑聲聲思 현현엄억성성사

似訴平生不得志 사소평생불득지

심양강 나루에서 밤에 나그네를 배웅하니
단풍잎 갈대꽃에 가을바람 쓸쓸하다
주인은 말에서 내리고 손님은 배 안에 있고
술을 들어 마시니 음악이 없구나
이별을 하려 하니 취한 마음 기쁘지 않고
헤어질 때 망망한 강에는 달빛만 젖어있네
홀연 물 위에 비파소리 들려오니
주인도 나그네도 떠나가지 못하네
소리를 찾아 타는 이 누군가 몰래 물으니
비파소리만 끊기고 말은 없구나
배를 옮겨 서로 가까이 가서 만나 자리를 요청하니
술을 더하고 등불 돌려 다시 연회를 베푸네
천 번 만 번 불러서야 겨우 나타났는데
비파 안고 얼굴 반을 가렸네
축을 돌려 현을 골라 두세 번 소리 내니
곡도 타지 않은 소리건만 벌써 정이 흐르네
줄마다 억누르듯 타니 소리마다 처량하여
마치 한평생 못 다한 뜻을 호소하는 듯하다

(이하 생략)

이완용의 사생활은 누구보다 건전했다. 고관 대작들은 한두 명의 첩을 거느린다는 당시의 관례와 친구의 권유로 33세 때 순창 기생을 첩으로 들였지만, 부인 조씨가 아버지 병수발로 집을 비웠을 때였고, 그녀가 부인을 대신하여 집안 일을 돕기 위함이었다. 몇 년 후 그녀가 병으로 사망하자 더 이상 첩을 두지 않고 부인 조씨와 해로하였다.

술은 어떤 술이나 한잔이상 마시지 않아 술로 인한 실수는 단 한 번도 없었다.

갑자기 고향의 아이들과 어울려 놀았던 술래잡기가 현실처럼 생생하게 떠올랐다. 먼저 가위 바위 보로 술래를 결정한다. 술래는 담벼락이나 대문에 술래 집을 정한 다음 몸을 술래 집에 대고는 양손으로 얼굴을 가린다. 아이들이 숨을 동안 숫자를 큰 소리로 헤아린다. 술래는 숫자를 다 세고 난 다음 숨은 아이들을 찾아 나선다. 숨은 아이를 찾게 되면 그 아이의 이름을 부르며 술래 집으로 달려와 손바닥을 재빨리 대고는 '야도'를 외친다. 아이보다 술래의 손이 빨리 닿으면 들킨 아이가 술래가 된다.

"그때는 야도夜盜가 무언지 몰랐지. 그렇군, 밤 도독이었구나. 남모르게 인연을 찾는 세상의 술래에서 벗어나 이제는 영원으로 가는구나."

'나는 다 안다. 같이 한세상을 살며 자신의 모든 허물을 나에게 뒤집어씌우고, 그동안의 행적을 뭉뚱그려 오직 조선을 위해 살았다고 말할 것을.'

'나는 다 안다. 자신들이 앞장서서 조선을 배반하고, 나라와 나라 간의 가혹한 협상이 있을 시는 내 이름 뒤에 자신의 이름을 숨기고, 오직 조선인민들을 위해 살았다고 말할 것을.'

'나는 다 안다. 공산주의를 알고 있으면서 자유주의를 버리고, 공산주의를 해야 조선이 독립되는 줄 알았다고 말할 것을.'

'나는 다 안다. 내가 조선황제에게 목숨으로 충성을 한 것은 모두 지우고 오직 친일만 높이 세워 매국노 이완용이라고 말할 것을.'

일본인 의사와 조선인 주치의가 있었지만 소생할 가망이 없었다.

이완용이 위독하다는 전갈을 받은 순종황제는 신하와의 마지막 정을 표하는 포도주 한 상자를 하사하였다.

그러나 이완용은 포도주 한 모금도 마시지 못한 채 1926년 2월 12일(향년69세) 오후 1시경 옥인동 자택에서 의붓형 이윤용과 아들 이항구가 지켜보는 가운데 고요히 숨을 거두고 말았다. 길

다면 길고 짧다면 짧은 조선의 어지러운 역사 한 장 속으로 영영
사라지고 말았다.

　장례부위원장 박영효가 울먹이며 생전에 이룩한 업적과 활동을
추모하는 조사를 끝으로, 전북 익산군 낭산면 내산리 내장골에
묻혔다. 이완용의 유언에 따라 유족들은 사회사업기금으로 조선
총독부 사이토 마코트에게 3만 원을 전달했다.
　"오늘의 재산은 내가 일시 보관하고 있는 것이다. 하늘이 맡겨
놓은 물건을 자기 고유 물로 생각하면 하늘은 반드시 다른 곳으로
옮긴다. 하늘은 한 사람이나 한 곳에만 무궁하게 보존시키지 않는
다. 게으르거나 변명이 많은 사람에게는 재물이 따르지 않는다."
　이완용은 식사할 때 반찬을 집적거리지 않았다. 반찬은 먹을
만큼 단 한 번에 집는 젓가락질을 했다. 자신에게 필요 없는 반찬
은 아예 손대지 않았다. 윗사람이 먹고 난 음식을 아랫사람이 받
는 상내림 때문이었다. 뿐만 아니라 미국 생활에서 익힌 서양식,
간단한 음식을 섭취하는 식사문화가 몸에 밴 탓이기도 했다.

　1926년 2월 13일 동아일보는 이완용 사망 기사에 이렇게 적었
다.
　'구문공신 이완용은 사후 세계 염라국에 들어갔으니, 염라국의
장래가 걱정된다.'
　사망 2일째 동아일보 전면 기사에는.

'그도 갔다. 그도 필경 붙들려 갔다. 팔지 못할 것을 팔아서 누리지 못할 것을 누린 자, 책벌을 이제부터는 영원히 받아야지, 부등켰던 재물은 그만 내놓아야지.'

'그의 성격은 돌처럼 침착하고 얼음같이 냉정하여 소심 주도하여 사려 깊은 특별한 인물이었다.' (1926년 신민 14호)

'이완용은 무슨 일이든지 신중하게 생각하고 주위에 자주 의견을 물었으며 쉽게 결정을 내리지 않는다. 그러나 일단 결정하고 나면 반드시 실행에 옮겨 실적을 보인다.' (통감부 사무관 오다 간지로)

이완용 운구 행렬은 십리나 달했다. 누가 강제 동원한 것도 아닌데 백성들은 길가에 나와 자진하여 애도하였다. 모두가 역적이고 탐관오리인 세상에서 이완용에게 사사로운 원한이나 울분은 없었다. 양반과 중인과 상민과 노비의 신분 격차를 줄이는 소학교 의무교육에 직분을 다했기 때문이다.

이완용이 세상을 뜨고 두 달 반쯤 지난 후, 1926년 4월 25일 조선 마지막 황제 순종이 사망했다. 4개월 지나서는 독립운동가 이상화 시인이 '빼앗긴 들에도 봄은 오는가'를 '개벽' 70호에 발표했다. 비록 빼앗긴 나라가 얼어붙어 있을지라도 봄이 오면 조선

독립도 온다는 저항의식을 일깨워 주고 핍박받는 민족의 설움을
담아낸 시였다.

순종은 1874년 3월 25일(음력 2월 8일) 고종과 명성황후 둘째
아들로 창덕궁에서 태어났다. 조선의 27대 국왕, 대한제국 2대
황제이며 휘는 척坧, 호는 정헌正軒, 자는 군방君邦이다. 배우자는 정후
순명효황후(여흥민씨)와 계후 순정효황후(해평윤씨)인데 후사는 없다. 시호는
문온무령돈인성경효황제文溫武寧敦仁誠敬孝皇帝다. 1926년 4월 25일(52세) 창덕궁
대조전 흥복헌에서 심장마비로 사망했다. 매장지는 홍릉 근처 유릉이다.

이상화李相和는 1901년 5월 22일(음력 4월 5일) 경북 대구부 서문로 12번지에서
태어났으며 본관은 경주慶州고 호는 상화尙火, 무량, 백아다. 시인, 수필가, 소설가,
문학평론가였으며 1943년 4월 25일(41세) 대구에서 사망했다. 작품으로는
'빼앗긴 들에도 봄은 오는가', '말세의 희탄', '가을풍경', '나의 침실로' 등이 있다.

이완용이 사망하고 3년 후에 1929년 라빈드라나트 타고르
(1861년 5월 6일 출생)가 세 번째 일본을 방문했다. 일본에 상주
하고 있는 조선정부 관계자와 기자들이 찾아가 조선 방문을 요청
했지만 타고르는 바쁜 일정을 이유로 조선 방문을 거절했다.
"조선을 위한 시라도 한 편 써주었으면 좋겠습니다."
동아일보 기자의 간곡한 부탁에 못 이겨, 조선 방문을 응하지
못한 미안함에 타고르는 그 기자에게 영어로 쓴 메모지 한 장을
건네주었다.

아시아 황금의 시대에 한국은
등불을 들고 있는 여러 나라 중 하나였다

그 등불은 다시 켜지기를 기다리고 있다
동방을 빛내기 위하여

그러나 동아일보 기자는 '기탄잘리 35번'을 짜깁기 하여 '동방의 등불' 타고르 시로 조작했다. 억압받는 조국에 지푸라기 잡는 심사라도 보태고 싶은 충정이지만 한편으로는 부끄러운 일이다. 원래 없었던 '동방의 등불' 시가 4행, 6행 심지어 10행, 12행으로 만들어져 한국을 예찬하는 시로 둔갑했다. 다시 말하면 원본 없이 존재하는 가짜 번역시다.

기탄잘리 35

마음속에는 아무런 두려움도 없고 머리를 높이 들어 올릴 수 없는 곳, 모든 인식이 자유로운 곳, 세계가 여러 조각으로 나누어지지 않는 곳, 진리의 근원에서 말이 흘러나오는 곳, 지칠 줄 모르는 노력이 완성을 향하여 팔을 내미는 곳, 맑은 이성의 흐름이 무의미한 관습의 거친 사막에 흘러가지 않는 곳, 당신에게 이끌리는 마음과 생각과 행위가 더욱 발전하는 곳, 자유의 하늘로 이 나라를 깨우쳐 주십시오.

한용운韓龍雲은 1879년 8월 29일 충남 홍성군 결성면 성곡리에서 태어났다. 본관은 청주淸州이며 호는 만해萬海다. 배우자는 전정숙(이혼) 유숙원(재혼)이었고, 일본으로 건너가 청강생을 했을 때 타고르 시에 흠뻑 빠졌는데, 만해 시를 타고르풍이라고 말해도 틀린 건 아니다. 기미년 3,1만세운동 때 민족대표로 참여했다. 1926년 시집 '님의 침묵'을 회동서관에서 발행하였다. 1944년 6월 29일 서울에서 병사했다. 저서로는 '님의 침묵', '조선불교유신론', '불교대전', '십현담주해', '불교와 고려제왕' 등이 있고. 장편소설 '흑풍', '후회', '박명'과 단편소설 '죽음'이 있다.

끝내면서

누구나 조국은 있다. 일생을 살며 더 나은 세상을 그리는 것은 당연한 평범함이다. 조선을 스쳐간 수많은 사람 중에서 누가 누구를 향해 나라를 팔아먹었다고 감히 말할 수 있는가.

우선 자신이 한 일을 돌이켜보라. 청나라가 득세하면 청나라에 나라를 팔려고 반일하고, 러시아가 득세하면 러시아에게 나라를 팔려고 반일하고, 또 공산주의를 위해 반일했던 사람들, 단지 반일했다는 이유로 독립유공자가 되지 않았느냐.

현실이 개 한 마리가 짖으면 다른 개들은 그 소리만 듣고 따라 짖는 폐형폐성吠形吠聲 아니냐. 하나의 조국을 내세워 적을 이롭게 하는 사람들, 그것이 매국노 아니냐. 자신이 서 있는 위치에서 자신만을 돋보이게 하려고 사리사욕을 채우는 사람들, 그것이 매국노 아니냐.

자신의 안위만을 부지하려고 황제도 황족도 관료도 모두 숨죽이고 있을 때, 한일합방을 언제든지 무효화할 수 있도록 나 이완용이 전 황제 옥쇄로 바꾸어서 날인했다. 당신들이 그 자리에 있었다면 그렇게 할 수 있었겠는가.

대명천지인 지금도 '중국은 커다란 산이고 한국은 조그만 산봉우리다. 중국이 말이면 한국은 말 잔등에 붙은 파리다.' 이렇게 주권 없는 말을 함부로 지껄이며, 자진하여 중국의 속국으로 들어가 조공을 바치려는 너희들이 아니더냐.

나 이완용이 오늘 다시 묻는다.

하나님 심판 대상인 공산주의 찬양법을 창조하는 나라.
중국몽에 동참하여 다시 천 년 속국으로 회귀하는 나라.
퇴임 후 정치할 건지 말 건지 의심법으로 처벌하는 나라.
위안부 이용해 돈을 횡령하면 국회의원 시켜 주는 나라.
고등계 형사를 동원한 공수처로 자유를 억압하는 나라.
영화와 현실을 구별하지 못하는 인간이 지배하는 나라.
국정을 책임지는 자들이 미리 땅 사놓고 개발하는 나라.

내 시대와 너희 시대가 다른 게 무엇이냐.

이완용을 친일파라고 불러도 이완용은 죽을 때까지 친미파였다. 독립협회 창립 위원장이었고 제1대 부회장, 제2대 회장이었다. 독립문 건립과 조선 소학교 의무교육을 일구어낸 이완용의 처음 행보는 개혁이었다.

이화^{李花}(오얏꽃) 문양이 든 관복을 입고, 이화 국장^{國章} 아래 황제를 모시고 망국의 치욕을 견뎌낸 이완용을 떠올리면서 그에게 바치는 시 한 편을 바친다.

일당^{一堂}에게

힘겨운 세월을 견디어내고
서로 관계를 묶는 시간도 잠시
별을 담았던 가슴이 차디차게 식었다
바람 부는 들길에서 맺은 인연
언제나 뭇사람에게 짓밟히는 이름이
흐르는 시절 따라 이렇게 침몰할 줄이야
삶이 얼마나 무거운 건지 알지 못했어도
지루하게 아무는 상처의 통증이
모두 함께 사랑으로 마셔야할 물이라면
대체 목숨이 끊어지는 이별은 무엇인가
낯선 세상에 부딪혀 쏟아지는
빗방울 같은 비난과 수치를 가슴에 담고
남몰래 젖는 슬픔을 되새김했다
나머지 욕심을 모두 내려놓고
등신불 앞에 앉아 머리 조아려 기도해도
현실은 오로지 미움이 들끓는 지옥

이제 어느 곳에 살아도 중간지대는 없다
어름 장 밑에서 봄을 기다리는 고통
파란 생명으로 탄생하는 부활
오늘도 몸에 붙은 온기를 떼어내고
하늘에 나부끼는 소원으로 던졌다
고요히 죽음으로 들어가는 길은 순수했다

역사 소설
이화 李花

제1쇄 인쇄 2021. 4. 1
제1쇄 발행 2021. 4. 5

지은이 유재원
펴낸이 김상철
펴낸곳 스타북스

등록번호 제300-2006-00104호
주소 서울시 종로구 종로 19 르메이에르종로타운 B동 920호
전화 02-735-1312 팩스 02-735-5501
이메일 starbooks22@naver.com

ISBN 979-11-5795-590-9 03810

ⓒ2021 Starbooks Inc.
Printed in Seoul, Korea